Judith Sánchez
2015 - España

LA MELODÍA DEL TIEMPO

JOSÉ LUIS PERALES

LA MELODÍA DEL TIEMPO

PLAZA JANÉS

Primera edición: noviembre, 2015

Printed in Spain – Impreso en España

ISBN: 978-84-01-01680-6
Depósito legal: B-21.556-2015

Compuesto en Revertext, S. L.

Impreso en Liberdúplex
Sant Llorenç d'Hortons (Barcelona)

L 016806

Penguin
Random House
Grupo Editorial

A TI, PÁGINA EN BLANCO

Te miro y me asusta mirarte. Tan blanca como un copo de nieve.
Tan vacía y tan sola, suplicándome a gritos que me quede.
Y yo, ¿qué podría ofrecerte para llenarte toda y que tenga
sentido tu existencia? ¿Qué podría contarte sin herirte?
¿Qué podría escribir sin profanarte?
Te prometo que seré cuidadoso al rozar
con mi pluma tu vientre.

1

Debido a su condición de sordomudo no le resultaba fácil en-
contrar una mujer con la que compartir su vida. Era un
solterón alto y atractivo para las mujeres que acudían a su
taller de relojero instalado en un pequeño cuarto de la casa
en la que vivía con su madre, Baltasara Cortés, una mujer
con un carácter autoritario y absorbente, árido y seco como
el paisaje de El Castro, un pueblo en una España olvidada
de la mano de Dios y no demasiado lejos de la capital, se-
diento de agua y de justicia, donde un día se instalarían
llevados por su trabajo y por culpa de una mujer.

Bautizado con el nombre de Evaristo Salinas, nació en
los últimos años del siglo xix en la ciudad de Sevilla. Sus
padres, al llegar al mundo, no escucharon su llanto, y pronto descubrieron que el pequeño Evaristo era sordomudo.
Quizá por su carencia, fue un niño especialmente querido,
y cuando tuvo la edad de ir a la escuela, decidieron ingre-
sarlo en un colegio especial para ese tipo de niños donde
aprendió a escribir, leer y pronunciar las palabras más ele-

mentales para ser entendido, así como para entender, leyendo en los labios de los que le hablaban. Incluso se reveló como un alumno aventajado, hasta el punto de conseguir varias medallas de plata en los diferentes cursos por su aplicación y sus buenos resultados en la escuela; unas medallas que su madre, muchos años después, conservaba guardadas en una cajita de plata hasta que el tiempo las hizo desaparecer. Ya terminado su período de aprendizaje en la escuela, fue contratado por una empresa como técnico encargado del mantenimiento de una red de líneas eléctricas en la comarca de Vallehondo y el alumbrado público de El Castro, región situada a muchos kilómetros de distancia de la ciudad en la que nació. Por entonces su edad era de veintiocho años.

Pero no solamente Evaristo Salinas había aprendido a comunicarse con su lenguaje especial, sino que también poseía una gran habilidad para el dibujo, por lo que las mujeres de El Castro lo solicitaban habitualmente —sobre todo las novias— para el diseño de sus vestidos de boda, mantelerías, sábanas y todo lo concerniente al ajuar que, una vez dibujado por él, serían ellas las que, con toda delicadeza, bordarían.

El excesivo celo de Baltasara Cortés por su hijo hacía imposible toda relación con alguna mujer que supusiera un peligro de perderlo para siempre.

Un día visitó la relojería de Evaristo Salinas una mujer menuda y tímida. La recibió en el portal Baltasara Cortés.

—¿Qué deseas? —le preguntó.

—Vengo a traer un reloj que hace años que no funciona, y como he oído decir a todo el mundo que lo que no arregle Evaristo Salinas no lo arregla nadie, he pensado que, puesto que es un recuerdo de mis padres, muertos ya hace años, sería muy hermoso para mí volver a escuchar esas campanadas que escuchaba cuando era niña para despertarme.

—¿Cómo te llamas? A pesar de lo pequeño que es El Castro, nunca te he visto.

—Gabriela Rincón, y vivo cerca del mirador.

Baltasara Cortés la hizo entrar en el taller advirtiéndole que fuera rápida en su encuentro con su hijo, ya que andaba escaso de tiempo y sobrado de trabajo.

Evaristo Salinas la recibió con una sonrisa y con un gesto le indicó una silla, invitándola a sentarse.

—No te preocupes —le dijo—, sólo quiero saber si tú podrías arreglarme este despertador que hace años que no funciona. Era de mis padres y… —Volvió a explicar la historia del despertador y todo lo que suponía para ella, después de tanto tiempo, volver a escuchar las campanadas como cuando era niña.

Él la observaba y leía sus labios intentando traducir por sus movimientos las palabras que Gabriela Rincón decía.

Mientras ella hablaba, sin caer en la cuenta de que Evaristo Salinas era sordomudo, él la miraba con una ternura que intimidaba por momentos a Gabriela Rincón, obligándola a bajar la vista esperando una respuesta.

Pidió disculpas por su torpeza mientras desenvolvía con cuidado su reloj despertador con la esfera que el tiempo había cambiado de blanca en amarillenta y la campana en la parte superior que había permanecido en silencio durante casi veinte años.

Evaristo Salinas tomó un papel y un lápiz, y escribió: «Trataré de arreglar tu reloj. Pásate por el taller dentro de una semana. ¿De acuerdo?». Gabriela Rincón asintió con la cabeza y al despedirse, Evaristo Salinas le tendió su mano fuerte y varonil en contraste con la de ella, frágil y transparente. Él la miró con la ternura del alma. Ella percibió algo que nunca hasta entonces había experimentado. De pronto la puerta del taller se abrió violentamente y apareció Baltasara Cortés.

—Te dije que fueras breve, mi hijo tiene demasiado trabajo para estar perdiendo el tiempo.

Gabriela Rincón pidió disculpas, atravesó el portal como una sombra y, tratando de acallar el corazón, volvió a su casa.

Desde la ventana de su cuarto miró hacia Vallehondo. La lluvia empezó a caer lentamente hasta convertirse en tormenta. Los relámpagos iluminaron el atardecer haciéndolo más tenebroso y los truenos amenazaban con romper los cristales de las ventanas.

Mientras contemplaba la tormenta iluminando el valle,

un rayo cruzó el cielo y fue a caer sobre un chopo en una zona de huertos. Gabriela Rincón sintió terror al ver cómo el árbol se partía en dos y se desplomaba sobre la tierra. Cerró la ventana y en la penumbra de su cuarto trató de calmar otra tormenta. Esa que se había desatado dentro de su alma. Una tormenta de sentimientos, sensaciones y dudas que acababa de despertar en ella el encuentro con Evaristo Salinas.

De pronto, unos gritos rompieron el silencio y las campanas tocaron a rebato. Todos los habitantes del pueblo salieron de sus casas mientras unas mujeres a voz en grito anunciaban la muerte por un rayo de uno de los mozos cuando trabajaba en su huerto. A Gabriela Rincón se le heló el alma. Ella sin saberlo había sido testigo del accidente desde la ventana de su cuarto.

El muerto era el único hijo de Isabel Ibáñez, una viuda de edad avanzada que, rota de dolor, vio a un grupo de hombres pasar frente a su casa con su hijo muerto envuelto en una manta camino del cementerio donde el forense esperaba su llegada. Una vez realizada la autopsia y lavado el cadáver, fue presentado a su madre, quien, acompañada por unas cuantas mujeres del pueblo y llorando amargamente, abrazó a su hijo que, sobre la losa fría, yacía pálido y con una leve sonrisa en sus labios como quien se hubiera liberado del peso de una vida triste durante la cual nunca conoció el amor ni la felicidad, salvo la que pudo proporcionarle su madre cuidándolo como si fuera un niño.

A partir de ese momento la vida de Isabel Ibáñez dejaría de tener sentido, y cerraría con llave la puerta de su casa para nunca volverla a abrir. Pero antes, una peregrinación constante de todos los habitantes de El Castro pasaría por su casa acompañándola por unos minutos en su dolor. Fue la última vez que se la vio por el pueblo. Algunos pensaron que quizá hubiera ido a la casa de algún familiar lejos de El Castro para encontrar el consuelo junto a los suyos. Otros, que la habían visto salir por la noche y encaminarse al cementerio para visitar la tumba de su hijo. Los niños a veces tiraban piedras a la puerta de la casa esperando verla asomarse al ventanuco, pero la respuesta siempre era la misma. Un silencio de muerte se fue apoderando de la casa y los vecinos, pasado el tiempo, y ante tanto silencio, decidieron dar parte a las autoridades del pueblo sospechando lo peor.

Una mañana, el alcalde, el juez de paz y algunos concejales, acompañados del herrero armado con sus herramientas por si fuera necesario usar la fuerza, se dirigieron a la casa de Isabel Ibáñez. Llamaron a la puerta varias veces con el picaporte de hierro fundido —una mano con una bola—, y la única respuesta desde dentro fue el maullar de un gato, supuestamente el único habitante de la casa.

Los vecinos de la calle, y después algunos curiosos del pueblo, al oír con tanta insistencia los golpes del llamador sobre la puerta de la casa de Isabel Ibáñez, fueron llegando ansiosos por ver el desenlace de tantas historias que se habían forjado en torno a su ausencia en El Castro desde la muerte de su hijo.

El juez dijo algo al alcalde, y este, después de hablar al oído de los concejales, ordenó al herrero abrir la puerta de la casa. Los curiosos estiraban el cuello por encima de las autoridades esperando ser los primeros en descubrir algo en el interior una vez abierta la puerta. Los golpes de las herramientas del herrero sobre la cerradura devolvían un eco siniestro desde el interior de la casa que sobrecogía a los que esperaban verla abierta. Por fin, los goznes cedieron en un crujido siniestro, dando paso a la oscuridad del interior y al frescor húmedo de una corriente de aire procedente de una ventana minúscula situada al fondo del pasillo. Poco a poco, la oscuridad dio paso a la luz procedente de la calle a través de la puerta abierta de par en par. Primero entró en la casa el juez, después el alcalde y, siguiendo a los dos, el resto de las autoridades. El alguacil, que también había acudido al acto, puesto en pie en el centro de la puerta, impedía la entrada a los curiosos que, en ascuas por saber cuál sería el desenlace final, esperaban nerviosos llenando ya la calle frente a la casa de Isabel Ibáñez.

Al principio del pasillo, y a la izquierda, tres escalones ascendían a un dormitorio donde había una ventana cerrada que el juez entornó, y que en otro tiempo se abría a la calle principal desde donde el hijo de Isabel Ibáñez cada mañana miraba al cielo por ver si el día amanecía nublado, lluvioso o con sol para programar su faena en el campo.

Había una cómoda donde se guardaba ropa y, junto a la ventana, un aguamanil con su toalla blanca. Al fondo de la sala, el juez inspeccionó una alcoba pequeña sin ventana, y como único mobiliario, una cama, debajo de la cual había un orinal de porcelana blanca, a ambos lados de la cama unas mesitas de noche y en la pared, sobre la cabecera, un cuadro con la imagen de Nuestra Señora del Perpetuo Socorro.

Mientras el juez inspeccionaba la habitación y comprobaba que estaba vacía, el resto de las autoridades esperaban en la puerta a que les informara sobre su investigación.

Continuaron su visita a la casa entrando en la siguiente habitación a la derecha, yendo hacia el fondo del pasillo. Era un cuarto de estar presidido por una estufa de leña en un rincón. A la derecha un sofá, y junto a la ventana que daba a la calle, una máquina de coser con un pespunte a medio hacer y una silla caída en el suelo. Al fondo, un mueble y una pequeña mesa de comedor con dos cubiertos dispuestos para comer y que nunca llegaron a usarse. Un vistazo desde la puerta del pasillo fue suficiente para observar que tampoco en aquel cuarto había nadie; aquella habitación estaba vacía. La pequeña comitiva siguió avanzando pasillo adelante inspeccionando cada espacio sin encontrar el más mínimo rastro de Isabel Ibáñez. Un gato maullaba al fondo del pasillo donde estaba situada la cocina con un ventanuco al patio que dejaba entrar un airecillo fresco y movía una cortina de ganchillo, que, sin duda, había tejido en sus días de soledad Isabel Ibáñez, esperando la llegada de su hijo después de su trabajo en el campo. Ese ventanuco proyectaba una luz que casi era penumbra procedente del patio donde crecían a duras penas algunos rosales y una parra de uvas negras que nunca llegaban a madurar por falta de sol. Un haz de luz entraba por la chimenea iluminando el fogón con una luz mortecina que impedía ver nada más. Poco a poco, los ojos del juez y los acompañantes se fueron acostumbrando a la oscuridad de la cocina, y aun así hubo que abrir al máximo el ventanuco y descorrer la cortina de ganchillo para poder descubrir el cuerpo de Isabel Ibáñez sentada en una silla de anea junto al fogón, en donde el fuego no había ardido en unos años, abrazada al retrato de su hijo. Sobre su regazo, una nota escrita de su puño y letra, que el juez, sin atreverse a tocarla, y para dejar constancia ante las autoridades de El Castro de su contenido, leyó: «Entierren mi cuerpo tal como lo encuentren, abrazado al retrato de mi hijo. Es mi última voluntad». Unos a otros se miraron sin saber qué decir. Sólo el juez, ante una orden tan contundente, decidió imponer el respeto a la voluntad de la difunta, y estudiar, en una junta extraordinaria del ayuntamiento en pleno, la forma de cumplir estrictamente lo que, supuestamente, en plenitud de sus facultades, había dejado escrito Isabel Ibáñez.

Y así se hizo. Ese mismo día se tomaría la decisión y la forma de llevar a cabo entierro tan especial. Cada uno de los miembros de la junta municipal, con el juez a la cabeza, emitieron su opinión con respecto a la forma de respetar o no la posición de sentada en su silla, o si, por el contrario, convenía trocearla y, como el Cristo articulado de la parroquia, colocarla en su ataúd en la posición horizontal en la que se colocan a todos los muertos para el traslado al cementerio. Pero el mensaje era muy claro: «Entierren mi cuerpo tal como lo encuentren».

—Y la forma en que la hemos encontrado —dijo el alcalde— ha sido sentada en su silla de anea, a la que parece que le tenía cierta querencia.

El juez consultaba sus libros de leyes por si alguna de ellas arrojaba luz sobre un caso como el que les ocupaba, pero no lo encontró. Durante todo el día, la muerta siguió sentada en su silla, vigilada por el alguacil para cuidar de que nadie entrara en la casa y fuera a tocarla, con el consiguiente peligro de desintegrarla. Aunque después de los años que llevaba en el estado en que se encontró, todos coincidían en que ese cuerpo era incorrupto, y por lo tanto, dada su consistencia, sería fácil de transportar al cementerio, tal como había sido su deseo, expresado en la nota de su puño y letra. Después de llegar a esa conclusión, sólo quedaba definir el medio de transporte con el que deberían contar para llevarla a su última morada. Y al ser un cuerpo incorrupto, lo más adecuado sería llevarla al cementerio como a una santa. Por unanimidad de todos los miembros del ayuntamiento en pleno, incluido el juez y el cura de El Castro, que pronto tendría una santa más en el altar de su iglesia, se decidió habilitar las andas de san Nicolás, patrón del pueblo, y bajo un viento impenitente y una tarde de perros, la llevaron a hombros desde la iglesia, previa misa *corpore insepulto*, hasta su panteón, donde quedó sentada por tiempo indefinido en su silla de anea, abrazada a la fotografía de su hijo y al pie de su nicho.

2

Una mañana, el silencio del pueblo fue roto repentinamente cuando Faustino Lebrero, el pregonero, soplando a pleno pulmón su trompetilla de latón reluciente como una patena, anunciaba desde cada esquina la llegada al pueblo de «Emilín y su cine mudo». La proyección tendría lugar a las siete de la tarde en el local de Conrado, junto a la iglesia. La venta de localidades se realizaría en la entrada al local. «LLEVAR SILLA.» El pueblo pasó el día revolucionado por la novedad del acontecimiento ya que hacía al menos tres años que no venía ningún espectáculo, y Emilín era un valor seguro que sorprendía con cada una de las proyecciones.

La de esa noche estaría dedicada a la Pasión de Cristo en la Cruz, obra supervisada con anterioridad por el párroco don Aristeo Arganzúa para su aprobación y censura, si fuera necesario.

Y cuando el sol se marchó, la plaza de la iglesia se llenó de gente procedente de todos los pueblos de la comarca. Unos llegaban a lomos de sus mulas; otros, los más pudientes, en caballos. La fachada de la iglesia sirvió de pantalla clavando una sábana a una altura que la muchedumbre pudiera ver sin ser molestada por los de delante y procurando no tapar la lápida con los nombres de los caídos «Por Dios y por España».

Ante la imposibilidad de controlar la venta de entradas, Emilín anunció a voz en grito, no sin antes rogar silencio a los asistentes, que en esta ocasión la función sería gratuita para todos y que en compensación a la generosidad de la empresa, se instalarían en la puerta de la iglesia unas macetas de barro para recoger las aportaciones voluntarias del público. Poco a poco, la gente se fue acomodando en sus sillas, y Emilín, desde un altillo instalado al fondo de la plaza, pedía silencio y respeto para la proyección sacra.

De pronto se apagaron todas las luces y se hizo el silencio. Un ruido de carraca producido por el motor del proyector dio paso a la primera imagen que, proyectada desde tal distancia, daba un aire solemne al Crucificado, que, quieto, esperaba la explicación de Emilín.

—He ahí el Señor Crucificado en el Gólgota, traspasados sus pies y sus manos con los clavos y coronado de espinas frente a su pueblo. A sus pies María, su madre, María Magdalena y unas santas mujeres con el corazón roto de dolor.

La voz de Emilín sonaba tan teatral en la plaza que causaba en los asistentes un estremecimiento que provocaba en muchos casos un llanto incontenible. Algunos tuvieron que ser atendidos por los desmayos y otros no pudieron contener las ganas de gritar insultos a los soldados romanos que, lanza en ristre, aparecían al pie de la cruz junto a las santas mujeres.

Según avanzaba la noche, las escenas de la Pasión de Cristo se sucedían unas tras otras aumentando el dramatismo de la narración en la voz de Emilín, hasta llegar a la Resurrección gloriosa del Salvador, momento en el que su voz era inaudible después del esfuerzo realizado. El colofón de la proyección consistía en una suelta de palomas blancas que don Aristeo Arganzúa tenía enjauladas procedentes del palomar del campanario adonde regresaban hasta una próxima función.

La gente depositaba generosamente algunas monedas en las macetas antes de marcharse a casa con el corazón en un puño y la gratitud sin límites hacia Emilín por su visita un año más a Vallehondo.

3

Gabriela Rincón pasó la semana esperando el momento de pasarse por la casa de Evaristo Salinas, no tanto por la reparación del despertador como por volver a verlo y sentirlo cerca.

Nunca Gabriela Rincón había sentido nada parecido a lo que produjo en su interior la mirada de aquel hombre con el que, a pesar de ser casi vecinos, nunca se habían cruzado por la calle. Mientras veía caer la lluvia desde su cuarto, trató de reconstruir la imagen que había quedado tan grabada en su alma. Aquel hombre alto, delgado, de pelo negro, rizado, de tez pálida, ojos claros y mirada inteligente y de una edad ligeramente superior a la suya, le había robado el alma en sólo unos minutos. Pero ¿y ella? A juzgar por la mirada de Evaristo en ese primer saludo en el taller, la ternura cuando la miró a los ojos y leyó en sus labios tímidos el encargo sobre el arreglo de su reloj, ¿qué sentimientos habría despertado en él su figura frágil, su timidez, su estatura pequeña comparada con la suya, su torpeza al hablar por primera vez a un sordomudo, y descubrir que él no oía nada de lo que ella decía, y que miraba el movimiento de sus labios con una atención que ella no sabía cómo interpretar, y que la intimidaba de aquel modo? Sintió por un momento que el cielo se abría dando paso a la luz, a pesar de la lluvia, recordando la risa ancha y blanca de Evaristo Salinas al despedirla con un gesto amable, indicándole el camino, tendiéndole su mano y conduciéndola hasta la salida a la calle, mientras Baltasara Cortés se apresuraba a cerrar la puerta, como liberándose de alguien que presentía como un mal augurio en la futura relación con su hijo.

Desde ese día, Gabriela Rincón frecuentaba su calle al anochecer por si casualmente se cruzaba con Evaristo, o si la luz de su relojería se encontraba encendida, pero a esa hora Baltasara Cortés cerraba las ventanas de la casa, apagaba las luces y mantenía en un amargo secuestro a su hijo, evitándole cualquier contacto con lo que para ella intuyera el más mínimo riesgo de perderlo. A fin de cuentas, su motivo para residir en El Castro, habiendo nacido en el sur, respondía únicamente a su obligación de atender y cuidar a su único hijo, dadas sus evidentes carencias.

Durante el pequeño espacio de tiempo que duró su encuentro en la relojería, Gabriela observaba algunos sonidos guturales emitidos con gran esfuerzo por Evaristo, como tratando de pronunciar alguna palabra sin conseguirlo, mientras ella intentaba adivinar lo que él quería decirle, y que, al no conseguirlo, él recurría a su pequeño cuadernillo y su lápiz para escribirlo.

Mientras desde su cuarto Gabriela veía caer la lluvia sobre los tejados, pensaba en aquellos minutos en compañía de Evaristo, y en lo hermoso que habría sido escuchar su voz, y que él hubiera podido escuchar también los latidos acelerados de su corazón mientras lo miraba. Pero cualquier pretexto que la razón pusiera para hacer imposible aquella relación, era inmediatamente descartado por el corazón, y por el amor que lo comprende todo, sin necesidad de explicación alguna, y lo aceptaba todo. Aquella noche, Gabriela habló a su familia de su encuentro con Evaristo Salinas y de lo que había despertado en su corazón. Pero no escuchó ninguna de las opiniones, algunas advirtiendo a Gabriela de los problemas que podrían surgir con respecto a su convivencia con un sordomudo, y, en caso de tener hijos, la posibilidad de que nacieran con el mismo problema. Pero aquella relación parecía ya un sueño irrenunciable. Y mientras su familia hablaba, ella sólo pensaba en el nuevo encuentro con Evaristo, en el que no necesitarían palabras para decirse lo que Baltasara Cortés daría la vida por no escuchar.

Aquella semana fue para Gabriela Rincón la más larga de su vida esperando el día marcado por Evaristo Salinas para recoger el reloj en su taller. Las noches tardaban siglos en amanecer, porque el recuerdo de Evaristo Salinas le quitaba el sueño, y le hacía vivir de nuevo los momentos pasados en aquel taller, en los que descubrió por primera vez un sentimiento nuevo y diferente a todos los vividos en toda su vida, ya que, aun siendo una joven de veinte años, nunca había tenido la más mínima relación con un hombre.

¿Cómo sería ese encuentro que le andaba quitando cada noche el sueño? «¿Nos dejará solos su madre, aunque sea sólo unos minutos, para decirnos lo que sentimos el uno por el otro? ¿Seguirá Evaristo Salinas sintiendo por mí lo que yo sigo sintiendo por él? ¿Me mirará a los ojos con la dulzura con que lo hizo en nuestro primer encuentro? Y ante la imposibilidad de hablar de una forma inteligible, ¿escribirá mi nombre en su libretilla con las palabras "TE QUIERO", y me abrazará en su silencio mientras yo lo beso con el murmullo de fondo del tictac de los relojes que cuelgan de las paredes del taller?»

¿Habría escuchado los consejos de Baltasara Cortés de la no conveniencia de comprometerse con alguna mujer, aun sin razonarle el porqué?

Una noche, de duermevela, no solamente le conformaba pensar en Evaristo Salinas, viviendo en su sueño las más tiernas escenas de amor en su compañía, sino que pensó en hacer algo que nunca hubiera pensado hacer.

Se levantó de la cama. Se vistió. Y con sus zapatillas en la mano, y descalza para no despertar a los de casa, bajó las escaleras y abrió la puerta de la calle.

La noche era clara. Las calles del pueblo a las cuatro de la madrugada sólo estaban ocupadas por los gatos en celo que maullaban en busca de pareja. Las estrellas brillaban en un cielo incontaminado, y la luna jugaba a esconderse tras alguna nubecilla para volver a asomarse de nuevo como tratando de seguir a Gabriela Rincón en tan arriesgada aventura.

Una vez en la calle, cerró con cuidado la puerta de su casa para no despertar a nadie, se calzó sus zapatillas y se encaminó hacia la casa de Evaristo Salinas, sabiendo que su aventura era una misión imposible. Una locura que sólo el amor puede concebir. Se paró frente a la casa. Como era habitual, todas las ventanas estaban cerradas y las luces apagadas. Sólo un farol con una luz mortecina iluminaba la pequeña plazoleta donde se encontraba la casa.

El eco de unos pasos en la calle vacía alertaron a Gabriela, que buscó la oscuridad tras una pared donde ocultarse. Los pasos, cada vez más cercanos, se oían seguros, como de alguien que conoce bien ese camino. El ritmo disminuyó a medida que se acercaban a la plazoleta, donde, con el alma en un puño por el temor a ser descubierta, temblaba Gabriela, esperando que esos pasos continuaran su camino hacia otro lugar del pueblo.

De pronto, el ruido apagado de un cerrojo sonó en la puerta de la casa de Evaristo Salinas. El pequeño ventanuco se abrió dejando ver en el interior una iluminación tenue que dejaba en contraluz la cabeza de alguien que se asomaba a la calle. Los pasos en la plazoleta tomaron otro rumbo y se fueron alejando, mientras el ventanuco de la puerta se cerraba suavemente sin hacer ruido, salvo el ligero crujido del cerrojo.

Gabriela, con el cuerpo tembloroso de miedo, salió de su escondite, y lentamente, con el corazón acelerado, volvió a su casa, abrió con cautela la puerta de la calle y subió las escaleras hasta su dormitorio. Esa noche no solamente pensó en Evaristo Salinas, sino en el riesgo de ser descubierta en su loca aventura, con la absurda idea de ver si en su taller, en donde a veces trabajaba hasta la madrugada, había alguna luz encendida, y que el destino propiciara el encuentro esa noche con Evaristo Salinas, algo que resultaría increíble.

Nunca más, durante el resto de la semana, volvería Gabriela Rincón a repetir su aventura nocturna, si bien cada mañana iría a la tienda a comprar dando un rodeo en el camino para pasar por la puerta de Evaristo, por si —cosa poco probable— se cruzaba con él.

El día que Gabriela debía recoger el reloj en la casa de Evaristo Salinas, pasó una hora frente al espejo. Se vistió con una falda negra y su blusa de encaje y, al cuello, un camafeo, regalo de su madre, heredado a su vez de su abuela, a la que Gabriela apenas recordaba, y que hacía años había muerto.

Por fin, con el corazón encogido y el temor de ser recibida con recelo, se encaminó hasta la casa de Evaristo Salinas, pasado el plazo que este había marcado. Llamó despacio a la puerta como si en el fondo estuviera deseando que no le abriera nadie, para regresar a su casa y aplazar la visita para otro día. No contestaba nadie, así que decidió irse.

De pronto sintió a sus espaldas el crujir de los goznes de la puerta, pero nadie dijo nada; volvió la cabeza y allí estaba, no Baltasara Cortés, sino Evaristo Salinas en persona, que con una sonrisa, y por señas, le indicaba que entrara en la casa. Eso hizo Gabriela, y él la acompañó hasta el taller y le indicó una silla donde tomar asiento. Y aunque no podía hablar, con la mirada le dijo todo lo que el corazón le dictaba. Ella sonreía tímidamente sin saber cómo comunicarse con él sintiendo que su corazón se aceleraba sin remedio y entendió que el lenguaje del amor no necesitaba de palabras. Él rozó con sus manos las manos de ella y ella sintió un escalofrío. En la calle comenzó a llover y en el taller ellos se olvidaron del despertador.

Aquel día pasó lo que nunca hubiera deseado Baltasara Cortés, que Gabriela Rincón le robara el corazón de su hijo durante su ausencia. Una ausencia que a partir de ese día se prolongaría por toda la vida.

Esa tarde, las nubes dieron paso a un sol mortecino que iluminó suavemente los tejados mojados de las casas y las calles embarradas de El Castro.

Unos meses después, Evaristo Salinas y Gabriela Rincón se unieron en santo matrimonio. Él llegó a la iglesia solo y vestido de oscuro, ya que su madre, Baltasara Cortés, se negó a acompañarlo. Ella lo hizo acompañada de su familia, vestida de blanco y cubriendo su cabeza con un velo de encaje que durante su relación con Evaristo Salinas había ido tejiendo primorosamente a la luz de la ventana que daba a Vallehondo, y entre sus manos un manojo de rosas rojas cultivadas por ella misma en su huerto.

Don Aristeo Arganzúa ofició la ceremonia vestido con sus mejores galas; sus palabras a los novios fueron breves dadas las carencias auditivas del novio, aunque este sí entendió al cura cuando dijo:

—Evaristo Salinas, ¿quieres por esposa a Gabriela Rincón en lo bueno y en lo malo, en la salud y la enfermedad, en la pobreza y en la riqueza, hasta que la muerte os separe?

Evaristo Salinas asintió con la cabeza mientras sus ojos se llenaban de lágrimas, y rompiendo el protocolo abrazó fuerte y besó a Gabriela Rincón, seguro de que ese momento era el principio de un tiempo de felicidad para los dos.

Ni que decir tiene que Baltasara Cortés no solamente no asistió a la ceremonia, sino que al pasar el séquito de los recién casados bajo la ventana de la casa —que hasta ahora había compartido con su hijo, y en la que, de ahora en adelante, se empeñaría en vivir sola—, su voz perturbó la alegría del cortejo:

—¿Dónde está la novia, que le tire la mano del almirez?

Evaristo Salinas apretó con fuerza la mano de su amada Gabriela y ella lo miró con la sonrisa más tierna. El resto de los invitados ignoraron las palabras llenas de rencor de Baltasara Cortés y siguieron su camino hacia la casa de Gabriela Rincón, que a partir de entonces sería el hogar del nuevo matrimonio.

Allí, Evaristo Salinas instalaría su taller de relojería y pasaría la vida destripando relojes hasta hacerlos funcionar, a la vez que comprobando el estado de la línea eléctrica cuyos postes de madera cruzaban la comarca de Vallehondo, para cuya vigilancia se valía de un potente catalejo de cobre instalado en la ventana del taller desde donde se dominaban algunos de los pueblos de la comarca.

Pero a pesar de la felicidad de Evaristo Salinas en su nueva casa, y del amor por su mujer que llenaba su vida, en el rincón más profundo del alma sentía la soledad que debería suponer para su madre el hecho de vivir sola, lejos de su tierra y en un pueblo poco acogedor para los que llegaban de fuera.

Gabriela Rincón, por su parte, compartía con su marido el mismo sentimiento, y juntos decidieron proponerle a Baltasara Cortés compartir su casa por el tiempo que ella decidiera.

Sin embargo era una mujer de un carácter imposible, y celosa de la que, a partir de ahora, sería la mujer más amada, la confidente y la compañera inseparable de su hijo; para ella ese sería un papel difícil de interpretar. Pero ante la insistencia del matrimonio, aceptó, y un día tomó el reloj, el Cristo y el caldero —sus tres objetos más preciados, única herencia de sus padres—, y cruzando el pueblo con tal carga se dirigió a casa de su hijo segura de que aquella fórmula de convivencia no duraría mucho, y de que cualquier día los enseres que hoy transportaba a casa de su hijo pronto volverían de regreso a la suya.

Para Gabriela Rincón, a pesar de la felicidad que compartía con su marido, el hecho de aceptar en su casa a la madre de Evaristo Salinas le creaba un conflicto que Baltasara Cortés fomentaba, demostrando con su actitud el rechazo que inevitablemente sentía hacia quien había ocupado en su totalidad el corazón de su hijo. Ella que había sido la dueña absoluta durante toda su vida de cada uno de los pasos dados por Evaristo, y dirigido con mano de hierro cada una de sus decisiones, y que ahora veía la felicidad innegable de la pareja, no podía soportar sus celos, inventando cualquier pretexto para crear el conflicto entre ellos, cuyo resultado siempre era un fracaso para ella y un nuevo motivo para ellos de mostrar su amor, que no disimulaban en ningún momento, aun en presencia de Baltasara, quien, mirando hacia otro lado, murmuraba algunas palabras inaudibles de reproche hacia esas expresiones de amor, que consideraba una falta de respeto hacia ella. Ante esa actitud de su madre, Evaristo la justificaba y besaba a Gabriela con una sonrisa como una manera de disculpar el comportamiento de Baltasara Cortés.

Durante aquel tiempo, la vida para Evaristo y Gabriela era como un regalo llegado del cielo. El amor presidía cada minuto de sus vidas, que nada ni nadie conseguiría romper, ni siquiera Baltasara Cortés, que cada día perdía autoridad en presencia de su hijo frente a Gabriela Rincón, que acaparaba de forma natural toda la atención y el cariño de Evaristo Salinas, su marido. Gabriela se ocupaba de la casa y de Baltasara Cortés (si ella lo permitía), mientras él pasaba todo el día reparando los relojes encargados por sus clientes de El Castro. Las noches eran de los dos, en las que se amaban leyéndose los labios y abrazando sus cuerpos en ese silencio al que Evaristo acabó acostumbrando a Gabriela, y en el que un día esperaban ver llegar, desnudo y descalzo para no hacer ruido, un hijo al que entregar sus vidas.

4

Las aldeas diseminadas por la comarca de Vallehondo eran asistidas espiritualmente por don Aristeo Arganzúa. Un cura cuya medicina primordial era la pureza conseguida a base de sacrificio y oración, la abstinencia en lo referente al sexo y el esfuerzo diario para vencer la tentación, que a los veinte años no era cosa fácil y que a veces requería el uso del cilicio para contener el deseo a través del dolor.

Su autoridad era mayor que la del alcalde o el maestro, y sólo equiparable a la del médico, y por supuesto, a la de las familias más ricas de El Castro donde se le rendía verdadero respeto y admiración, y donde, a cambio del alimento espiritual que él proporcionaba a sus almas, recibía las viandas más suculentas de la despensa de cualquiera de las casas que visitaba.

En casi todos los pueblos de la comarca de Vallehondo, la casa del cura, por regla general cerca de la iglesia, era una de las mejores del pueblo y casi siempre regentada por alguna sobrina, hermana o la madre anciana, que vivían como él, más de los donativos de los feligreses que del escaso sueldo de cura que recibía de la diócesis a la que pertenecía el pueblo.

Tenía don Aristeo Arganzúa una legión de jóvenes admiradoras pertenecientes a Acción Católica que seguían a rajatabla sus piadosos consejos y que habitualmente se reunían en el centro cultural que él dirigía, donde cultivaban la lectura, el teatro y las actividades relacionadas con la iglesia como era la elección de catequistas, la selección de voces para el coro, y lo más importante, el fin primordial: la captación de vocaciones religiosas con las que llenar los conventos.

Y mientras las jóvenes cristianas buscaban la santidad de la mano de don Aristeo Arganzúa, el tiempo hizo florecer en sus mejillas y el resto de su cuerpo algunas arrugas que, como la piel de las manzanas, empezó a ajarse hasta envejecer sin haber conocido varón, ni más lecho que el que en su soledad imaginaran, donde entregarse íntimamente a todo lo prohibido.

Investidas de tal religiosidad, algunas de ellas se retiraron a los conventos. Otras se entregaron de por vida al cuidado de sus padres, mientras morían lentamente de soledad y tristeza sin haber conocido el mundo más allá de las cuatro paredes de su casa, y el reclinatorio almohadillado de terciopelo rojo en la iglesia, cerca del altar mayor.

La inmensa mayoría se quedaron para vestir santos, y casi todas, arrepentidas de haber sacrificado todo siguiendo ciegamente los consejos de don Aristeo Arganzúa y su obsesión por lo pecaminoso del género humano.

Cuando llegaba a El Castro a lomos de una yegua blanca procedente de algunos de los pueblos de la comarca de Vallehondo donde alternaba misas, rosarios, entierros, bodas y comuniones, los habitantes del pueblo inclinaban la cabeza a su paso, y cuando el recorrido por el pueblo lo realizaba a pie, los niños corrían a su encuentro para besar su mano, a lo que don Aristeo Arganzúa respondía con una sonrisa de satisfacción, sabiéndose la autoridad más respetada del pueblo.

Al llegar a la casa, el cura desmontaba la yegua y un monaguillo se encargaba de ponerle agua en un cubo y pienso en el pesebre mientras el cura celebraba la misa del domingo.

Las chicas, cuando él se sentaba en el confesionario, acudían en masa para confesarle los pecados cometidos esa semana en su ausencia. Era tan recto en la administración de la justicia divina, que en una ocasión, al enterarse del embarazo de la abanderada de Acción Católica en la relación con su novio, esperó el día de la misa mayor para arrebatarle la bandera y humillarla públicamente, lo que todo el pueblo interpretó como una falta de la caridad cristiana que se espera siempre de un pastor de la Iglesia. A partir de ese día, la joven se declaró abiertamente atea y nunca más acudió a ningún acto religioso, incluida la misa dominical, en el que participara don Aristeo Arganzúa. Después del escándalo de aquel día, la casa del cura fue perdiendo protagonismo en su labor pastoral y en la religiosidad de las jóvenes. Poco a poco, al irse abandonando, el edificio se fue deteriorando. La gloria romana, un sistema de calefacción alimentada por paja, que al arder calentaba los suelos de ladrillos rojos, dejó de ser mantenida por el monaguillo de turno y no volvió a funcionar nunca más. El pequeño jardín, que las jóvenes regaban con el agua traída en cántaros de barro desde la fuente de la plaza, se convirtió poco a poco en un rastrojo. La yegua blanca dejó en pocos meses de existir, debido a una anemia galopante por falta de alimento, dando paso en lo sucesivo, y para humillación de don Aristeo Arganzúa, a una bicicleta con la que, a golpe de pedal, acudir a todos los pueblos de su jurisdicción en la comarca de Vallehondo a los que llegaba con la lengua fuera para cumplir con su labor pastoral.

El Castro estaba situado en la meseta de un cerro cuyo camino empinado hacía casi imposible el ascenso a lomos de la bicicleta, así que el cura llegaba al pueblo arrastrando la bicicleta y pidiendo por caridad —en la primera casa que encontraba abierta— un sorbo de agua.

Ni los adultos inclinaban la cabeza al verlo pasar, ni los niños corrían a besarle la mano, y las puertas de las casas se cerraban a su paso. Sólo algunas «santas mujeres», de una fidelidad inquebrantable, seguían fabricando las hostias para la consagración, y planchando con verdadero primor los pañitos blancos que acompañaban a las vinajeras, y el mantel con el que se cubría el ara del altar. Y por supuesto, la ropa que utilizaba don Aristeo Arganzúa para oficiar la misa. La limpieza de la iglesia y la colocación de las flores en el altar también era una labor reservada a las «santas mujeres», labor que realizaban una o dos veces al mes.

Don Aristeo Arganzúa sentía que había perdido toda su autoridad. Que los cepillos de la iglesia estaban cada vez más vacíos. El obispado puso en venta la casa que hasta entonces había sido el refugio de la religiosidad de El Castro, y el cura andaba por el pueblo sin saber dónde anidar, hasta que un día, cansado de sentirse rechazado, pidió el traslado a otra parroquia; y subido en su bicicleta, bajo la lluvia, una mañana se fue como alma que lleva el diablo.

Una de las jóvenes que se libraron del ingreso en un convento eligió su santificación en el matrimonio casándose con un buen hombre de El Castro de cuyo matrimonio nació un niño que fue la alegría de la pareja. Ambos se disputaban el parecido del niño, pero después de mucho mirarle los ojos, la boca, el color del pelo y los dedos de las manos y los pies, llegaron a la conclusión de que no tenía parecido con ninguno de los dos. Y a medida que el niño fue creciendo y se fueron definiendo sus rasgos, hubo gente que le encontró un parecido con don Aristeo Arganzúa. Secreto que nunca se llegó a desvelar por el bien del niño y la honra del padre.

No se supo en El Castro de casos parecidos —y ni siquiera si el mencionado fue cierto— entre el cura y una de sus feligresas. Sin embargo, su legión de damas pías de Acción Católica no disimulaban su admiración hacia el pastor de sus almas, al que entregaban en confesión sus más inconfesables debilidades y secretos del alma.

5

Pensando en el posible riesgo que pudiera correr el bebé de nacer con el mismo problema que su padre, Evaristo Salinas y Gabriela Rincón consultaron al médico de El Castro, que los tranquilizó sobre la escasa posibilidad de que su hijo naciera sordomudo. También consultaron al cura don Aristeo Arganzúa sobre la posible irresponsabilidad de traer el mundo un ser con tal riesgo, a lo que el cura respondió animándolos a llevar un nuevo cristiano al redil de la iglesia, por lo que no encontraba tampoco el más mínimo riesgo a que el amor entre los dos cumpliera la misión sagrada de «Creced y multiplicaos».

Gabriela Rincón, casada con Evaristo Salinas desde hacía escasamente un año, quedó embarazada, con lo que se demostraba que el lenguaje del amor precisa de pocas palabras para dar fruto. Al llegar al mundo la pequeña Rebeca, mientras Evaristo Salinas la abrazaba y miraba emocionado a Gabriela, su mujer, dijo:

—La niña guapa. —Y al oírla llorar—: No muda.

Y, abrazados, lloraron los dos.

A partir del nacimiento de Rebeca, Evaristo Salinas se dedicó más si cabe al trabajo de la restauración y arreglo de relojes en su pequeño taller, sin olvidar controlar a través de su catalejo la línea eléctrica de cuya conservación era responsable desde hacía ya muchos años, así como del alumbrado público de El Castro y las pequeñas averías domésticas que siempre surgían en las casas del pueblo. La vida transcurría feliz entre Evaristo Salinas y Gabriela Rincón, celebrando cada gesto y cada sonrisa de la pequeña Rebeca, que crecía con poco peso dada la escasez de leche en los pechos diminutos de Gabriela Rincón, lo que les obligó a buscar un ama de cría.

Era una mujer grande y fuerte con dos cántaros por pechos, capaz de alimentar de leche a un regimiento de haber sido necesario, y que ya había criado a cuatro hijos que crecieron altos como cipreses y fuertes como robles, y que fueron el terror de todos los niños del pueblo, sobre todo uno de ellos, apodado «el Cabra» por la facilidad con la que se enredaba en una riña y que acababa rompiéndole la cara a quien encontrara más cerca. Para cualquier niño de la escuela, ser amigo del Cabra era un verdadero privilegio, ya que le garantizaba el máximo de protección. Ante cualquier problema del protegido, le bastaba con advertir:

—Te vas a enterar cuando se lo diga al Cabra.

Desde la boda, entre Evaristo Salinas y su madre hubo un distanciamiento, y cada vez con mayor frecuencia, y tal como Baltasara Cortés había aventurado, el reloj, el Cristo y el caldero hicieron el camino de vuelta entre la casa del hijo y la suya.

Evaristo Salinas sólo tenía ojos para la pequeña Rebeca y un amor casi enfermizo hacia su mujer, lo que provocaba inevitablemente los celos de Baltasara Cortés, quien, poco a poco, en la soledad de sus noches, se iba planteando la posibilidad de volver a Sevilla, su tierra, a la que no había vuelto desde su llegada a El Castro. Sus ojos se humedecían cada vez que recordaba su patio de naranjos, el aroma del azahar perfumando el aire, su calle estrecha y sombreada del barrio de Santa Cruz donde vivió unos años de felicidad con su marido antes de enviudar, las buganvillas trepando por las paredes encaladas, el olor de la cera que cubría los adoquines de las calles después de la procesión del Cristo de los Gitanos, del que siempre fue devota, y el pequeño Evaristo, un regalo del cielo al que querer con un amor muy especial.

Sí, Baltasara Cortés siempre se sintió extraña en El Castro. Hasta la luz de ese cielo castellano no era tan luminosa como la de su Andalucía. Sólo su hijo la retenía en aquel lugar austero y olvidado del mundo. Pero ¿hasta cuándo? El reloj de los acontecimientos marcaría ese momento.

6

Un día de invierno, las lluvias fueron más abundantes de lo habitual y la tierra adquirió tal grado de humedad, que algunos palos del tendido eléctrico que unía El Castro con El Olivo cayeron al suelo dejando sin servicio a algunos pueblos de la comarca de Vallehondo. El viento soplaba con fuerza silbando en los alambres de cobre y la temperatura bajaba de los cero grados. Evaristo Salinas, viendo a través de su catalejo el desastre ocasionado por la tormenta, se dispuso a salir de su casa en contra de la opinión de su mujer, que intentaba retenerlo.

Pero él se calzó las botas de cuero, la zamarra, los guantes de lana que había tejido para él Gabriela Rincón, y un pasamontañas, y se fue cruzando el temporal caminando bajo la lluvia por un espacio de dos horas, hasta llegar al lugar donde la línea había sido destrozada por el viento. Aguantando el azote de la lluvia en la cara y el frío que le impedía el movimiento de las manos, trató de arreglar la avería, al menos provisionalmente, e impedir que esa noche los pueblos de la comarca de Vallehondo durmieran a oscuras.

Mañana avisaría a la compañía e iría una cuadrilla para resolver definitivamente el problema. Después de trabajar contra viento y marea, Evaristo Salinas consiguió conectar algunos de los cables partidos por el viento, pero fue demasiado tiempo el que permaneció bajo la lluvia y la nieve aun a costa de su seguridad, ya que un cortocircuito con el agua que estaba cayendo podría ser mortal, mojado como estaba hasta los huesos. Terminado su trabajo, miró hacia El Castro y vio cómo se iluminaba. Entonces decidió volver. La noche cerrada oscureció el camino de vuelta y cubrió con su manto negro la comarca de Vallehondo. Gabriela Rincón abrazaba a Rebeca, que dormía en su regazo junto al fuego, mientras el viento silbaba en las ventanas, y la chimenea apuraba uno tras otro los troncos de leña disponibles en el patio.

Cuando la luz iluminó de nuevo la casa y las calles de El Castro, Gabriela Rincón pensó en su marido y se sintió orgullosa de él. Pero la espera se hacía cada vez más larga mientras Rebeca seguía durmiendo plácidamente entre los brazos de su madre. Y cansada de esperar el regreso de Evaristo Salinas, dio la alarma a los vecinos.

De nuevo empezó a nevar y el pueblo se volvió a vestir de blanco. Las campanas tocaron a rebato y todos los hombres de El Castro, armados de bastones y antorchas, partieron bajo la nevada en busca de Evaristo Salinas, mientras

Gabriela Rincón se quedaba en la cocina al calor del fuego acompañada por las mujeres, esperando impaciente el desenlace de aquella noche de perros.

La nevada fue tan intensa que borró los caminos por donde debería regresar su marido al pueblo. Los hombres, reunidos en grupos de cuatro o cinco, buscaban en vano en cada recodo, en cada acequia, portando antorchas para llamar su atención.

Después de más de una hora de búsqueda, descubrieron la minúscula luz de una cerilla y escucharon su voz gutural.

—Estoy aquí —dijo—. Ya voy de camino.

Su andar era parsimonioso y su aspecto extenuado casi le impedía caminar.

Preguntó a los hombres qué pasaba, sin pensar que el protagonista de tal despliegue era él.

Poco a poco, con la ayuda de la cuadrilla encontró el camino de regreso. A lo lejos, entre el manto de nieve que seguía cayendo, parpadeaban las luces de El Castro, y se sintió orgulloso de haberlo conseguido. Al llegar al pueblo, todos los vecinos lo recibieron, primero con preocupación y después como a un héroe.

Gabriela Rincón dio las gracias a todos por su ayuda y entró en la casa para secar su ropa y abrazarlo como quien ha recuperado lo más querido. Rebeca dormía plácidamente en su cama y Evaristo Salinas, después de besarla, acompañó a Gabriela Rincón a su dormitorio para descansar de un cansancio infinito.

Al día siguiente, Evaristo Salinas no se encontraba bien aunque no quiso dar importancia a su estado febril y su dificultad para respirar; tampoco quiso avisar al médico hasta el tercer día que hubo de quedarse en cama. Gabriela Rincón lo cuidó a base de caldo de cocido, carne de ternera y fruta. Pero Evaristo Salinas iba perdiendo poco a poco el apetito y la sensación de ahogo le creaba tal dificultad para respirar que el médico, don Crisantos Blanco, le recetó unas friegas de alcohol y una infusión de limón, jengibre y miel para el pecho. Sin embargo, la fiebre se negaba a bajar en el termómetro. Así que, como último recurso, hubo que llevarlo en parihuelas hasta el lavadero de la fuente vieja, y desnudo, como su madre lo trajo al mundo, sumergirlo en el agua helada durante unos segundos hasta que la fiebre empezó a remitir. No obstante, al volver a casa y acostarlo en la cama, su cuerpo era un ascua. Empezó a temblar y a sudar, y Gabriela Rincón no daba abasto para cambiarle los apósitos en la frente, y don Crisantos Blanco no encontraba forma de atajar aquella pulmonía que iba acabando con la vida de Evaristo Salinas.

La pequeña Rebeca, ajena al estado de su padre, permanecía a su lado mientras él demandaba la presencia urgente de su mujer a la que debía dar un recado de suma importancia. Rebeca Salinas corrió hasta la cocina para avisar a su madre, que preparaba algo de comer. Mientras, Evaristo Salinas empezaba a perder la cabeza, aunque no lo suficiente como para impedirle comunicarse unos segundos al oído de su mujer y evitar que la pequeña Rebeca oyera su mensaje.

En sus últimos momentos de lucidez, mientras se despedía de Gabriela Rincón, acercándose a ella, en el lenguaje limitado que con el tiempo había aprendido, le dijo:

—Debes casarte con Justiniano Nazario. Será bueno para ti y para la niña.

El último abrazo de Evaristo Salinas y Gabriela Rincón fue el más largo de la vida, y mientras entregaba su último beso a su esposa, la única mujer de su vida, dejó de respirar.

Gabriela Rincón, abrazada a él, lloró sin gritar con el llanto del alma. Después, con el traje de la boda lo amortajó ayudada por algunas vecinas.

La niña, Rebeca Salinas Rincón, a su corta edad, sin comprender aún lo que suponía la muerte de su padre, mientras jugaba en la calle con otras niñas, se quedaba huérfana.

Las campanas de El Castro doblaron esa mañana por la muerte de Evaristo Salinas.

Baltasara Cortés hacía meses que se había enclaustrado en su soledad, cerrando la puerta de su casa y la de su corazón al contacto con su hijo, dado el continuo enfrentamiento cada vez que se veían; ese distanciamiento incluía también a Gabriela Rincón y su nieta Rebeca, a la que nunca había prodigado la más mínima caricia y hacía meses que no veía, negándose incluso a visitar a su hijo durante su corta pero grave enfermedad, a pesar de haber recibido algunos recados de Gabriela Rincón informándola de su precario estado de salud.

El sonido de las campanas de la iglesia de El Castro doblando a muerto entró por la ancha chimenea de la cocina de leña donde Baltasara Cortés preparaba en su puchero de barro el café para su desayuno. Su corazón, al oírlas, golpeó su pecho con fuerza sintiendo el desgarro y el peso infinito de la culpabilidad. Supo que su hijo había fallecido, que se había ido para siempre y que ella no le había despedido.

Mientras se vestía de luto para ir al velatorio, lloró con un arrepentimiento que ya no tenía ningún valor. Cuando salió a la calle, la pequeña multitud que conformaba el total de los vecinos de El Castro se dirigía en silencio hasta la casa de su hijo para rezar por él. Cuando Baltasara Cortés llegó, la casa estaba ya llena de gente, y también la calle. Quiso hacerse un hueco entre sus convecinos para llegar hasta donde se encontraba el cadáver de su hijo, pero nadie le abrió el camino.

Una vez más, sacó su carácter desafiante, y perdida entre la gente, rompiendo el silencio de los que rezaban, gritó:

—¡Soy su madre! ¡Soy su madre! ¡Quiero ver a mi hijo! ¡Dejadme pasar! ¡Soy su madre! ¡Dejadme…! ¡Por favor, dejadme pasar, quiero ver a mi hijo!

Después de liberarse de aquel gentío que la aprisionaba y le impedía entrar en la casa, por fin se encontró frente a frente con el cadáver de su hijo. Junto a él, y con el dolor dibujado en su rostro, su mujer Gabriela Rincón y su hija Rebeca, la nieta a la que hacía meses no veía. Las abrazó segura de que ese sería el último abrazo, y mirando a su hijo muerto, desde el rincón más íntimo del alma le pidió perdón y sintió que en ese momento su vida dejaba de tener sentido. Acababa de perder lo único por lo que había merecido la pena vivir. Gabriela Rincón, abrazada a la pequeña Rebeca, la recibió con una mirada de perdón, tal como la habría recibido su hijo de no estar muerto.

Al día siguiente, Evaristo Salinas fue enterrado en el cementerio de El Castro. Y allí, mezclada entre la gente que acudió en masa para acompañarlo en su último viaje, Baltasara Cortés, vestida de riguroso luto, se despedía de su hijo.

Desde la verja de hierro que daba entrada al camposanto, y mientras lo enterraban, ella regresó a su casa, sacó del desván las maletas que hacía tiempo no usaba, hizo su equipaje y en el siguiente autobús de línea salió para volver a su tierra con el firme propósito de no volver nunca más a El Castro. Y así fue. Era demasiado largo el viaje para llevarse con ella el reloj, el Cristo y el caldero, que una vez abandonada la casa, Gabriela Rincón encontró junto a otros objetos de escasa utilidad. Sólo el Cristo sobrevivió a la hora de limpiar la casa. Gabriela Rincón lo colgó en la cabecera de su cama, y permaneció hasta su muerte, momento en que se haría cargo su hija, Rebeca Salinas Rincón.

Nunca más llegó a El Castro noticia alguna sobre Baltasara Cortés, aunque dicen que vivió muchos años, que perdió la cabeza, y que una y otra vez repitió sin pausa el nombre de su hijo hasta morir, casi centenaria, en su casa del sur.

7

Un domingo del mes de mayo, cuando los habitantes de El Castro llenaban la plaza de la iglesia para asistir a misa, fueron sorprendidos por una visión que, flotando en el cielo, les hizo pensar en el fin del mundo, obsesionados como estaban por los sermones catastrofistas de don Aristeo Arganzúa, quien después de marcharse de El Castro fue sustituido por don Juan Calero, nuevo párroco del pueblo y más comedido en sus planteamientos con respecto a ese momento bíblico para el que todos deberían estar —eso sí— preparados, y de cuyo acontecer no se sabía el día ni la hora.

Un gran globo de colores se deslizaba lento y silencioso, casi rozando el campanario de la iglesia, hasta quedar inmóvil en el centro del cielo de la plaza. Se hizo el silencio en todas las calles de El Castro y la gente contenía la respiración y miraba al cielo embelesada, como poseída por un espíritu sobrenatural, esperando el descenso de un ángel con sus alas y su túnica blanca desde el globo hasta la iglesia. Los habitantes de El Castro, poseídos de una sonrisa angelical, y a punto de levitar por la visión celestial que se les ofrecía, entraron en tropel a la iglesia pidiendo confesión de sus pecados en una penitencia urgente, como si el fin del mundo estuviera a punto de llegar. El cura, ante tal avalancha de religiosidad, y viéndose tan desbordado en su confesionario, se vio obligado a pedir refuerzos a otras parroquias de Vallehondo mientras se formaban unas colas ingentes de feligreses esperando ser recibidos en confesión y perdonados por tantas maldades cometidas.

El globo descendió lentamente hasta la altura de las casas ante el temor creciente reflejado en los rostros de los habitantes de El Castro, que esperaban mudos el milagro.

Un tripulante del globo asomó su cabeza al vacío, con tal mareo, que su vómito, a modo de lluvia, cayó sobre los espectadores, que se apartaron maldiciendo al viajero mientras se limpiaban sus trajes de domingo con sus pañuelos. Algunos se armaron de piedras dispuestos a atacar a semejantes visitantes mientras el otro ocupante pedía ayuda para descender.

Al acercarse tanto, la gente observó que bajo la panza de colores azules, rojos y blancos, colgaba algo parecido a un cuévano de mimbre, que les recordaba los que ellos usaban para acarrear las uvas desde la viña hasta el lagar para luego pisarlas y convertirlas en mosto.

A medida que observaban el globo, iba desapareciendo de sus caras la expresión angelical al ver que un hombre, apoyado en el borde del cuévano, los saludaba agitando los brazos a la vez que lanzaba una cuerda sobre las cabezas de los curiosos que, venidos de toda la comarca de Vallehondo, llenaban por completo la plaza de la iglesia.

El tripulante del globo gritó:

—¡Que alguien tire de la cuerda para poder posarnos en el suelo!

La gente se apartó de la zona en la que, de un momento a otro, podía caer el dirigible. Pero el globo seguía quieto en el aire esperando que alguien agarrara el cabo y consiguiera hacerlo descender.

Se miraban unos a otros pensando quién sería el valiente que sujetara la cuerda.

De pronto, entre la gente se abrió camino un hombre delgado, alto de estatura y con la agilidad de una liebre. Llegó al lugar donde se encontraba suspendido el globo y, de un salto, alcanzó la argolla en la que se remataba el cabo.

Se llamaba Victorino «Cabañas», apodado así por la facilidad con la que levantaba chamizos y cobertizos en cualquier lugar, o habilitaba para casos de lluvia alguna cueva excavada en las areniscas que proliferaban en las tierras de Vallehondo. La gente aplaudió su valentía y esperó el desenlace de tal acontecimiento nunca visto en El Castro. Una ligera brisa empezó a soplar y el globo se balanceó suavemente mientras Victorino Cabañas flotaba en el aire a cinco centímetros del suelo, sin conseguir, a pesar de su peso, que el globo descendiera ni un milímetro.

Teresa Requena, su mujer, que en principio aplaudió la

valentía de su marido por brindarles ayuda a aquellos extraños visitantes, y viendo que sus pies se elevaban del suelo, miró hacia el cuévano mientras los dos ocupantes gritaban requiriendo la ayuda de algún hombre más, ya que el peso de Victorino Cabañas era insuficiente para hacerlos descender. Nadie respondió a la llamada de socorro. De pronto, el viento aumentó creando un remolino en la plaza que hizo ascender el globo un metro más, ante la cara descompuesta de Teresa Requena al ver que su marido se resistía a soltarse de la argolla y dejar de prestar ayuda humanitaria a los ocupantes del cuévano. Poco a poco, el globo fue ascendiendo hasta superar la altura del campanario de la iglesia, mientras ahí abajo iban quedando los hombres y las mujeres de la plaza que se hacían cada vez más pequeños y los niños, que la lejanía impedía identificar más allá de puntos diminutos como cañamones. Justo entonces, Teresa Requena, en un estado de shock profundo, cayó al suelo y tuvo que ser trasladada a su casa para administrarle algunos tranquilizantes que la hicieran dormir. Entretanto, en la plaza de la iglesia, muchos de los habitantes, viendo desaparecer entre las nubes pataleando la figura de Victorino Cabañas, pensaron que se trataba de un milagro, y que debido a su bondad, lo ascendían en el cuévano directamente al cielo de los justos.

Unos lloraron pensando que en su vuelo celestial moriría de frío entre las nubes. Otros hicieron una colecta entre todos los pueblos y aldeas de la comarca de Vallehondo a fin de conseguir los fondos suficientes para que el alcalde de El Castro, acompañado de un concejal «creyente», viajara a Roma para solicitar del Santo Padre la santificación, con carácter de urgencia, de Victorino Cabañas por su acción generosa de caridad cristiana practicada aun a costa de su propia vida.

Sobrecogidos por el acontecimiento los habitantes de El Castro, unos tristes por haber perdido para siempre a un amigo, y otros felices porque habían ganado un santo para su pueblo, se fueron a sus casas.

Durante muchos años se habló de Victorino Cabañas, y su historia, ampliada y magnificada, corrió de boca en boca por toda la comarca de Vallehondo. Incluso algún poeta ambulante, de los que a menudo llegaban a El Castro, cantaba por las esquinas, escritas en papeles rosas y amarillos, las coplas que narraban con todo detalle los acontecimientos de la vida y milagros de Victorino Cabañas.

En el lugar de la levitación se colocó una placa con su nombre que rezaba: DESDE ESTE LUGAR, VICTORINO CABAÑAS ASCENDIÓ AL CIELO EN CUERPO Y ALMA UN DOMINGO DE MAYO.

Muchos años después de su ascensión a los cielos quedaban diseminados, por diferentes lugares de la comarca de Vallehondo, restos de lo que en algún momento fue una cabaña para refugiarse de la lluvia en época de caza; allí Victorino plantaba árboles del paraíso y bordaba de lirios las laderas próximas dándole carácter de vivienda temporal, lo que le hacía sentirse dueño de un terreno colonizado y que hasta su llegada carecía de propietario.

En otras ocasiones, su sueño imposible llegaba más lejos pensando que su visión romántica de la vida sería compartida por el resto de los habitantes de El Castro.

Un verano, sabiendo el sacrificio que suponía bajar desde El Castro al río para bañarse, pues ambos distaban unos cuatro kilómetros, y que el calor era agobiante, sin una fuente donde poder beber un sorbo de agua, y mucho menos un bar donde poder tomar una cerveza, lo que convertiría en un auténtico placer el día en el río, se le ocurrió una solución que todos agradecerían.

Un día, a lomos de una mula, llegó a la orilla del río con un bidón vacío y unas cervezas. Después de colocar el bidón a la sombra de un álamo de la ribera, llenarlo hasta el borde con el agua fresca del arroyo y meter dentro las cervezas, puso a un lado, sobre una piedra, una lata, que en otro tiempo contuvo sardinas procedentes de una firma del norte, con un cartel escrito con su mejor caligrafía: «Tome una cervecita fresca del bidón y eche dos pesetas en la lata. Victorino Cabañas se lo agradece y le desea un feliz día en el río».

La admiración y generosidad de unos hacia Victorino Cabañas contrastaban con la mezquindad y la rapiña de otros que se encargaban de robar de la lata las monedas.

A pesar de insistir en confiar en la gente, Victorino Cabañas un día abandonó su negocio. En la lata puso alpiste para los pájaros que alegraban la ribera, y el agua del bidón acabó criando ranas que pusieron su nota bucólica en aquel lugar, donde los habitantes de El Castro seguían bajando a bañarse en los días ardientes del verano.

En otra ocasión, yendo de caza por el otero, descubrió una cueva excavada en la arenisca y que durante siglos había sido refugio de pastores en aquellos días en que los sorprendía la lluvia. Victorino Cabañas, delgado como un mimbre, consiguió entrar a través de un agujero lateral que un día debió de servir de puerta. La oscuridad dentro era absoluta. Encendió una cerilla y, de pronto, una nube de murciélagos se desprendió del techo y salieron en estampida en busca de la puerta por la que él acababa de entrar. Los animales, en su huida, tropezaron con él, lo que le obligó a cerrar la boca para evitar que le anidara alguno de esos bichos. En pocos segundos la cueva se quedó vacía; sólo una víbora en letargo despertó junto a sus pies y, reptando, se escondió bajo una piedra para seguir con su sueño interrumpido.

Cuando, ayudado de una pequeña antorcha, fabricada con una astilla de madera seca, recorrió el resto de la cueva, pensó emocionado que ese sí sería un lugar idóneo para instalar un pequeño bar, atendido, eso sí, por él mismo, y que cubriera las necesidades de los cazadores, que a menudo andaban cazando por aquella zona a la perdiz una vez abierta la veda, o durante las batidas organizadas por el ayuntamiento de El Castro para la caza del jabalí que tanto daño hacía a las plantaciones de girasol. Definitivamente,

Victorino Cabañas en esta ocasión estaba seguro de que su negocio, en ese otero pelado de vegetación y lugar preferido por las águilas, podría ser rentable.

Puso manos a la obra desbrozando la entrada a la cueva y limpiando el interior de murciélagos y víboras. Encaló las paredes y puso cemento sobre el suelo de arena. Con ladrillos y yeso construyó lo que sería la barra del bar en el rincón más cercano a la entrada. Perforó a golpe de puntero un agujero en el techo a modo de chimenea para la ventilación del local, los humos de los cigarrillos y el hogar de leña. Unos tablones de madera sujetos a la pared con unas escarpias servirían de estanterías para poner las botellas con las bebidas. Fabricó unas banquetas con unos troncos de madera vieja y las colocó en torno a una mesa del mismo material en donde jugar las partidas de mus y festejar la caza o tomar la cazalla en los días más fríos del invierno. Instaló una puerta fabricada por él mismo para poder cerrar con llave, y fuera, mirando a Vallehondo, plantó lirios, rosales de cien hojas y árboles del paraíso para dar sombra a la pequeña explanada decorada con unos bancos desde los que contemplar las estrellas y el Camino de Santiago en las noches claras del verano.

En la carretera solitaria que pasaba cerca del otero, y en un sitio bien visible, una flecha indicaría: CASA CABAÑAS, BAR.

Victorino Cabañas pasaba los días ordenando el local y las noches en El Castro amando a Teresa Requena, su mujer. Ella le apoyaba en todas sus locuras y fantasías y nunca tuvieron entre ellos una palabra más alta que la otra. Él había ejercido en su vida todo tipo de oficios, desde albañil a hortelano, desde barbero a tabernero o confitero en las fiestas del pueblo con su arquilla de caramelos y almendras garrapiñadas. El oficio de Teresa Requena sólo fue cuidarlo y apoyar sus proyectos casi siempre imposibles.

Pero él ya no estaba. Se había ido y la había dejado en la plaza de la iglesia viéndole ascender al cielo en un globo de colores, ante sus ojos incrédulos y llenos de lágrimas.

8

Había transcurrido escasamente un año desde la muerte de Evaristo Salinas y la situación económica de Gabriela Rincón cambió radicalmente desde la desaparición de su marido, teniendo que depender en parte de la ayuda de su familia. La pequeña Rebeca cumpliría pronto cinco años y se convirtió en un ser verdaderamente querido y hasta mimado por todos, lo que le crearía un lazo de afecto hacia sus tíos, hermanos de Gabriela Rincón, y sus primos, que seguiría vivo durante toda su vida, ya que no tuvo hermanos con los que compartir sus juegos de infancia, algo tan necesario para un niño.

Un día, alguien llamó a la puerta de la casa de Gabriela Rincón. Se trataba de Remedios Márquez, una mujer de aspecto enérgico y madre de cinco hijos, de los que sólo Justiniano Nazario seguía soltero, y que, sabiendo del interés de este por la reciente viuda, Gabriela Rincón, tenía algo que proponerle.

Gabriela Rincón la hizo pasar hasta la cocina y tomar

asiento frente al fuego, ya que aquel invierno estaba siendo especialmente frío en la comarca de Vallehondo. Mandó a la niña con sus primos, que vivían en la casa de al lado, para poder hablar las dos con tranquilidad. Ofreció café de puchero a su visita, que no aceptó, mostrando una cierta urgencia por charlar sobre el tema que la había traído a esa casa.

—¿Cómo te encuentras, Gabriela? —preguntó Remedios Márquez, intentando romper el hielo, dado que en pocas ocasiones habían tenido la oportunidad de estar frente a frente y conversar.

Gabriela Rincón, todavía sensible cuando se trataba de hablar de su marido, hizo un verdadero esfuerzo para ser fuerte y responder:

—Tanto a la niña como a mí nos está resultando muy difícil esta situación, aunque gracias a mi familia vamos saliendo adelante, pero el vacío que nos ha dejado Evaristo será muy difícil de llenar.

—Pero tú eres muy joven, sólo tienes veintiséis años. La vida es demasiado larga para vivirla en soledad, y tu hija se merece un futuro mejor que el que tú, en tu situación, le puedes dar —dijo Remedios Márquez, tratando de enfocar la conversación hacia donde Gabriela Rincón ya intuía.

—Es cierto —contestó Gabriela—, pero las heridas del corazón tardan tiempo en cicatrizar. Quizá algún día las cosas cambien para la niña y para mí, pero aún me parece demasiado pronto para compartir mi vida con nadie. No hace todavía un año que enterramos a mi marido —añadió indecisa—. En fin, ya veremos.

—Tú sabes, Gabriela, que de los cinco hijos que tengo, sólo Justiniano Nazario sigue aún soltero, hasta ahora no ha tenido suerte en las cosas del amor y anda buscando una mujer buena desde hace muchos años. Una vez la encontró, pero ya pertenecía a otro hombre con el que estaba casada. Esa habría sido la horma de su zapato —dijo Remedios Márquez—, pero alguien se le adelantó y desde entonces no ha vuelto a encontrar a la mujer con la que aún sigue soñando.

Sin poder disimular, Gabriela Rincón se ruborizó, y Remedios Márquez en ese momento supo que la batalla en favor de su hijo estaba ganada.

Gabriela la escuchaba, y en su mente imaginaba cómo sería compartir la vida con el hombre al que su propio marido, en su agonía, le había recomendado casarse por el bien de ella y de la niña. Pero era una mujer frágil e insegura a la hora de tomar decisiones, y sobre todo una decisión tan importante como unirse en matrimonio con Justiniano Nazario, que era el único motivo de la visita a su casa de Remedios Márquez.

—Pensaré en todo lo que me has dicho —resolvió, nerviosa.

—Piensa en ello, Gabriela, por tu propio bien y el de la niña.

Gabriela Rincón se sobresaltó al escuchar de boca de

Remedios Márquez las mismas palabras que en su lecho de muerte le había dicho su marido.

—Lo haré —contestó Gabriela y, despidiéndose de Remedios, fue a buscar a la pequeña Rebeca, que jugaba con sus primos ajena como siempre a las conversaciones de los mayores.

Justiniano Nazario no era físicamente muy agraciado, ni siquiera un poco. Su talla no quiso Dios que fuera desmedida y resultó pequeña, y por tanto su encanto personal dejaba mucho que desear. Sin embargo lo adornaba algo que Evaristo Salinas había observado en él. Era bueno y muy trabajador; pertenecía a una familia de labradores propietarios de una hacienda nada despreciable, ganado de ovejas y un abundante corral con animales domésticos que le proporcionaba la carne y los huevos necesarios para disfrutar de una situación privilegiada con respecto a otras familias de El Castro.

Era Justiniano el menor de cinco hermanos, dos mujeres y tres varones. Los hermanos hacía tiempo que se habían casado y se dedicaban a las labores del campo, y de las dos hermanas, una se dedicaba a hacer las labores de la casa mientras su marido se dedicaba a labrar la tierra, y la otra había salido de El Castro hacía algún tiempo siguiendo a uno de los titiriteros que un día habían pasado por el pueblo.

Aquella noche, después del encuentro con Remedios Márquez, Gabriela Rincón era un mar de dudas. El sentimiento de amor que la había movido a casarse con Evaristo Salinas era totalmente diferente a lo que sentía por Justiniano Nazario, y sólo pesaba a favor de él la certeza de ser un buen hombre, trabajador y, a juzgar por las palabras de su madre, el hecho de que Gabriela Rincón siempre había sido su amor oculto, aunque ignorado por ella.

Esa noche insomne, las palabras de su difunto marido: «Debes casarte con Justiniano Nazario. Será bueno para ti y para la niña», se repetían en su cabeza, y poco a poco se iban afianzando y convenciéndola de la conveniencia de seguir su consejo. Pero ¿y el amor? ¿No sería demasiado arriesgado unirse a una persona sólo por la seguridad económica del futuro de ella y de su hija, o por obedecer el consejo, en su lecho de muerte, de Evaristo Salinas?

Sin embargo no todas las parejas que iban al matrimonio lo hacían enamoradas. Había por aquella época en los pequeños pueblos como El Castro un conocimiento entre las familias, acerca de su posición social y económica, y de acuerdo con la situación de cada una de ellas, sus miembros se decantaban eligiendo una pareja para compartir su vida dentro de su mismo o parecido nivel. El amor no era en general el principal motivo para casarse, eso llegaría —decían— con la convivencia.

Corría por El Castro la conversación —no se sabe si cierta o inventada— entre una madre y una hija sobre la necesidad o no de estar enamorado para contraer matrimonio y asegurarse la felicidad en el futuro.

64

La hija, obligada por la madre a casarse con un mozo, dada la familia a la que pertenecía y su holgada situación económica, protestaba por la imposición de su madre para la celebración de esa boda.

—No quiero casarme con ese hombre, madre. No siento nada por él. No estoy enamorada —protestó la hija.

Y la respuesta de la madre fue:

—No te preocupes, hija, no te preocupes. Cuanto más lo vayas viendo, más querer le irás tomando.

Y la chica terminó casándose.

Pero esta coletilla, que suena a broma, era una realidad que se producía con frecuencia entre las parejas que llegaban a la iglesia a contraer matrimonio. Y un matrimonio que todos asumían que era para toda la vida.

Gabriela Rincón era una mujer buena y generosa, no demasiado efusiva en sus demostraciones afectivas ni demasiado pasional en el amor, lo cual no le había impedido hacer feliz a su marido.

Por otra parte, Justiniano Nazario tampoco lucía un aspecto de macho hispánico fogoso en las demostraciones amorosas. Era más bien un hombre tranquilo, apocado, no muy hablador, cristiano practicante, y a pesar de su edad —o quizá por ser el menor de sus hermanos—, mimado por su madre, Remedios Márquez.

El primer encuentro de la pareja se produjo como habitualmente ocurría entre los que ya habían cruzado sus miradas en algún encuentro... casual como en el caso de Gabriela Rincón y Justiniano Nazario a partir de la conversación entre las dos mujeres.

En el centro del pueblo y con la escasa iluminación de una bombilla, las cuatro esquinas eran, al llegar la noche, el centro de reunión de los mozos del pueblo y el paso obligado de las mozas hacia la fuente de la plaza, que portaban su cántaro de barro apoyado en la cadera trasegando agua hasta llenar las tinajas de su casa, en un ir y venir incesante, despertando a su paso el interés de alguno de los mozos cuyo objetivo era decidirse alguna noche a separarse del grupo y seguir a la moza portadora del cántaro hasta su casa. Era el primer paso para una posible relación y la forma de romper el hielo y la timidez para declarar sus sentimientos a la mujer.

Así fue como una noche, Justiniano Nazario, separándose del grupo de los mozos, siguiendo la costumbre de El Castro, acompañó por primera vez a su casa a Gabriela Rincón y su cántaro. La mujer finalmente había sucumbido, no al amor, sino al consejo de su marido Evaristo Salinas. El amor llegaría «cuanto más lo fuera viendo». Y, curiosamente, así fue.

La boda de Justiniano Nazario y Gabriela Rincón se celebró después de un noviazgo que duró sólo unos meses.

Durante ese tiempo, la bondad, el respeto y la ternura demostrados por Justiniano hacia Gabriela conquistaron su corazón y disiparon en ella cualquier duda con respecto a vivir el resto de su vida junto a él. Nunca se arrepintió de esa decisión.

Ella fue a la iglesia acompañada por sus hermanos y sobrinos y la pequeña Rebeca Salinas, que ya contaba cerca de seis años. A Justiniano Nazario lo acompañaba su madre, Remedios Márquez, y sus cuatro hermanos, entre los que se encontraba su hermana Augusta Nazario, llegada desde Madrid para acompañar a su hermano en un día tan especial y esperado para él.

No hubo música ni baile en su boda. El luto por su marido todavía vistió de negro a Gabriela Rincón para la ceremonia, e incluso durante algún tiempo después de casada. Justiniano Nazario, por su parte, vistió para la boda un sencillo traje oscuro que solía usar los días de fiesta para asistir a misa.

Don Juan Calero, el nuevo cura de El Castro después del cese de don Aristeo Arganzúa, ofició la ceremonia, y posteriormente asistiría a la comida de los novios que, acompañados de toda la familia, celebrarían en la casa de Remedios Márquez. Allí se sacrificaron varios corderos, pollos de su corral, pichones del palomar, recogidas toda clase de frutas de su huerta y elaborados dulces con almendras y miel, pan de higos, orejetas de fraile, buñuelos de mazapán y todo tipo de recetas heredadas de los árabes que —dicen— un día habitaron aquellas tierras. Rebeca Salinas, sus primos y otros niños de la familia de Justiniano Nazario que también asistieron a la boda dieron buena cuenta de aquellos dulces sin importarles demasiado su procedencia. Después de la comida se fueron a jugar a la calle pavimentada de tierra, como todas las calles de El Castro.

El matrimonio y la niña Rebeca Salinas se instalaron en la casa de Gabriela Rincón, donde ella había compartido unos años de feliz matrimonio con su anterior marido, Evaristo Salinas.

La casa era grande pero con pocos espacios habitables. Disponía de un portal que conducía a la cocina y una escalera que desembocaba en la primera planta, donde había dos dormitorios, cada uno con su alcoba, cuyas ventanas miraban a la comarca de Vallehondo, y en el horizonte, unas montañas azules donde —según se les dijo siempre a los niños— terminaba el mundo.

Una de las alcobas era ocupada por Rebeca Salinas, y la otra había servido de taller de relojería a Evaristo Salinas, al que, a su muerte, los vecinos del pueblo acudieron en tropel y, antes de dar las condolencias a Gabriela Rincón por la muerte de su marido, se interesaron por el reloj que habían dejado para arreglar y que no habían recogido.

—Pasa tú misma, ya que lo conoces —decía Gabriela Rincón, segura de que nadie abusaría de su bondad llevándose otro reloj de mayor calidad.

Pero no fue así. En un abrir y cerrar de ojos el taller quedó limpio, no sólo de relojes, sino de todas las pequeñas herramientas usadas por Evaristo Salinas en sus reparaciones. Sólo un reloj de pared quedó colgado en una de las paredes del taller marcando la hora de su muerte, y que la gente, sobrecogida por lo que interpretó como una cosa del más allá, no se atrevió a descolgar. Y en un cajón de su mesa de trabajo, un catalejo de latón dorado y reluciente que Evaristo Salinas usaba para controlar el estado de la línea eléctrica que unía El Olivo con El Castro, y un pequeño martillo de relojero. Fueron para Rebeca Salinas los dos juguetes más preciados que siempre le recordarían su infancia.

Una enorme cerca rodeaba la casa a modo de corral, donde Justiniano Nazario empezó acariciando un sueño que algún día sería realidad y que iba tomando forma en sus noches de insomnio mientras su mujer, Gabriela Rincón, dormía plácidamente junto a él.

Una mañana mientras desayunaban, Justiniano Nazario le propuso a su mujer modificar parte de la cerca que rodeaba la casa y que estaba casi inutilizada, excepto por unos cuantos animales domésticos. La ampliaría proporcionándole los espacios necesarios para el esparcimiento de la niña. Y puesto que el terreno disponible adosado a la casa era tan amplio, construiría un gran espacio diáfano en la planta baja, que un día sería el salón de baile que tanto se necesitaba en El Castro, y sobre ese espacio dispondría otro de las mismas dimensiones en la planta de arriba que albergaría un casino, del que también carecía el pueblo.

Gabriela Rincón escuchaba a Justiniano Nazario mientras pensaba con qué dinero contaría su marido para tal despilfarro, ya que ella no disponía de nada más que su amor hacia él y su hija Rebeca, quien iba creciendo consentida por toda la familia.

Mientras hablaban del proyecto alguien llamó a la puerta. Era don Juan Calero. Venía a comunicarles que el domingo siguiente a las doce de la mañana sería el día de la confirmación de los niños, que vendría a El Castro el Señor Obispo, y que contaba con la presencia de la niña, Rebeca Salinas. Transmitido el mensaje, y sin atender la invitación a un café por parte de Gabriela Rincón, don Juan Calero se marchó a visitar otras casas del pueblo a las que comunicar el mismo mensaje.

—Qué prisa tiene siempre este cura, parece que vaya a apagar un fuego. Ni siquiera ha querido probar mi café, y eso que es de puchero, y además está recién hecho —dijo Gabriela Rincón.

Justiniano Nazario la escuchaba junto al fuego mientras trenzaba una cuerda de esparto que utilizaría para atar los haces de mies cuando llegara la época de la siega.

—Es natural, mujer —contestó él—. Ten en cuenta que el próximo domingo llega el Señor Obispo, y cuando se trata del jefe, el cura se pone nervioso y pierde los estribos pensando en todo lo que se le viene encima. Para café estará el hombre, pues lo que le faltaba.

—Tampoco es para tanto —contestó Gabriela Rincón mientras aliñaba las judías pintas que cenarían, como cada noche, después de cocer durante todo el día junto al fuego.

—Lo que no entiendo muy bien —dijo Justiniano Nazario— es el porqué de dar tanta importancia al acto de la confirmación de los niños para que tenga que venir el Señor Obispo personalmente, cuando los niños no saben muy bien la trascendencia de tal sacramento y lo que les queda en la memoria es eso de «el Señor Obispo me dio un bofetón para que me acuerde de la confirmación». Creo que el día de la comunión es mucho más importante para los niños, y sin embargo, cuando hizo su primera comunión Rebeca, junto a otros niños, el cura se las arregló solo y no necesitó de nadie más. Y fue una ceremonia muy hermosa.

—Y qué guapa iba, ¿recuerdas? —dijo Gabriela Rincón con un tono de emoción en la voz.

—Cuánto habría dado Evaristo Salinas por acompañar a la niña a la iglesia —comentó Justiniano Nazario, lamentando no haber podido estar a la altura para sustituir a su padre en un día tan importante para Rebeca.

Gabriela Rincón, en un acceso de cariño, lo besó.

—Tú sabes —le dijo— que desde el mismo día de nuestra boda en que comenzamos una vida juntos, has sido lo mejor que le ha sucedido a Rebeca, y aunque siempre te ha nombrado como tío, tú has ejercido como un verdadero padre para ella y siente un gran cariño por ti.

—Bueno —se emocionó Justiniano Nazario—, voy a preparar las herramientas para ir mañana al monte a cortar el boj para los arcos que hay que preparar a la entrada del pueblo para recibir como Dios manda al Señor Obispo en su visita del domingo a El Castro.

Entró en las cuadras. Las dos burras comían paja y pienso en sus pesebres mientras se sacudían las moscas con las orejas. Justiniano Nazario preparó un hacha, un serrucho y unas cuerdas de las que él mismo tejía con el esparto que recogía del campo en los días de invierno, cuando las labores de la tierra esperaban el cese de las lluvias.

Rebeca Salinas entró corriendo desde la calle y cruzó el portal de la casa persiguiendo a un gato que acababa de comerse a su canario, que ella por unos minutos había liberado de su jaula para mostrarle cómo es la libertad, y que al verse libre dio un vuelo corto, como ensayando su huida, y el gato, atento a su maniobra, se lanzó sobre él y no le dio la más mínima oportunidad. Rebeca presenció una de las imágenes más duras de su infancia al ver cómo el gato en pocos segundos engullía el cuerpecillo indefenso del canario, incluidas sus plumas. Su llanto apagado llegó hasta la cocina donde Gabriela Rincón preparaba la comida.

—¿Qué pasa, Rebeca? —preguntó a la niña—. Andaba buscándote para mandarte a la tienda a comprar algunas cosas que necesito. Pero antes pásate por el nidal de las gallinas para ver si han puesto ya sus huevos de hoy.

Después de contar a su madre el incidente del gato, y sobrepuesta a medias del disgusto, se dirigió al gallinero donde las gallinas habían puesto cuatro huevos, una buena cantidad dado que sólo eran ocho en el corral y un gallo para servirlas en lo que necesitaran, y cuatro huevos daban para comprar en las tiendas parte de lo que Gabriela Rincón necesitaba para ese día.

Para evitar que Rebeca se olvidara, su madre le hizo una lista, y con los cuatro huevos en una pequeña cestilla de mimbre se dirigió a una de las tres tiendas que había en El Castro. Una campanilla colocada sobre la puerta al abrir daba la voz de alarma cada vez que alguien entraba en la tienda. El tendero no tardaba más de tres segundos en aparecer delante del mostrador y ponerse a las órdenes de su cliente.

—Hola, Rebeca —la saludó con una sonrisilla ensayada.

—Hola, buenos días —contestó Rebeca, sacando de la cestilla los cuatro huevos y la lista con el pedido que le había escrito su madre.

El tendero leyó: «Medio kilo de azúcar morena, cincuenta gramos de pimentón, medio kilo de harina de almortas, unos hilillos de azafrán, cincuenta gramos de bacalao seco, media docena de sardinas arenques, media barra de salchichón, sal, arroz...».

—Un momento, Rebeca —advirtió el tendero—. Creo que con los cuatro huevos que me traes no tendrás suficiente para pagar todo lo que te llevas.

—Ya, pero mi madre me ha dicho que si me falta algo me lo apunte en el cuaderno y que en cuanto pueda se pasará para pagarle.

El tendero, con la sonrisilla apagada, sacó de un cajón un cuadernillo con las tapas de un color irreconocible por el uso y anotó la cantidad que faltaba por liquidar. No era frecuente esta práctica en la casa de Gabriela Rincón, pero con el trueque de los huevos no era fácil calcular el gasto justo de la compra realizada. Y sin demora, al día siguiente ella pasaría por la tienda para liquidar su pequeña deuda.

9

El pueblo, que en esas ocasiones echaba la casa por la ventana, preparó durante toda la semana la importante visita adornando las calles por donde pasaría la comitiva acompañando al Señor Obispo para su encuentro con los niños de El Castro, que serían confirmados en la fe de Cristo, tal como les había informado el cura en la clase de catequesis.

A su llegada, después de una larga espera durante la cual el boj de los arcos que los hombres con tanto esfuerzo habían fabricado empezaba a marchitarse por momentos, el Señor Obispo encontró a la entrada de El Castro un comité de recepción formado por las fuerzas vivas del pueblo, y cubriendo el trayecto, a ambos lados de la calle hasta la iglesia, dos filas de niños agitando banderitas blancas que las chicas de Acción Católica, en un esfuerzo sobrehumano para llegar a tiempo, habían confeccionado en el salón de actos del centro de la asociación.

A través de la ventanilla de su coche, el Señor Obispo mostraba una sonrisa cansada, y en su cara redonda y enrojecida, la huella del viaje. Saludaba mecánicamente, y mostraba su anillo al agitar su mano derecha en un intento de bendición a ese pueblo que, aplaudiendo durante todo el trayecto hasta la iglesia, le demostraba tanto cariño.

La ceremonia de la confirmación era un acto sencillo que sólo podía ser realizado por el obispo, para el cual cada uno de los pueblos de la diócesis correspondiente había de esperar durante años hasta que le tocara el turno. Esta celebración traía consigo una asistencia numerosa de niños y a veces adultos bautizados, y siempre que hubieran tomado la comunión.

Los pequeños llenaron la iglesia de El Castro para renovar los votos que en su día, en su nombre, hicieron sus padrinos de bautismo, los cuales, de no ser por una imposibilidad de cualquier tipo, acompañaban a sus ahijados en la ceremonia. Rebeca Salinas iba acompañada por su madre y Justiniano Nazario. Los niños pronunciaban unas palabras aprendidas en la catequesis que el cura, don Juan Calero, se ocupó de enseñarles unos días antes del acto religioso en la iglesia después de la escuela.

Una vez terminada la ceremonia, y luego de un pequeño refrigerio ofrecido por don Juan Calero en la sacristía, el Señor Obispo y su séquito desaparecieron del pueblo dejando una estela de polvo en la carretera que cruzaba Vallehondo. Los niños, después de ese paréntesis, siguieron con sus juegos en la calle olvidando el significado de aquella ceremonia a la que acababan de asistir.

Pasada la semana de los acontecimientos religiosos, Justiniano Nazario y Gabriela Rincón reanudaron su conversación acerca de la rehabilitación de la casa. Poco después comenzaron las obras; estas se desarrollaban a medida que Justiniano Nazario hacía acopio de dinero vendiendo la cosecha de trigo y cebada así como el anís que cultivaba en la ladera de unas tierras alejadas del pueblo y cuya semilla vendía a buen precio para su elaboración como licor.

Pasaron algunos años antes de ver terminadas las obras de la casa, que, como tantas casas del pueblo, resultó grande. Y aunque, al parecer, desproporcionada, cada espacio cumplía su cometido. Así, en la planta baja y al nivel de la calle donde se hacía la vida diaria, estaba dividida en diferentes espacios según su función. Y ninguno sobraba, sobre todo teniendo en cuenta las necesidades que tenía la casa entonces. El portal era la pieza donde recibir a las visitas y, según sus dimensiones, se adivinaba la categoría social a la que pertenecían los dueños. Aunque no siempre era así. La casa de Justiniano Nazario y Gabriela Rincón tenía un portal espacioso desde donde se entraba a la cocina, y subiendo una escalera se ascendía a la parte superior, donde estaban los dormitorios de la familia.

A la derecha del portal, una puerta daba a un espacio grande para el que Justiniano Nazario tenía reservado su proyecto para un futuro no muy lejano. También en el portal, excavado en el suelo, se situaba el aljibe que durante todo el año surtía a la casa de agua procedente de la lluvia y que se utilizaba para beber y cocinar. Si el año había sido abundante en lluvias, Gabriela Rincón regaba sus geranios con el agua destilada de la lluvia porque, según decía, así crecían más hermosos.

Controlando la entrada principal a la casa, y en la pared del fondo del portal, una ventana diminuta permitía desde la cocina observar si alguien se colaba en la casa sin ser invitado. Era fácil controlar el portal sin necesidad de moverse de la silla de anea situada junto a la chimenea al calor de la lumbre, que sobre todo en invierno permanecía encendida y era donde Gabriela Rincón cocinaba la comida, o ponía a calentar el café de puchero. La cocina era el centro de la casa. El lugar donde se reunía la familia para comer, jugar a las cartas o hablar de las cosas importantes o intrascendentes que acontecían en el pueblo o en la familia. Esa ventana alertó un día a Justiniano Nazario de que alguien había entrado en la casa y andaba por el portal. Vio cómo una sombra se deslizaba escaleras arriba, y abandonando su puesto de vigía que ocupaba en la cocina, se levantó del asiento y salió corriendo como alma que lleva el diablo. Una vez en el portal, se encaminó escaleras arriba a pequeñas zancadas pues su talla era escasa —lo que le libró del servicio militar cuando era mozo—, y en pocos segundos unos gritos alertaron a Gabriela Rincón y a su hija, Rebeca Salinas, quienes ajenas a lo que ocurría, preparaban la cena. Eran de una mujer a la que Justiniano Nazario había sorprendido robando una cesta de patatas que se guardaban en el desván de la casa.

—¡Sinvergüenza! ¡Ladrona! ¡Fuera de mi casa! —gritaba Justiniano Nazario mientras empujaba escaleras abajo a la Vicenta, que con su cesta vacía colgada del brazo se deshacía en disculpas.

Al oír los gritos desde la cocina, Gabriela Rincón y su hija Rebeca salieron al portal y sintieron pena por la Vicenta, quien se había arrodillado en el descansillo de la escalera frente a Justiniano Nazario, en un acto de arrepentimiento digno de una gran actriz.

—¡Perdóneme, Justiniano! ¡No volveré a hacerlo nunca más! Porque usted, Justiniano, es un hombre bueno y…

—¡Fuera he dicho! ¡No quiero volver a verte nunca más pisando esta casa! ¡Maldita ladrona! ¡Desagradecida! Venir a robarme a mi propia casa. Mañana, en cuanto abran el ayuntamiento voy a denunciarte, y te van a pasear por todo el pueblo con el cartel que se pone a los que son como tú: SOY UNA LADRONA.

—¡No haga eso conmigo, Justiniano! ¡Esta es la primera vez que hago algo así, y le juro que nunca más lo voy a volver a hacer! ¡Lo juro!

—Si tú me hubieras pedido las patatas que pensabas robarme, sabiendo que no tenías medios para comprarlas, yo te las habría dado. Pero que entres en mi casa burlándote de nosotros, aprovechando la confianza que siempre hemos depositado en ti… ¡Fuera!

La puerta de la casa se cerró y en la noche cerrada de El Castro, la Vicenta se fue a su casa pensando en ese cartel que al día siguiente pasearía por todo el pueblo: SOY UNA LADRONA.

Junto a la cocina había un fregadero cuya ventana orientada al norte servía de fresquera protegida contra todo bicho viviente por una malla metálica espesa que sólo dejaba pasar el aire fresco, ya que en esa pared de la casa nunca daba el sol. Unos poyales vestidos con papeles de cuadros blancos y rojos servían como soporte a los platos, vasos, cacerolas, pucheros de barro y sartenes, en las que Gabriela Rincón cocinaba las gachas con harina de almortas, o las migas de pastor, que, acompañadas con uvas, eran los desayunos habituales de la gente del campo. Una pequeña despensa era imprescindible en la cocina. En realidad, era una pequeña alacena situada en el hueco de una pared junto a la chimenea, ventilada por medio de una puerta de madera con una rejilla (que recordaba los confesionarios de la iglesia de El Castro), donde Gabriela Rincón guardaba los objetos pequeños de uso diario como saleros, vinagreras, azúcar, café y todo tipo de especias para sus guisos.

Completando las estancias en la planta baja de la casa, y junto a la cocina, el cernedor servía para preparar la masa de harina, agua y levadura, que una vez fermentada era llevada al horno del pueblo para hacer el pan.

También desde la cocina, un pasillo corto y estrecho conducía a una puerta, tras la cual, bajando unas escaleras, se encontraba la cuadra, y a continuación, a cielo raso, el corral. Y al fondo, el paisaje y las montañas azules de la comarca de Vallehondo.

La casa estaba situada al borde de un cerro en donde se asentaba El Castro sobre un balcón privilegiado desde el que contemplar un paisaje de olivares, tierras en barbecho o sembrados de cereales o girasoles, y los pueblos de la comarca de Vallehondo que Justiniano Nazario y Gabriela Rincón enseñaron a identificar a Rebeca Salinas.

Bajo el corral, y en un sótano excavado en la piedra caliza sobre la que se asentaba todo el pueblo, una bodega con un lagar; allí en la época de la vendimia, Justiniano Nazario pisaba con sus pies descalzos las uvas que previamente había vendimiado en una pequeña viña de su propiedad, y trasegaba el mosto a las tinajas, lo que le aseguraba el consumo de vino durante todo el año. Al fondo de la cueva, un pequeño manantial de agua tan fría como salobre mantenía siempre llena una pila excavada en el suelo calizo que permitía conservar frescas las bebidas.

En la parte alta de la casa, subiendo la escalera, se llegaba a un rellano con dos opciones. Con dirección a la derecha, el pasillo conducía a un espacio vacío igual al de la planta baja de la casa, y que formaba parte del futuro sueño de Justiniano Nazario. La parte izquierda del descansillo conducía al dormitorio del matrimonio, al de Rebeca Salinas y a una sala grande con dos alcobas, por si algún día era necesario hospedar algún familiar.

La remodelación y ampliación de la casa se prolongó durante tres o cuatro años, ya que Justiniano Nazario distribuía su tiempo entre las labores del campo, la atención a los animales, la vendimia y elaboración del vino en el otoño y asistir a misa los domingos, algo que nunca dejó de hacer por ser un día sagrado, durante el cual tampoco se permitía trabajar; así lo había aprendido desde pequeño de su madre, Remedios Márquez. Eso, añadido a su escaso empuje y su limitación física y económica, hizo que la obra durase mucho tiempo.

10

Esos días, en los que terminaban las labores de recolección de la cose-cha, suponían una fiesta para los habitantes de El Castro. Las familias preparaban las caballerías y las cargaban con la ropa impregnada de polvo y sudor de los labradores. Las mujeres ponían en el serón los utensilios de cocina: cacero-las, sartenes, paelleras y los elementos necesarios para pre-parar una comida campestre. El río pasaba cruzando las vegas de Vallehondo, y su paso, bajo un puente de hierro, era el lugar de la cita donde todos se reunían aprovechando la sombra para cocinar y dormir la siesta. El día se convertía en una fiesta. Las mujeres, sobre una losa estriada de made-ra, o aprovechando alguna piedra de la orilla del río, lan-zaban al agua, y recogían para lavar, mantas, calzones, cal-zoncillos y camisas que golpeaban sobre las losas untándolas con el jabón que ellas mismas fabricaban en sus casas. Una vez lavadas las prendas, las tendían sobre los juncos de la ribera mientras los hombres, acompañados de los niños y armados con una cesta de mimbre, recorrían la orilla del río sacudiendo los juncos junto al agua y extraían de sus cuevas los cangrejos que caían presos en la cesta, y que serían los verdaderos protagonistas de la paella que las mujeres —mientras la ropa se secaba al sol— preparaban a la sombra del puente. Las caballerías, entretanto, pastaban apaciblemente y ligeras de aparejos a la vera del río. Los niños gritaban y jugaban, siempre vigilados por los mayores.

Cuando en la tarde se ocultaba el sol tras las montañas azules de Vallehondo, las mujeres recogían la ropa que el sol había secado durante el día, la doblaban con la ayuda de los hombres y los niños apuraban la tarde para sus juegos antes de regresar a El Castro. Los hombres volvían a aparejar sus caballerías y cargaban sus enseres. Se daban el último baño en las aguas cristalinas del río y juntos emprendían el camino de vuelta al pueblo como si de una caravana trashumante se tratara. Sus caras reflejaban la felicidad del trabajo terminado y su pan asegurado para un año más.

Aquel año, la cosecha de cebada y trigo fue tan grande, que el dinero obtenido por su venta le permitió a Justiniano Nazario continuar las obras de la casa.

En uno de los pueblos de la comarca, alguien vendía materiales de derribo procedentes de unos pisos demolidos en la ciudad, y que se vendían a buen precio. Desde sillas, veladores, mesas, hasta rejas y balcones de hierro forjado con sus hojas de madera, de una altura tal, que al instalarlos en la fachada hubo que levantar los techos más de lo previsto, lo que, por otra parte, daría una mayor prestancia a la fachada que la diferenciaría del resto de las casas de El Castro.

No obstante, antes de embarcarse en negocios que tenía en mente, Justiniano Nazario consultó de nuevo su proyecto con Gabriela Rincón, que tardó unos días en recuperarse de la impresión que le causó su propuesta de convertir el salón de la planta baja de la casa en un salón de baile público, y el mismo espacio de la planta superior en un casino.

Ya venía observando Gabriela Rincón, hacía algún tiempo, que su marido andaba inquieto y con la mirada perdida en aquella ensoñación. Pero ella confiaba plenamente en él, y juntos finalmente se embarcaron en el proyecto.

Una vez decidido, las obras del salón de baile se llevaron a cabo con una gran celeridad. En un pueblo de la comarca de Vallehondo, Justiniano Nazario encontró a la venta un organillo arreglado de precio y sólo con algún pequeño problemilla de afinación que sería fácil de resolver. Ese mismo día, el piano —que así se llamó desde entonces— fue transportado hasta El Castro en un carro sobre un lecho de paja mullida para evitar que los golpes del camino lo deterioraran.

En el salón se dispuso un altillo en donde se colocaría el piano una vez revisado y puesto a punto, y a una altura de dos metros sobre el suelo para que el sonido llegara sin problemas a todos los rincones del salón.

Aquel organillo era una caja mágica que, incluso antes

de ser afinado, Justiniano Nazario quiso mostrar a Gabriela Rincón y Rebeca Salinas, que ya superaba la adolescencia. Hizo girar la manivela y, de pronto, la música lo llenó todo. Una sonrisa se dibujó en los labios de Rebeca Salinas, pues aun sonando desafinado, como una bailarina de danza clásica se puso a dar giros hasta marearse y dar con sus huesos en el suelo, mientras Justiniano Nazario daba vueltas, cada vez con más énfasis, a la manivela del piano, lo que aceleraba el ritmo de las melodías, seguro de que su salón de baile sería todo un acontecimiento en El Castro.

El salón tenía dos ventanales y una puerta a la calle. Otra puerta daba acceso a la casa. Al fondo, junto al altillo del piano, una ventana se asomaba al paisaje de Vallehondo. En las paredes, ocupando toda su longitud, unas perchas donde colgar los abrigos y los sombreros de un regimiento. Y debajo, rodeando igualmente todo el perímetro del salón, unos bancos corridos de madera donde las chicas —siempre chicas de mayor o menor edad— esperarían sentadas al mozo que las sacara a bailar, para aceptar encantadas o, después de examinarlos de arriba abajo, rechazar la oferta, con el consiguiente desaire y la vergüenza del pretendiente, que nunca más osaría volver a intentarlo.

Pero para la puesta en marcha del salón de baile, faltaba lo más importante: el afinador. No solamente debería afinar el instrumento, sino también cambiar el repertorio de canciones que se habían quedado antiguas, y poner las nuevas que la radio se había encargado de hacer populares ese año.

Y un día apareció don Antonio Cedrón, un señor serio con traje oscuro, sombrero de hongo y bigote negro, y de una estatura media. Llegó una tarde en el coche de línea procedente de la ciudad, después de mil paradas en todos los pueblos de Vallehondo. Tras ser recibido por Justiniano Nazario, fue presentado a Gabriela Rincón, quien ya se afanaba en preparar la habitación donde el hombre dormiría durante una buena temporada, ya que el trabajo de afinador de organillos era lento y laborioso.

Apenas terminada la cena y sentado frente al fuego de la cocina, don Antonio les habló de lo largo que le había resultado el viaje hasta El Castro, y de su trabajo en la capital, dado que el organillo era el instrumento más típico, y su música, imprescindible en cada verbena que se preciara. Esto le proporcionaba un trabajo tal que había tenido que hacer un verdadero esfuerzo para venir hasta El Castro, aunque pensaba que había merecido la pena, considerando la amabilidad con la que había sido recibido en la casa, lo que haría mucho más llevadero el tiempo alejado de su familia. Por otro lado, era muy gratificante encontrar en un pueblo casi perdido como El Castro un instrumento tan valioso como el que tendría el placer de afinar y al que incorporar nuevas melodías.

—Bueno —dijo con aire de cansado don Antonio Cedrón—, pues ya estamos aquí. Hacía mucho tiempo que no dejaba la capital para reparar y afinar un organillo, espero que merezca la pena.

—Seguro que mi organillo —repuso Justiniano Nazario, en singular— merece que un maestro afinador, como me han dicho que es usted, le vea las tripas.

—Por lo que me contó en su carta —dijo don Antonio—, se trata de una gran adquisición por su parte, ya que este tipo de instrumentos prácticamente no se fabrican con el esmero de antes. En todo caso, mañana, cuando me haya recuperado de este viaje, tendré ocasión de comprobarlo.

—Mejor que usted no podría saberlo nadie, después de pasarse la vida trabajando con estos instrumentos, y siendo usted de la capital del chotis y las verbenas.

—Y donde el organillo es el alma de la fiesta —apuntó Rebeca Salinas, dejando a Justiniano Nazario sorprendido de lo informada que estaba la niña, sin pararse a pensar que la niña hacía ya mucho tiempo que había dejado de serlo.

—Es cierto —contestó don Antonio—, mi ciudad es visitada por todo el mundo, y todos los viajeros cuando llegan visitan El Prado, la Puerta del Sol, un tablao flamenco y sobre todo las verbenas, donde el organillo hace sonar la música de un chotis, y un ladrillo marca el espacio de donde la pareja, apretadita mientras baila, no se puede salir —añadió, muy castizo, don Antonio.

—Ahora comprendo que con tanta actividad —dijo Justiniano Nazario— me haya costado tanto trabajo convencerle para que viniera hasta El Castro a revisar nuestro organillo —pluralizó— y ponerle un nuevo repertorio más actualizado.

—Si le soy sincero, Justiniano —dijo don Antonio—, he tenido que hacer un verdadero esfuerzo para llegar hasta aquí. Y, por otra parte, es muy gratificante encontrar en un pueblo casi perdido como El Castro —Justiniano frunció el ceño— un instrumento tan valioso como el que tendré el placer de afinar y cambiar el repertorio.

Justiniano Nazario sacó pecho como diciendo: «Ese organillo lo encontré yo».

Debido al cansancio del viaje y a tanta charla, a don Antonio Cedrón se le empezaban a cerrar los ojos. También a Gabriela Rincón, cuya participación en la conversación había sido cero, se le iba inclinando poco a poco la cabeza hasta dar en el respaldo de la silla de anea en la que estaba sentada.

Justiniano Nazario, que solía trasnochar, no demostraba ninguna prisa por irse a la cama, y Rebeca Salinas, fresca como una lechuga en el mes de mayo, sentía curiosidad por cada una de las cosas que —cada vez con menos coherencia debido al cansancio— contaba don Antonio, y la noche seguía siendo joven para ella.

En varias ocasiones, cuando don Antonio intentaba dar por terminada la charla para irse a dormir, Justiniano Nazario se empeñaba en animarlo:

—Vamos, don Antonio, que se duerme.

A lo que don Antonio respondía con un respingo, procurando seguir de nuevo el hilo de la conversación.

—Tengo aquí un aguardiente que resucita a los muertos; lo he destilado yo mismo en mi alambique. Pruébelo.

—Y Justiniano le acercó un pequeño porrón de cristal.

Don Antonio, a pesar de estar acostumbrado a tomar el aguardiente en las verbenas, empinaba el porrón pero el sueño le impedía acertar con el chorro en la boca. Rebeca Salinas no podía contener la risa mientras su madre dormía ya a punto del ronquido, con la cabeza reclinada en el respaldo de su silla.

—Está muy bueno, Justiniano, está muy bueno —dijo don Antonio mientras se limpiaba con la mano todo el aguardiente derramado por su cara, su cuello y su camisa de popelín—. Siento dejarles —se excusó finalmente—, pero debo retirarme a descansar; este viaje ha sido demasiado largo y mañana hay que estar bien despierto para enfrentarse a un trabajo delicado.

—Tome otro trago, hombre, así dormirá mejor —insistió Justiniano Nazario, cuyas mejillas rosadas indicaban un cierto estado de alegría etílica, en tanto que Rebeca Salinas despertaba a su madre, quien saltó de la silla con un respingo, y como una autómata se puso en camino hacia los dormitorios dispuesta a guiar a su huésped a su habitación.

—Ha sido un placer compartir esta noche en su compañía —dijo don Antonio—. Buenas noches.

—Buenas noches —contestaron a coro Justiniano Nazario y Rebeca Salinas mientras el huésped, dando algún que otro traspiés y agarrado a la barandilla de madera, subía las escaleras y, siguiendo a Gabriela Rincón, llegaba por fin hasta su dormitorio.

—Aquí dormirá bien —dijo Gabriela Rincón a don Antonio, que ya se empezaba a quitar la camisa—. Si necesita cualquier cosa, dé con los nudillos en ese tabique, nosotros dormimos en la habitación de al lado y lo oiremos. Y si la necesidad es de otro tipo…, ya sabe, debajo de la cama tiene un orinal, o si lo prefiere puede bajar al corral, pero cuidado con las gallinas. Buenas noches y que descanse.

—Buenas noches —contestó don Antonio mientras bostezaba de sueño.

11

Al día siguiente madrugó el afinador. Gabriela Rincón tenía preparado el desayuno. Gachas de harina de almortas con torreznos y pan frito preparadas al fuego de la chimenea, en sartén, y café de puchero con leche de las cabras, que ella misma ordeñaba cada mañana.

Don Antonio Cedrón, al ver aquel desayuno, no podía dar crédito, a no ser que fuera una broma de bienvenida a El Castro, como si de una novatada se tratara. Era la primera vez —confesó— que tenía conocimiento de la existencia de las gachas, que con tanto esmero le había preparado su anfitriona.

Cuando Gabriela Rincón observó la cara de don Antonio Cedrón al poner frente a él las gachas, entendió por su expresión que no las conocía, y confió en que, una vez probadas, las comería con tanto placer como le despertaban a Justiniano Nazario cuando cada mañana, antes de irse al campo, las desayunaba.

—¿No conoce las gachas, don Antonio? —le preguntó Gabriela Rincón.

—Nunca hasta hoy las había visto, y menos comerlas —contestó don Antonio, mirando a la sartén con un cierto rechazo que Gabriela Rincón percibió.

—Claro —dijo Gabriela—, estas cosas no se comen en la capital; esta es comida para campesinos, y usted pertenece a otro mundo. Pues le puedo decir que estas gachas son el desayuno diario de la gente de El Castro antes de irse al campo a trabajar duro. Dicen que tienen mucho alimento. De hecho, los hombres aguantan sin volver a tener hambre hasta el mediodía. Pero, en fin, si no las prueba nunca podrá saber si le gustan o no.

—Es que así, de pronto, tienen el aspecto de esas papillas que preparan las madres para los niños, y no un desayuno para mayores —dijo poniendo un poco de bálsamo en la herida que, intuía, había causado en el amor propio de Gabriela Rincón.

—Bueno, también a los niños les gustan las gachas —contestó Gabriela Rincón, desmontando el argumento de don Antonio.

—Y ¿qué ingredientes llevan? ¿Cómo se hacen? —preguntó con escaso interés el huésped, que esperaba una solución a su desayuno para ponerse a trabajar lo antes posible en la reparación del organillo.

—Cuentan los viejos…, ya sabe que a los viejos les encanta contar cosas, historias que han vivido o han imaginado en su larga vida..., que en cierta ocasión un cura que hubo hace muchos años en El Castro encargó a su ama de llaves hacerle unas gachas para, una vez terminada la misa y volver a su casa, comerlas sin prisa en uno de esos desayunos interminables que suelen hacer los curas de pueblo después de cumplir con sus obligaciones religiosas, y llevando a sus últimas consecuencias un refrán que dice: «Lo primero y principal, oír misa y almorzar».

Don Antonio la escuchaba sin saber en qué pararía aquel monólogo, mientras las gachas se iban quedando frías, secas y cuarteadas, sólo aprovechables para echárselas de comer a los cerdos, que no hacen ascos a nada.

—Pues bien —continuó Gabriela Rincón—. El ama de llaves, que era nueva en el pueblo y no sabía la receta, decidió, de acuerdo con el sacristán, preguntarle al cura durante la misa, aprovechando uno de los cantos en latín, que nadie en el pueblo entendería excepto ellos, la receta de las gachas. En el momento más íntimo de la misa sonó el armonio y la voz del sacristán cantando gregoriano en un tono menor:

Señor cura, aquí está el ama...
Escuche usted una razón...
Que cómo se hacen las gachas...
Al estilo de misa mayor.

»Mensaje que el cura recibió, no sin cierta sorpresa, dado lo inesperado del momento y el lugar, y se dispuso a contestar al sacristán emitiendo su voz, en latín, en un tono fuerte y claro para que el mensaje llegara íntegro hasta el coro donde se encontraba, junto al sacristán, el ama de llaves:

Primero se echa el aceite…
Luego se echa el pimentón…
Luego se baten se baten…
Hasta que hacen
gor gor gor.

»Y aunque la receta no era demasiado exacta —prosiguió Gabriela Rincón—, con la ayuda del sacristán, el cura, después de la misa, pudo disfrutar de sus gachas.

—¿Cómo que la receta no era exacta? —preguntó don Antonio, en un sinvivir por conocer de una vez la verdadera receta de las malditas gachas.

Gabriela Rincón se vino arriba al ver el interés inesperado que su receta había despertado en el afinador, mientras este sentía el gruñir de sus tripas reclamando algo que llevarse al estómago.

—Pues la receta es así:

»Primero: Como dice la canción, primero se echa el aceite de oliva y en él se fríen ajos, partidos con piel, unos trocitos de hígado de cerdo y unos trozos de panceta, y una vez todo frito, se retira en un plato para ser usados después.

»Segundo: Con el aceite menos caliente se sofríe la harina de almortas y después se echa el pimentón mezclándolo con la harina, evitando que se queme.

»Tercero: Añadimos agua poco a poco y vamos batiendo la mezcla con una cuchara de madera hasta notar que se van cuajando.

»Cuarto: Se les pone después un poco de alcaravea, clavo, canela y un poco de pimienta. Después se machacan en un mortero los ajos que teníamos apartados, junto con los trocitos de hígado de cerdo, y se le añaden los torreznos enteros.

»Y según se van haciendo las gachas, se va probando el punto de sal y de agua para que no queden demasiado espesas ni sosas.

»Finalmente, se las deja hervir el tiempo suficiente hasta que hagan gor, gor, gor (como dice la cancioncilla) y el aceite, que no debe ser escaso, emerja a la superficie y en el fondo de la sartén se forme una ligera capa de socarrao.

Ante tal elaboración, don Antonio Cedrón sintió un cierto remordimiento por el desprecio que había supuesto su rechazo a las gachas que con tanto esmero había preparado para él Gabriela Rincón.

Al fin se decidió por una tostada de pan con aceite y un café con leche, y sin más dilación se dirigió al salón para enfrentarse a su trabajo con el organillo.

Puso en el suelo sobre un paño su caja de herramientas, y con la ayuda de Justiniano Nazario, acercó el organillo a la zona más iluminada cerca de la ventana por donde entraba un sol radiante, y comenzó a desmontar con sumo cuidado cada pieza del instrumento hasta llegar al corazón, donde se producía el milagro de la música.

Rebeca Salinas, que había llegado en silencio, observaba, sentada en el suelo, el trabajo de don Antonio, y por primera vez vio las tripas a un organillo y la laboriosidad con la que el hombre, una vez forrado el cilindro de madera, con un papel sobre el que venía marcada la melodía, clavaba unos clavos diminutos en cada uno de los puntos que marcaban cada nota musical, y que, a modo de partitura y a través de un mecanismo que sólo un experto como don Antonio podía convertir como por arte de magia en música, ponía en el organillo las melodías que la gente de El Castro pronto conocería y bailaría en el Salón de Baile de Justiniano Nazario.

La apertura del salón de baile al público se demoró por tiempo indefinido mientras durara el trabajo de restauración y renovación del repertorio. Rebeca Salinas pasaba las horas poniendo atención a cada movimiento de don Antonio Cedrón. Fue tan gráfica la explicación, que la joven no tardó en aprender el funcionamiento del mecanismo que producía el milagro de la música. Rebeca miraba alucinada cómo los cientos de clavos puestos en el cilindro de madera, al girar, levantaban unos pequeños martillos de madera que, una vez al pasar los clavos, caían sobre las cuerdas haciéndolas sonar, lo que daba lugar a una melodía que don

Antonio había elaborado con la paciencia de un santo, y con el consiguiente coste económico —todo hay que decirlo— para Justiniano Nazario y Gabriela Rincón, que veían cómo sus reservas iban mermando a medida que se demoraban los trabajos del afinador.

12

Tenía un aspecto harapiento cuando apareció por El Castro, lo que hizo pensar que se trataba de un mendigo de tantos que recorrían periódicamente los pueblos de Vallehondo. Su cabello largo y descuidado y su barba poblada y blanca le ocultaban las facciones. Cubría su cuerpo con ramas de boj atadas a la cintura con un cinturón elaborado con juncos trenzados. Pero no era un mendigo de los que van llamando a las puertas de las casas pidiendo una limosna. Al llegar al pueblo, tomó decidido la calle que conducía a la casa de Teresa Requena. Llamó a la puerta pero no contestó nadie. Insistió varias veces mientras los vecinos se asomaban discretamente a sus ventanas, asustados por el aspecto de abandono de aquel hombre, y temiendo que en el mejor de los casos fuera un demente o un ladrón. Ante la insistencia del hombre, que acabó golpeando la puerta de la casa de Teresa Requena, un vecino salió a la calle armado con un palo.

—Deje ya de llamar, ¿no ve que no hay nadie? Hace más de dos años que esa mujer no vive aquí. Desde que su marido se fue al cielo, ella guardó luto por él hasta que de soledad enloqueció. Dicen que fue ingresada en un hospital donde se supone que estará envejeciendo recordándolo. Si es que no se ha muerto ya de pena.

El hombre de aspecto harapiento lo escuchaba con los ojos cada vez más abiertos.

—Y ¿dónde está ese hospital? —preguntó.

El vecino le habló de un centro para enfermos mentales en algún lugar de Vallehondo. Y sin decir más, entró en su casa dando un portazo y dejando en la calle al forastero con la boca abierta y unas lágrimas congeladas en sus mejillas.

Desde una ventana cercana a la casa, una mujer, al verlo sentarse en el poyo de yeso junto a la puerta, como dispuesto a esperar, quiso averiguar, dado su aspecto, si se trataba de un ladrón, un loco o simplemente un hombre que lloraba por un amor no correspondido; quizá esta sería la versión más creíble para esa mujer, o quizá la más deseada, dada su asiduidad a las novelas que cada tarde emitía la radio y que narraban todo tipo de historias de amor y de celos en las que ella siempre soñaba con ser la protagonista.

—Oiga, señor —le preguntó la mujer mientras el hombre, sentado con la cabeza apoyada entre sus manos y mirando al suelo, no le daba la impresión de escucharla—. ¿Es usted de El Castro o es uno de los nuevos gitanos que han llegado hace unos días al pueblo?

Al no encontrar respuesta por parte del hombre, la mujer insistió en la pregunta.

Él levantó la cabeza y se la quedó mirando.

—No soy un gitano, nunca fui un gitano. Ya sé que en El Castro viven muchos de ellos, pero yo no pertenezco a su raza. Ellos suelen ser felices, cantan y son libres. Sin embargo yo, ni soy feliz, ni suelo cantar desde hace mucho tiempo, ni soy libre, sino preso de una pena que me rompe el alma. Y por cierto, usted, al igual que su vecino que me ha dado con su puerta en las narices, ¿tampoco sabe dónde para la mujer que vivía en esta casa?

—Ya le ha dicho ese hombre que después de perder a su marido, al que, por cierto, quería con locura, y llevar luto por él durante más de dos años, se le fue la cabeza, y un día unos hombres vestidos de blanco se la llevaron en un coche también blanco, y ni a los vecinos nos permitieron despedirnos de ella. ¡Pobre Teresa!

—¿Cómo ha dicho? —preguntó el hombre.

—He dicho pobre Teresa —contestó la mujer, temerosa de haber pronunciado algo inconveniente.

—¿Usted la conocía? —volvió el hombre a interesarse.

—¿Que si la conocía? Hemos sido vecinas desde hace muchos años —contestó la mujer.

—Y ¿cómo era? —inquirió, esperando ansioso cada respuesta de la mujer.

—¿Que cómo era? Era una gran mujer. Bueno, supongo que lo seguirá siendo, porque aquí, en El Castro, nunca se ha oído que haya muerto. Ni siquiera sabemos dónde está. Estaba muy enamorada de su marido.

—Y usted ¿cómo lo sabe? —le preguntó el hombre.

—Hay cosas que no se pueden ocultar, y ella estaba siempre mirándose en él, viviendo para él y muriendo de amor por él.

—Y ¿cree que su marido le correspondía?

—Estoy segura de que sí; siempre estaban juntos, siempre andaban proyectando cosas imposibles, y el uno seguía al otro en cualquier locura, vivían en las nubes y tocaban el cielo en cada sueño imposible que compartían.

En un rincón superior, bajo el dintel de la puerta, las golondrinas habían hecho su nido, y, confiadas, alimentaban en un ir y venir a sus crías ignorando la presencia del hombre. El viento y las lluvias habían descolorido la puerta verde de madera y un desfile de hormigas entraban y salían atropelladamente al interior del portal por una grieta abierta junto al suelo, cargando granos de avena y semillas de malvarrosas con las que llenar su despensa para pasar el invierno.

El rosal de cien hojas que siempre estuvo verde y se cuajaba de rosas alegrando las primaveras de Teresa Requena, un día, de tanta ausencia, los vecinos se olvidaron de regarlo. El hombre lo miró con pena mientras arrancaba con sus manos las malas hierbas que habían crecido cubriendo el alcorque y sofocando el rosal que, sin solución, estaba seco.

—Qué pena de rosal, ¿verdad? —dijo su vecina, que desde su ventana seguía cada movimiento del hombre—. Durante un tiempo, después de ocurrir lo que ocurrió y de llevarse a Teresa Requena aquellos hombres, los vecinos lo regábamos y lo cuidábamos esperando que un día, con su regreso, Teresa lo encontrara tan hermoso como cuando se fue. Pero ya nunca volvió.

—Es cierto —comentó él con una voz casi inaudible.

—¿Cómo dice? —preguntó la mujer, intrigada por la respuesta del hombre.

—Decía que este rosal siempre fue el más hermoso de toda la calle. Lástima que se haya secado por falta de riego.

—Claro; como le decía, desde que ocurrió lo que ocurrió en El Castro…

—Y ¿qué es eso que ocurrió?

Su vecina decidió bajar a la calle para escuchar más de cerca aquella voz del hombre, segura de que la había oído antes. Llegó hasta donde se encontraba y, mirándole a los ojos, le empezó a contar la historia de un globo que una vez se posó en la plaza de la iglesia de El Castro y que se llevó al marido de Teresa Requena dicen que al cielo. «Y no me sorprendería que sucediera así —razonaba la mujer—, porque era un hombre bueno… muy bueno…»

Mientras la mujer le contaba la historia, vio cómo los ojos del hombre se llenaban de lágrimas. Entonces comprendió.

—¿Tú? —dijo con la expresión de estar viendo a un

aparecido—. ¿Victorino Cabañas? ¿Eres tú? ¿El que se fue al cielo en un globo de colores y nunca más volvió? ¿El marido de Teresa Requena? ¿Nuestro vecino de tantos años? —Y sin esperar la respuesta del hombre, lo abrazó y lloró con él.

—Sí —contestó Victorino Cabañas—, soy yo. Veo que en El Castro conocéis el principio de esa historia; el resto quizá lo conozcáis algún día, cuando encuentre a mi mujer y regresemos a El Castro, a nuestra casa que, como bien sabes, es esta.

—Y yo confundiéndote con un gitano, un vagabundo o un ladrón de los que a veces aparecen por aquí —dijo la mujer con un punto de arrepentimiento—. Pero claro, con ese aspecto nadie podría pensar que tú eras el Victorino Cabañas que conocíamos: pulcro, aseado y cuidado por Teresa, tu mujer, que sólo pensaba en ti.

—Lo de mi atuendo es una larga historia. Cuando llegué aquí fingí no conoceros, y dado este aspecto, esperaba no ser reconocido por vosotros. Sólo ansiaba encontrar a Teresa esperándome, aunque después de tanto tiempo... Por cierto, nuestro vecino de enfrente sigue siendo un cascarrabias, claro que al verme habrá pensado, como tú, que era un vagabundo de los que andan molestando a la gente.

—Sí, tiempo habrá en alguna ocasión para aclararlo todo, pero si un día, y lo deseo de corazón, encuentras a tu mujer, estoy segura de que no te va a reconocer con ese aspecto. Así que entra en mi casa, te das un buen baño en la artesa que hay en el patio, yo te la llenaré de agua del aljibe, que es de lluvia y mucho mejor que la de la fuente de la plaza, que es salobre y cría sanguijuelas, te enjabonas bien con ese jabón hecho en casa y te daré ropa limpia de mi marido que tiene una talla parecida a la tuya. —Mirándolo de arriba abajo, añadió—: Y después, hoy que hace un día soleado, salimos a la calle, y yo, que ya tengo cierta costumbre, te cortaré el pelo, te peinaré y te pondré colonia de la que usan los hombres para conquistar a las mujeres, aunque tú ya la tienes conquistada, y bien conquistada. Así que vamos, entra.

Victorino Cabañas agradeció a su vecina el ofrecimiento, al que se sometió sin rechistar. Se desprendió de su vestidura de boj y de juncos, se afeitó la barba de años que ya le llegaba a la cintura, y, limpio y aseado como un novio, emprendió de nuevo el camino de regreso a Vallehondo buscando ese lugar del que le había hablado su vecino de El Castro. Ese lugar donde encontrar a su mujer, a la que tenía algo muy importante que contar.

De pronto, a lo lejos, en un claro del valle descubrió un edificio como una casa grande y blanca rodeada de árboles y plantas silvestres. Un camino bordeado de adelfas en flor se extendía desde la casa hasta un estanque con bancos de madera en donde cantaban insistentemente las ranas. Por el camino, algunas personas caminaban sin prisa como quien ya no tiene nada que hacer. El hombre se acercó poco a poco para observar a esas personas que parecían no esperar a nadie y que se entretenían por el camino cortando alguna flor silvestre, o se sentaban bajo un árbol en alguno de los bancos en donde daba la sombra. De pronto fijó la atención en una mujer que caminaba sola y pensativa, con paso lento y la mirada dirigida al cielo. El hombre se fue acercando hasta tenerla cerca. Unas enfermeras con bata blanca que observaban a cada uno de los enfermos, vieron cómo un hombre surgido de los prados se iba aproximando peligrosamente a la mujer. Pronto salieron a su encuentro cuando ya estaba a unos pasos de ella.

—¿Quién es usted? —le preguntaron.

—Ando buscando a una mujer —respondió él.

—¿Y a qué mujer busca? —insistieron ellas.

—Se llama Teresa Requena. —Y, señalándola, añadió—: Es ella.

La mujer volvió la cabeza, y al verlo se le llenaron los ojos de lágrimas. Sus cuerpos se fundieron en un abrazo interminable y su locura dio poco a poco paso a la cordura, y su recuerdo volvió en forma de globo de colores alzándose hasta el cielo. Sí, era él, Victorino Cabañas. Las enfermeras se retiraron y los dos, sentados en un banco al borde del estanque, hablaron durante muchos días. Él le contó su increíble historia y ella lo escuchó con toda su atención.

El día en que fue elevado, colgado de aquel globo, sobrevoló Vallehondo y cruzó las montañas azules, donde de niño le habían enseñado que terminaba el mundo. Durante una semana el globo no paró de volar y, colgado, sus fuerzas fueron mermando hasta caer sobre un bosque cerrado de encinas y robles y algunos claros donde crecían las zarzas, madroños y espárragos silvestres. Al caer del globo, de pronto todo fue oscuridad. Perdió el conocimiento y al despertar sintió aquel bosque como su hábitat natural, y que, al igual que el resto de los animales que lo poblaban, él debía sobrevivir alimentándose como ellos de lo que ofrecía la naturaleza, aprender el lenguaje de los animales e integrarse en el mundo vegetal. Poco a poco, se fue despojando de su ropa, su barba y su pelo fueron creciendo hasta conseguir la apariencia de uno de tantos animales, y una nueva vida comenzó para él. Comía lo que le ofrecía el bosque y bebía el agua de los arroyos procedentes del deshielo, y olvidó absolutamente su vida anterior como vecino de El Castro. El silencio envolvía permanentemente el bosque. Sólo el graznido de algún cuervo o el movimiento de las hojas en los árboles al paso de alguna ardilla, una culebra o el rumor de algún arroyo, o el golpe sobre el suelo de las patas de algún jabalí cruzando camino de la charca en donde darse un baño de lodo, eran su música de fondo cotidiano.

Victorino Cabañas olvidó su nombre mimetizándose con ese mundo animal y solitario en el que pasó más de dos años. En ese tiempo, su aspecto se volvió irreconocible, a no ser por la piel blanca de su cuerpo que lo diferenciaba del resto de los animales. Un día, mientras recogía unas zarzamoras en el claro del bosque, un golpe seco, como un trueno, hizo moverse las copas de los árboles. Y como en estampida, cruzaron por delante suyo todo tipo de animales huyendo de algo que él no supo identificar. Corzos, jabalíes, muflones, ciervos y ginetas huían veloces en la misma dirección. Entonces escuchó unos sonidos que despertaron parte de su memoria. Eran ladridos de perros. De pronto asoció ese sonido con los cazadores y su instinto de huir se puso en marcha. Emprendió la carrera en la misma dirección en la que había visto huir al resto de los animales, y, a medida que huía, su razón le avisaba de que estaba viviendo en un mundo al que no pertenecía. Entonces recordó El Castro en un día de fiesta y un globo de colores. Y mientras corría escuchando cada vez más cerca el ladrido de los perros, recordó a una mujer, que quizá estuviera esperándolo, sin tener noción del tiempo que había pasado. Y su cerebro le ordenó correr, correr, correr y escapar, y buscar de nuevo ese lugar del que alguien lo arrancó colgado de un globo.

Corrió durante todo el día. Los ladridos de los perros se apagaron al anochecer. Le costó varios días abandonar aquel bosque impenetrable, cosa que consiguió en varias etapas durante las cuales comía bayas, bellotas de las encinas, madroños y setas que encontraba en los humedales. Fue tal su mimetismo con el bosque, que en ningún momento sufrió el ataque de animal alguno durante el tiempo que pasó entre ellos.

Una mañana soleada, un horizonte claro le indicó que el bosque en pocos minutos quedaría atrás, y así fue. De pronto se encontró en un camino de tierra que bordeaba un campo sembrado de trigo por donde vio venir a un hombre montado a la grupa de un caballo. Alguien que posiblemente fuera el guarda del bosque en el que Victorino Cabañas había pasado sin ser visto más de dos años de su vida. Antes de ser descubierto, sintió vergüenza por estar desnudo. Cortó unas ramas de boj que crecían en la orilla del camino y con unos juncos ciñó su nuevo vestido a su cintura y salió al encuentro del jinete. Le preguntó si conocía un pueblo en la comarca de Vallehondo cuyo nombre era El Castro.

—Queda un poco lejos de donde nos encontramos —contestó el hombre—. Tal vez unos dos días caminando en aquella dirección —dijo señalando un nogal en el horizonte que empezaba a lucir un amarillo intenso anunciando el otoño.

—No importa, no tengo prisa. Gracias.

El guardabosques se alejó al trote y Victorino Cabañas, recuperada ya su memoria, caminó en la dirección hacia donde se hallaba El Castro con la esperanza de encontrar abierta la puerta de su casa, y a Teresa Requena esperándolo con los brazos abiertos.

El sol de la tarde, grande y rojo, rielaba sobre las aguas quietas del lago, donde el croar de las ranas anunciaba el final del día.

Teresa Requena escuchó emocionada la historia que, al oído y sin prisa, le contó su marido, Victorino Cabañas.

Su beso largo y emocionado duró hasta que dejaron de cantar las ranas y la luna apareció por el horizonte.

Juntos volvieron a El Castro para seguir apurando cada minuto de la vida. Una tarde de finales de septiembre, en el autobús que hacía la línea regular recorriendo todos los pueblos de Vallehondo, llegaron a El Castro Teresa Requena y Victorino Cabañas. El campo olía a mies mojada por alguna tormenta de final de verano. En el pueblo, al verlos llegar, pensaron que se trataba de dos aparecidos que volvían del otro mundo. Algunos los tocaban por si no eran humanos, ya que a él un día le habían visto ascender al cielo en cuerpo y alma.

13

La afluencia de gente fue tal, y el nuevo repertorio de canciones tan bien recibido, que la calle quedó colapsada imposibilitando a Justiniano Nazario controlar la avalancha de hombres, mujeres, niños y curiosos que al enterarse del acontecimiento habían llegado desde todos los pueblos de la comarca de Vallehondo, desbordando todas las previsiones. Ese día abría sus puertas al público el Salón de Baile de Justiniano Nazario. Los mozos se colaban sin pagar por las ventanas sin posibilidad de ser controlados.

La Vicenta, a cambio de una peseta y un bocadillo de chorizo de orza de los que Gabriela Rincón guardaba de la matanza del cerdo, había pasado la tarde dando vueltas al manubrio hasta el agotamiento, de manera que, a medida que pasaba el tiempo, el ritmo de las canciones iba siendo cada vez más lento hasta hacerlas irreconocibles. El repertorio con el que contaba el organillo era de diez canciones y una jota aragonesa con la que se daba por terminado el baile. Así que, dado que la tarde era muy larga y el repertorio tan limitado, la Vicenta lo repetía una y otra vez e incluso atendía las peticiones del público hacia alguna canción, maniobrando el registro de selección del organillo, lo que suponía un esfuerzo ímprobo. Sólo la jota aragonesa sonaba una vez para dar por terminado el baile.

Ese día la gente bailó sin descanso hasta que la noche cayó sobre El Castro. Pero nadie se marchaba a sus casas. Entonces, Justiniano Nazario ordenó a la Vicenta que pusiera la jota aragonesa, pensando que entenderían el mensaje, y que esa era la última canción antes de irse a cenar a sus casas. Pero no fue así. La gente bailaba con verdadero frenesí y el salón se convirtió en una pista de pisotones, empujones, risas y vocerío. Justiniano Nazario ordenó a la Vicenta parar la música, y ante las protestas del público, se vio obligado a subir al altillo del piano y rogar a la gente que abandonara el local, no sin antes dar las gracias por su asistencia al baile y citarles para el próximo domingo.

—Buenas noches —dijo, mientras la gente abandonaba poco a poco el baile con la satisfacción de haberse divertido.

Cuando todos se fueron, Justiniano Nazario cerró la puerta y se reunió en la cocina con Gabriela Rincón. Con la sonrisa que produce el éxito, empezó a vaciar sus bolsillos llenos de dinero procedente de la venta de entradas. Rebeca Salinas, que ya era una alumna aventajada en la escuela y no se le daban mal las cuentas, ayudaba a Justiniano Nazario en la contabilidad, mientras Gabriela Rincón celebraba en silencio el éxito de su marido en el que tanto había confiado, sintiendo no poder ayudar en las cuentas ya que nunca había ido a la escuela. El recuento del dinero se prolongó hasta la madrugada, y ese día casi consiguieron amortizar el coste del organillo. Si el negocio seguía funcionando así, en pocos meses Justiniano Nazario abriría al público el casino, situado en la parte alta de la casa, sobre el salón de baile.

Y como la suerte siguió acompañándolo, en unos meses el casino de El Castro abrió sus puertas al público y se convirtió en el nuevo acontecimiento de toda la comarca de Vallehondo.

Era un espacio grande y luminoso de balcones altos asomados a la calle. En el lado opuesto, un gran mirador que ocupaba toda la pared dominaba la comarca de Vallehondo: verde en primavera, amarillo en verano, pardo en otoño y blanco en los largos, fríos y frecuentemente nevados inviernos de El Castro.

Fue decorado en la mayor parte de su espacio con veladores de mármol blanco sobre soportes de hierro fundido. En las paredes colgaban los mismos percheros que en el salón de baile, inmensamente largos y procedentes del mismo derribo, cuyas existencias agotó con sus compras Justiniano Nazario, así como las estanterías de madera con anaqueles donde colocar las cartas para el juego, los cubiletes de los dados o los estuches con las fichas de dominó o el juego de damas. En los días laborables, el trabajo para Justiniano Nazario y Gabriela Rincón era llevadero; sólo unos cuantos desocupados o jubilados acudían por las tardes a echar la partida de mus o el tute y ocupaban dos o tres mesas cercanas al ventanal; su único gasto era un café, que Gabriela Rincón se ocupaba de mantener caliente en la chimenea de la cocina, y una copa de coñac, siempre a cargo de la pareja de perdedores. En invierno la tarde en el casino era tranquila al calor de la estufa de leña, que Justiniano Nazario se encargaba de alimentar periódicamente con troncos de olivo o encina. La noche caía pronto sobre El Castro, y el silencio, sólo roto por el ladrido de algún perro callejero o el maullido desgarrado de una pareja de gatos en celo, se instalaba en sus calles. Abajo, en el salón de baile, el organillo dormía en su altillo esperando el fin de semana, y a la Vicenta, que con fuerzas renovadas llegaría dispuesta a darle al manubrio. Durante la semana, Justiniano Nazario alternaba el escaso trabajo en el casino con sus ocupaciones en el campo: arar, sembrar, alimentar su ganado de cabras, abastecer de hierba y pienso a los conejos y gallinas o llevar la cerda a algún pueblo de la comarca de Vallehondo para ser cubierta por un semental, y esperar un parto de doce —o quizá más— lechoncillos que, vendidos en el mercado, le proporcionarían un buen dinero. O cuidar sus plantaciones de anís para, una vez cosechado, vender el grano a una destilería para la elaboración del licor. Definitivamente, Gabriela Rincón se había casado con un buen hombre, trabajador y bueno para ella y para la niña, tal como le había pronosticado su marido, Evaristo Salinas, en su lecho de muerte.

14

Cada verano, y ante la imposibilidad de atenderlo todo, Justiniano Nazario cerraba temporalmente el salón de baile. El casino, dada su escasa actividad en ese tiempo, era atendido por Gabriela Rincón y Rebeca Salinas.

Él ocupaba su tiempo en la siega, doblando el espinazo hoz en mano bajo un sol de justicia, durmiendo al raso en una cama improvisada de mies y una manta para cubrirse. Justiniano Nazario era un campesino enamorado del campo y del silencio sólo roto por el canto cansino de los grillos, la contemplación de las estrellas en las noches claras, los amaneceres azules y el despertar —momento sublime de la naturaleza— con el canto de la perdiz llamando a sus polluelos extraviados entre los matorrales y los campos dorados de cebada, y las palomas con su arrullo monótono anunciando el amanecer desde las encinas. Y después de la siega, la trilla, uno de los trabajos más monótonos a los que se enfrentaban los campesinos de El Castro. Se trataba de dar vueltas subido sobre un trillo tirado por una pareja de mulas sobre la parva de mies, hasta triturarla y posteriormente recogerla en un montón después de haber pasado todo el día dando vueltas en el mismo círculo y sentado en un asiento de anea envuelto en una nube de polvo y recibiendo los efluvios malolientes de los animales situados a poca distancia del trillador. Terminada la trilla y recogida la mies ya triturada, el campesino tendría que esperar a que Eolo enviara un soplo de viento para aventar y separar el grano de la paja.

La llegada del vientecillo a las eras suponía una fiesta para Justiniano Nazario y el resto de la familia, porque en la recogida final de la cosecha todos colaboraban.

Justiniano, armado con una pala de madera fina y ligera de peso, lanzaba al aire la mies triturada desde el montón donde se almacenaba toda la cosecha con el esfuerzo, el tesón, el sudor y las lágrimas de un labrador escaso de estatura pero sobrado de coraje que luchaba por ganarle al viento su batalla.

El grano, ya aventado, se iba amontonando a un lado, el aire le había librado de polvo y paja mientras Justiniano Nazario lanzaba la mies, mecánicamente y sin descanso, convirtiendo en oro su trabajo de todo el año.

Rebeca Salinas, que ya era moza, barría la era mientras las hormigas se afanaban en robarle los granos de trigo para llenar sus almacenes subterráneos y asegurarse el alimento para el invierno.

Mientras, en su casa, Gabriela Rincón atendía la escasa

clientela que visitaba el casino en esa época de verano y preparaba la merienda que, en una escapada a la era —las eras estaban a las afueras del pueblo—, llevaría para aliviar el hambre y el cansancio del «aventador» y la «barrendera»: unos chorizos de orza de su propia matanza, una tortilla hecha con los huevos de sus gallinas, una bota de vino para Justiniano y un botijo con agua fresca del aljibe que la lluvia se ocupaba de llenar cada invierno y que surtía el consumo de la casa y el riego de los geranios, de lo que se ocupaba su hija Rebeca.

Al caer la tarde, el grano, aventado y limpio, se metía en unos costales de retor, una tela basta y fuerte, que la Leona y la Cobriza transportarían sobre sus lomos hasta la casa para ser almacenado finalmente en los trojes de las cámaras, unos espacios para cada cereal situados en lo más alto de la casa para evitar, en la medida de lo posible, el ataque de los ratones.

Pasado el verano y terminadas las labores de la recolección, el casino seguía llenando las tardes de ocio de todo tipo de gente que, en muchos casos, lo único que tenían en común era su afición al juego. Sus cartas fueron acariciadas por personas de diferentes clases sociales y opciones políticas que sólo coincidían a la hora de echar un órdago o envidar a la chica o a la grande. Daba igual si el compañero de juego era de derechas o de izquierdas a la hora de guiñarse un ojo advirtiendo tener en su poder las siete y media, o unos duples, si levantaba las cejas, siempre cuidando de no ser descubierto por la pareja contrincante. El cura del pueblo jugaba de compañero con el más ateo, y el más rico se lo pensaba dos veces antes de elegir como compañero a uno de clase social inferior, a no ser que no tuviera más remedio, con tal de jugar su partida de mus y compartir sus guiños con quien fuera preciso. Gabriela Rincón preparaba café de achicoria en la cocina, y Justiniano Nazario subía y bajaba escaleras sin preguntar a sus parroquianos de qué lado estaban. Dentro de cada ideología política a la que perteneciera cada uno de los habitantes de El Castro, la convivencia era posible, como lo eran los valores democráticos respetados por unos y otros.

15

Rebeca Salinas era una joven de diecinueve años, de una gran belleza, alta, de mirada penetrante, cabello negro rizado y fuerte de carácter, de una inteligencia natural y resuelta en lo referente a la administración de la casa, a la que dedicaba todo su tiempo, incluida la atención y el cuidado de su madre y Justiniano Nazario, que se iban haciendo mayores. A Gabriela Rincón, su hija le recordaba a su padre, Evaristo Salinas, al que Rebeca no recordaba, excepto por la imagen que su madre tenía de él, desde su perspectiva de mujer enamorada. Habían pasado muchos años desde que Evaristo Salinas las había dejado, tiempo en el que siendo niña, con apenas cuatro años, la pequeña Rebeca quedó huérfana. Ahora, cuando el cabello de Gabriela se iba tiñendo de blanco, pensaba a menudo en el futuro de su hija, imaginándola un día casada con un hombre bueno que le proporcionara la felicidad que hubiera deseado su padre para ella, como ella también lo deseaba.

El amor no se hizo esperar demasiado tiempo, y pronto

cruzó frente a la ventana con los visillos corridos de Rebeca Salinas el que un día sería su marido, Claudio Pedraza. Ella lo oía pasar cada noche fumando y canturreando alguna canción con aires flamencos. Era de una estatura media, nariz aguileña y hechuras de torero, estirado en sus andares como diciendo: «Aquí estoy yo», mientras miraba de reojo a la ventana tras la que —estaba seguro— lo observaba Rebeca Salinas. Su paso frente a dicha ventana era cada vez más lento, hasta que un día se detuvo. A ella, oculta tras los visillos, se le escapó el corazón cuando él dijo algo que no llegó a entender. Luego se fue. Esa noche, Rebeca Salinas no durmió tratando de adivinar lo que ese mozo le había dicho, y que la traía por el camino de la amargura y le robaba el sueño.

Desde ese primer encuentro, Rebeca Salinas y Claudio Pedraza vivieron un amor intenso y apasionado, y sus encuentros fueron cada vez más frecuentes, así como el deseo de unir sus vidas para siempre y tener hijos. Pero su noviazgo fue bruscamente interrumpido por los acontecimientos que cambiarían el rumbo de su historia.

16

De pronto, la vida pacífica de El Castro se vio un día sorprendida por las noticias que cambiarían por muchos años el rumbo de las cosas y enfrentarían a sus habitantes en una contienda que acabaría con la armonía y el respeto a las ideas por parte de los más violentos y oportunistas, que aprovecharían el río revuelto para su particular ajuste de cuentas y las acciones violentas personales fuera del control del Estado.

Corría el mes de julio de 1936 cuando la radio difundió la noticia del golpe de Estado fallido de Franco contra el gobierno de la Segunda República democráticamente elegido por el pueblo, hecho que dio lugar a la Guerra Civil.

El Castro pertenecía a la zona republicana y, por tanto, la izquierda ocupaba los puestos de responsabilidad del pueblo.

El casino de Justiniano Nazario fue ocupado, al igual que otras casas del pueblo, por un grupo de milicianos llegados de otros lugares para aglutinar a todos los habitantes del pueblo con afinidades políticas. La razón por la que eligieron el casino fue por estar situado en el sitio más estratégico de El Castro, es decir, un lugar desde donde controlar todos los posibles movimientos de visitantes o enemigos. Juntos ocuparon las tierras de las familias más ricas, que huyeron del pueblo por temor a ser detenidos y encarcelados. Sólo uno de ellos, por su generosidad con sus empleados, no huyó de El Castro sino que, oculto en un sótano de la casa, fue alimentado y protegido por ellos durante toda la guerra.

La iglesia fue convertida en casa del pueblo, usándola como almacén de los cereales que repartían entre la gente de El Castro. Las imágenes fueron quemadas en la puerta del Salón de Baile de Justiniano Nazario, y el culto estuvo prohibido durante los años que duró la guerra. Gabriela Rincón, muchos años después de terminada la contienda, seguía guardando en un cajón de la cómoda el pie de un santo herido y sangrante que rescató de la hoguera, aunque nunca supo de qué santo se trataba.

Los ocupantes del casino, que al parecer lo usaban también como dormitorio, al bajar por la mañana las escaleras y cruzarse con Gabriela Rincón, la saludaban con el puño en alto y diciendo «Salud», a lo que ella ingenuamente contestaba, como queriendo ser agradable: «Adiós, vaya usted con Dios». Eso le costaba una regañina de Justiniano Nazario, que sabía de las creencias religiosas de los hombres que tenía en casa.

Las mujeres de El Castro vivían la guerra atemorizadas

en sus casas, cuidando de los abuelos y de los niños y esperando siempre las peores noticias de sus maridos o sus novios que luchaban en el frente.

Claudio Pedraza, como tantos mozos de El Castro, debía partir al frente, y esa noche se despedía de su amada Rebeca Salinas en un abrazo infinito y triste que quizá fuera el último. Así era la guerra.

Una imagen en blanco y negro quedó grabada en las pupilas de la joven aquella mañana en que su gran amor le decía adiós desde la camioneta que lo llevaría al frente. Esa ventana, a través de la cual se conocieron y compartieron palabras de amor y confidencias, se convirtió desde entonces para Rebeca en un lugar de espera para otear la calle larga, por donde debía llegar el cartero con las noticias que más esperaba. Unas cartas que se demoraban cada día más, en las que Claudio Pedraza le hablaba del frente, de la soledad de la trinchera y de la continua presencia de ella en sus sueños, del deseo irrefrenable de verla, de abrazarla y de hacerla suya para siempre. Que pensara en él, que esa guerra terminaría pronto y que la quería.

Rebeca leía sus cartas apasionadas tras la luz velada de las cortinas de su habitación, mientras sus ojos se llenaban de lágrimas que caían sobre las palabras escritas por Claudio, emborronándolas de tinta, y que despertaban en ella el deseo de volar a su lado, amarse como dos locos y regalarse los abrazos y los besos que quedaron pendientes en su último encuentro.

También Claudio Pedraza en una carta urgente supo de la muerte de su hermano menor, casi un niño, al que enviaron a la guerra en la llamada «quinta del biberón». Sólo tenía diecisiete años.

El tiempo en El Castro se hacía interminable para Rebeca Salinas sin la presencia del hombre al que seguía necesitando y del que sabía por las escasas cartas que a veces recibía y que procedían del frente, en donde participaba en una guerra absurda, como lo son todas las guerras.

En la soledad de la trinchera, Claudio Pedraza soñaba con Rebeca. Y en las noches estrelladas añoraba sus besos a la luz de la luna, mientras a lo lejos el sonido sordo de los disparos perturbaba su sueño, que no era otro que soñar con ella.

Necesitaban verse, encontrarse a solas y mirarse en silencio como se miran los enamorados, tenerse cerca y escuchar el latido acelerado de su corazón mientras fluye el amor en la caricia, en un «te quiero mucho», mientras se para el tiempo y ese tiempo de amor lo llena todo.

En una de esas cartas que a veces se cruzaban, y dado que la guerra podía prolongarse por un tiempo, para ambos infinito, decidieron casarse por poderes. La decisión fue celebrada por los dos, y un día en la distancia se convirtieron en marido y mujer.

Una vez casada, Rebeca Salinas voló hasta los brazos de Claudio Pedraza instalándose en un pequeño pueblo, cerca del frente, en una casa en donde fue acogida con cariño, un gesto que la joven supo agradecer.

Pasaba los días esperando la noche en que su marido regresara del frente oliendo a jara, romero y pólvora, interrumpiendo la guerra para hacer el amor.

Rebeca Salinas siempre recordaba la luna de miel en aquel pueblecito en el frente, en que, desafiando los bombardeos y por encima de los miedos, se amaron como dos locos son capaces de amar, como si fuera la última vez. Así era la guerra.

Después de un tiempo, a su regreso a El Castro, Rebeca Salinas llevaba en su vientre la semilla germinada de Claudio Pedraza de la que nacería su primera hija, Leonor Pedraza Salinas. Unos meses después de terminada la guerra, Claudio Pedraza regresó por fin a El Castro. En su casa le esperaba Rebeca, su mujer. Los dos se lo dijeron todo en un abrazo infinito.

—No me abraces tan fuerte, que harás daño al que viene —le comentó al oído Rebeca a su marido.

—¿El que viene? —preguntó Claudio Pedraza, que recordó el último encuentro con su mujer en el frente casi al final de la guerra—. Aquella fue una noche tranquila en la que no se escuchaban los disparos en el frente, y nuestro encuentro fue tan hermoso que no podríamos esperar un fruto mejor que este viajero, que seguro, al nacer, traerá un pan bajo el brazo —dijo Claudio Pedraza en un alarde, poco frecuente en él, de romanticismo.

—Ojalá —dijo ella—. ¡Buena falta nos hace! Esta guerra absurda nos ha empobrecido a todos. Aunque quizá ha enriquecido a los que la han utilizado para su propio beneficio: los usureros, los estraperlistas, los prestamistas sin escrúpulos, los fabricantes de armas que la guerra los hace ricos, los usurpadores de lo ajeno…

—Y los cabrones —dijo, rotundo, Claudio Pedraza mientras sacaba de su macuto una funda de cuero negra.

—¿Qué es eso? —preguntó Rebeca.

—Es la pistola con la que un día mataré al que envió a la muerte a mi hermano, siendo casi un niño. Juro por Dios que pagará por eso —dijo, alterado, Claudio Pedraza mientras le daba el arma a Rebeca para que la guardara en un sitio seguro de la casa.

Años después, durante una obra que Claudio Pedraza realizaba en la casa, en un descuido de este, Rebeca Salinas, viendo el peligro que suponía tener una pistola en la casa, la enterró en la masa de cemento sobre la cual, sin saberlo, Claudio Pedraza sentaría las baldosas del piso de la cocina. En su momento, Rebeca Salinas se lo confesaría a su marido.

La única venganza por la muerte de su hermano era un saludo en forma de «cabrón» cada vez que se cruzaba en las calles de El Castro con el que, siendo alcalde republicano durante la guerra, causó tanto dolor a su familia.

Mientras hablaban, Justiniano Nazario y Gabriela Rincón, que ya peinaban canas, esperaban el momento de saludar a Claudio Pedraza después de más de dos años de ausencia. Finalmente se abrazaron.

Justiniano Nazario y Gabriela Rincón, aparte de atender a los clientes del casino, y en los días festivos el salón de baile, se ocuparon del cuidado de Rebeca durante el tiempo que duró el embarazo, tras el cual nació Leonor, llenando de alegría la casa y a los padres de una gran responsabilidad.

Pocos días después del nacimiento de la niña, y una vez recuperada del parto la madre, el matrimonio de la pareja y el bautizo de Leonor formaron parte de una misma ceremonia en la iglesia y celebrada en la más estricta intimidad a la que sólo asistieron sus familiares más cercanos.

Claudio Pedraza no fue nunca amante de los juegos de cartas, por lo que nunca frecuentó el casino. Siempre fue un solitario y un trabajador incansable en su oficio de albañil que había aprendido desde niño de la mano de su padre.

Justiniano Nazario estuvo a las órdenes de los ocupantes durante el tiempo que duró la Guerra Civil, sirviendo el vermut y el café sin preguntar. Gabriela Rincón siguió en la cocina, entre los pucheros. Desde el final de aquella guerra no volvieron los hombres de El Castro a compartir los tapetes del mus si no pertenecían al mismo bando. Poco a poco, el casino dejó de ser el centro de ocio del pueblo y pasó al olvido.

En el aire quedaban las imágenes de un tiempo de inseguridad y angustia, de silencios, secretos y gritos, de palabras hirientes a los oídos de Justiniano Nazario y Gabriela Rincón —tan obedientes ellos—, de miradas lascivas hacia la joven Rebeca, sólo por ser joven y hermosa, aun sabiéndola casada.

17

Terminada la guerra, las ventanas del casino se abrieron de par en par para dejar pasar un aire fresco y limpio que borrara el olor de los muertos. Que en lugar de los hombres, fueran las golondrinas confiadas las que por los rincones de los techos construyeran sus nidos. Eran las golondrinas en El Castro la imagen de la paz. «Prohibido matarlas —decían los mayores a los niños—, que ellas arrancaron las espinas de su corona a Cristo. Y ponedles un lazo en una de sus alas al escapar del nido cuando aprendan a volar. Ya veréis como el próximo año volverán a su nido y luciendo ese lazo, aunque descolorido por el tiempo y la ausencia. Prohibido matarlas.»

Y el casino ese año cerró sus puertas al juego de los hombres y abrió sus ventanas a un ir y venir de golondrinas.

En el suelo de cemento maduraban tendidos los productos del huerto que Justiniano Nazario cultivaba como un recurso más a la supervivencia. Del casino quedó un recuerdo, no siempre feliz; el tiempo se lo había llevado casi todo. Quedaban los veladores de mármol blanco que un día fueron testigos mudos de órdagos, envites y alguna que otra intriga política, cuyos protagonistas se unieron o separaron por el resto de sus vidas.

La vida de Claudio Pedraza junto a su mujer y su hija, compartiendo la casa con Justiniano Nazario y Gabriela Rincón, en breve volvió a la normalidad. No tardó en volver a su oficio de albañil para el que siempre lo requerían los vecinos de El Castro, dada la escasez de profesionales que como él afrontaran obras de una cierta envergadura.

Justiniano Nazario, por su parte, seguía dedicando su tiempo al cultivo de sus campos, al cuidado de sus animales y, en los días de fiesta, atendiendo el salón de baile, en donde la Vicenta seguía siendo la reina del organillo, dando vueltas al manubrio con la maestría de un mago.

Rebeca Salinas, mientras la niña crecía y era atendida por su madre, pasaba las horas cultivando su huerto situado cerca del pueblo, lo que suponía para ella una gran pasión y una aportación a la economía familiar, quizá heredada de Justiniano Nazario, que desde niña la llevó con él y le mostró la belleza del campo y la felicidad del contacto con la naturaleza.

El tiempo pasó deprisa. La pequeña Leonor repetía las palabras que oía de los mayores y con cierta inseguridad empezó a dar sus primeros pasos mientras Gabriela Rincón, aparte de cocinar para la familia y tejer calcetines de algodón para su marido, disfrutaba de los avances de la niña, que iba camino de los dos años. Siempre fue ella, la abuela, la que más cerca estuvo en todo momento de la cría, incluso más que su propia madre, Rebeca Salinas, ocupada en su máquina de coser, volviendo del revés la ropa gastada por el derecho, haciendo creer que era nueva, para lo que tenía una gran habilidad, remendando los pantalones de Claudio Pedraza y Justiniano Nazario, que se iban rompiendo por el uso excesivo, y ordenando, siempre ordenando a su madre qué tenía que hacer en la cocina y cómo atender a la comida de Leonor, a lo que Gabriela Rincón protestaba entre dientes:

—Mandona, que eres una mandona.

Aunque, finalmente, siempre hacía lo que mandaba su hija.

Antes de que Leonor Pedraza Salinas cumpliera los dos años, Rebeca Salinas quedó de nuevo embarazada de la que sería su segunda hija, aunque, dentro de la alegría que suponía la llegada de un nuevo miembro a la familia, Rebeca habría deseado un varón. Fue bautizada con el nombre de Victoria Pedraza Salinas, y para su hermana Leonor supuso un auténtico regalo de Reyes pues la cuidaba como a su muñeca preferida.

A pesar de las dificultades por las que pasaban durante la posguerra los habitantes de El Castro, en la casa de Justiniano Nazario y Gabriela Rincón, gracias a la aportación de cada uno de los miembros de la familia, a las tierras de labor, que después de incautadas durante la guerra les fueron devueltas, al trabajo sin pausa de Claudio Pedraza, siempre subido a los andamios, gateando por los tejados de las casas, y gracias a los domingos y fiestas de guardar en los que se abría el salón de baile, y a la cartilla de racionamiento con la que conseguían algunos alimentos, la economía familiar pudo salir adelante esos primeros años.

Mientras las niñas crecían, Justiniano Nazario y Gabriela Rincón iban envejeciendo; sus cabezas se fueron cubriendo de canas y sus pasos se fueron haciendo más lentos. Las arrugas invadían sus caras y sus ojos perdían poco a poco el brillo de otro tiempo. Pero lo único que siempre perduraba en ellos era el cariño que se profesaban y las ganas de seguir trabajando, cada uno en sus tareas.

En poco más de un año, Claudio Pedraza y algunos albañiles más jóvenes que habían surgido durante su ausencia en el frente, reconstruyeron lo que la guerra había destruido en el pueblo: casas, algunas paredes de la iglesia y los daños en el retablo del altar mayor que intentaron arrancar sin éxito de la pared, las tiendas y los edificios públicos del pueblo.

Pero en El Castro no había futuro, y como todos los que soñaban con algo mejor, un día Claudio Pedraza encontró un trabajo que le aseguraría la supervivencia por varios años. Se trataba de las obras para la construcción de una central hidroeléctrica. Claudio Pedraza no se lo pensó. Tomó a su mujer, Rebeca Salinas, y a sus dos hijas,

Victoria y Leonor, de dos y cuatro años, alquiló una casa en un pueblo cercano a las obras de la central, y allí se instalaron con los enseres más imprescindibles, cambiando de vida, de paisaje y de vecinos. En El Castro se quedaron despidiéndose desde el mirador del pueblo, y con el alma rota de soledad, Justiniano Nazario y Gabriela Rincón para enfrentarse solos a un largo período de su vida.

Claudio Pedraza trabajaba a destajo en su nuevo trabajo de la central hidroeléctrica, lo que le permitía vivir desahogadamente y disfrutar el tiempo libre junto a su mujer y sus hijas, una de las cuales —Leonor Pedraza— empezaba ya a asistir a la escuela de párvulos.

Desde que el matrimonio se instalara en su nuevo domicilio no pasó mucho tiempo —algo menos de dos años— sin que ella se quedara de nuevo embarazada. En esta ocasión sería un varón, y al llegar el momento del parto, Rebeca quiso que el nuevo miembro de la familia llegara al mundo en El Castro, como sus hermanas, Leonor y Victoria, y fijar su residencia definitiva en el pueblo.

La casa de El Castro de nuevo se llenó de vida. Los abuelos cuidaban de las niñas y alimentaban con el mejor caldo de sus gallinas a su hija embarazada, hasta que el invierno, vestido con sus mejores galas y su manto de nieve, trajo al mundo a un varón. El nuevo miembro de la familia se llamaría José Pedraza Salinas. Era flaco y larguirucho, y para toda la familia su llegada supuso una gran alegría. Sobre todo para el padre, que enseguida le encontró un parecido con él por aquello de «el que a su padre parece, honra merece», frase tan celebrada cuando nacía algún niño en El Castro.

18

El camino de las cuevas era el gueto donde habitaban los gitanos, quienes, aparte de cambiar de domicilio a las gallinas o llevarse a la boca algunas frutas y hortalizas de los huertos próximos a las cuevas, se dedicaban con gran habilidad a la elaboración de cestas de mimbre que trabajaban al aire libre, haciendo casi imposible el tráfico de caballerías y personas hacia los huertos. Los chiquillos, desnudos y morenos, corrían de un lado para otro en una persecución sin fin, y las gitanas, con sus tetas al aire, amamantaban a los más pequeños mientras el aire se llenaba de cantes flamencos o canciones a ritmo de rumba haciendo que el camino se convirtiera en una fiesta permanente que se prolongaba durante la noche al calor de las hogueras y al olor de los guisos cocidos a fuego lento en los pucheros de barro.

En una cueva aislada de las demás y en la parte más alejada del camino tenía su guarida «la Cíngara», una gitana de carnes prietas y curvas redondas, cuyos pechos amamantaron a un regimiento, y entre sus piernas vaciaron su deseo más primitivo muchos de los hombres de El Castro. Hasta los más tímidos perdían la vergüenza cuando la Cíngara descorría las cortinas y los recibía con una sonrisa ancha y blanca, y sin más preámbulo los guiaba de la mano hasta el catre y lentamente los desnudaba con una invitación a la que todos sucumbían.

A veces la Cíngara desaparecía de El Castro.

—Está de *turné* —decían sus padres, unos gitanos de piel curtida y marrón, cuya mirada adivinaba el pensamiento, y que habitaban en una cueva junto a la de otros hijos, suficientemente alejada de la cueva de la Cíngara, dado el rechazo de los padres a la actividad censurable de su hija, que suponía una deshonra para los gitanos, por el valor que ellos daban a la virginidad de una gitana antes de su boda.

En esa ausencia, que a veces se prolongaba durante meses, la Cíngara recorría los pueblos de la comarca de Vallehondo proporcionando placer y alegría a todos los que solicitaban sus servicios —a veces de lo más peregrinos—, exponiendo todo su cuerpo, todo, al servicio de sus clientes, casi siempre casados y faltos de atención por parte de sus mujeres, que entre criar los hijos y cuidar la casa no disponían de tiempo para fiestas.

El pueblo era otro cuando llegaba la Cíngara. El bar era un hervidero de comentarios entre los hombres a la hora del mus. Uno contaba con pelos y señales el paso por su cama y las novedades que había encontrado desde la última vez que yació con ella. Otro ponderaba su habilidad con la lengua; y otros, esperando su turno para su encuentro con la Cíngara, disfrutaban por adelantado los momentos de placer que relataban los que ya habían gozado de su cuerpo. Mientras ellos hablaban, y contaban hasta los momentos más íntimos de su relación con ella, las mujeres en sus casas esperaban furiosas preparando la cena.

—¡La zorra!, ¡la zorra! —gritaban los gitanos por las calles del pueblo mientras mostraban al animal colgado de una cuerda de esparto, y frente a cada casa pedían unas monedas de agradecimiento por haber hecho desaparecer de su pueblo semejante alimaña.

La zorra era el enemigo público al que los gitanos culpaban siempre de la desaparición de las gallinas en los corrales de El Castro. Aparte de unas monedas, la gente premiaba a los gitanos con algo de comer, como frutas, rosquillas de aguardiente o tortas de cañamones. Todo menos aves de corral, que de eso estaban hartos.

Con el tiempo, también el camino de las cuevas se fue despoblando. Los gitanos se fueron buscando otro lugar y el pueblo dejó de escuchar sus *quejíos* flamencos y sus rumbas calientes. Las zorras volvieron a campar a sus anchas por los corrales y la gente se puso en guardia ante el peligro que amenazaba de nuevo a sus gallinas.

La Cíngara encontró empleo en un cabaret de la capital, y un hermano, con el pelo rizado, que había enseñado a los niños de la escuela el arte de la masturbación, que les practicaba por orden riguroso tras la tapia del cementerio o en las hacinas de mies de las eras en las noches cálidas del verano, la acompañó para cuidarla.

Pasaron muchos años antes de que la Cíngara volviera a su cueva en El Castro. También, por esa época, se fueron y nunca volvieron a El Castro los gitanos.

Sólo alguna que otra vez llegaba alguno a la plaza del pueblo con la idea de conseguir objetos antiguos, almireces, cerámicas antiguas o morillos de hierro usados en las chimeneas para sostener la leña. Todo ello a cambio de frutas y hortalizas que el gitano había comprado «a buen precio» en algún huerto cercano al pueblo.

A los niños los camelaba con alguna zanahoria a cambio de robar a la abuela algún objeto de metal como un candil, unas tenazas o cualquier objeto susceptible de ser vendido, también, a buen precio.

Con el tiempo, esos gitanos ambulantes cambiaron de nombre y dieron en llamarse «anticuarios».

19

En la central hidroeléctrica en construcción, algunos empleados habían cambiado su residencia a la misma obra para evitar desplazamientos; para ello, la compañía había instalado unas casas prefabricadas que, dada la duración de las obras, quedaron para algunas de las familias como su hogar definitivo. En sus corrales criaban, al igual que en El Castro, todo tipo de animales. Las gallinas y los pavos andaban sueltos entre los obreros comiendo los desperdicios que estos les echaban como sobrantes de su comida.

Entre los animales que pululaban por la obra, había un pavo tan hermoso de muslos y pechuga que, en más de una ocasión, Claudio Pedraza y un compañero de trabajo sopesaron la posibilidad de retorcerle el pescuezo y cargarlo en la bicicleta con dirección a El Castro y adornar con él la mesa de aquella Navidad. Pero tal complot no sería fácil ya que, dada la cercanía de la casa de los dueños del animal y el silencio reinante en esa zona de la obra, sólo roto por alguna herramienta de trabajo, no sería suficiente para acallar el escándalo del pavo en su trance entre la vida y la muerte, con sus aleteos ruidosos y sus graznidos desgarradores, mientras una mano asesina retorcía su cuello hasta los estertores finales de la muerte, lo que provocaría que el dueño del animal, escopeta en mano, disparara sin piedad, primero cartuchos de sal para intimidar, y después —caso de renunciar a la presa robada— cartuchos de postas de los usados en la comarca de Vallehondo para la caza del jabalí o para abatir a los toros que se escapaban de alguna plaza el día de la fiesta, dado el peligro que entrañaba un morlaco suelto por el campo.

Con esta perspectiva, conseguir la caza del pavo sin estridencias y de una forma pacíficas sin tener que enfrentarse con los dueños del animal, no parecía tener mucho futuro.

Una noche en la que Claudio Pedraza no podía conciliar el sueño, entretuvo su mente tramando una estrategia para conseguir el pavo fácilmente y sin escándalo. A la mañana siguiente tomó su bicicleta con más brío que en otras ocasiones, ansioso por llegar a la obra para preparar cuidadosamente su plan.

Al salir el sol, las gallinas, con su gallo a la cabeza y el pavo «pavoneándose» (que de ahí viene la palabra) con ese aire de superioridad que da ser el único en el gallinero, fueron acercándose poco a poco al lugar donde trabajaba Claudio Pedraza. El pavo buscaba, como cada día, algún desperdicio de comida entre los andamios y las pilas de ladrillos almacenados en el suelo. Y de pronto, unas migas de pan esparcidas por el suelo llamaron la atención del animal, que tardó un santiamén en engullir acompañado de un sonido gutural de agradecimiento profundo por tal manjar. Otras migas de pan, estratégicamente colocadas unas junto a las otras, daban continuidad al camino que el pavo recorría feliz picoteando con verdadero placer ese maná que protegía, mirando alrededor por si otro animal se lo arrebataba.

Entonces, siguiendo el camino de migas, llegó a un rincón bajo una carretilla llena de ladrillos, donde aparentemente terminaba el camino que tan sabroso banquete le había proporcionado. Pero su desayuno no había terminado. Bajo la carretilla, un plato grande se le ofrecía lleno de trocitos de pan, como premio a un corredor de fondo al llegar a la meta. El pavo se lanzó a la comida, cuya textura suave y blanca asoció a las sopas de leche que en ocasiones especiales preparaba para él doña Eusebia, su dueña. Claudio Pedraza observaba al animal, oculto en un rincón oscuro bajo el andamio de madera. En breves segundos, el pavo acabó con las sopas de pan impregnadas, no de leche, sino de escayola para moldes que Claudio Pedraza había preparado consciente del efecto rápido de endurecimiento que estaba a punto de producirse en el estómago del animal. Y, efectivamente, en pocos segundos el pavo hizo un intento de graznido y en un espasmo, sin demasiados aspavientos, cayó fulminado junto al plato. Los ojos de Claudio Pedraza brillaron de éxito tras la oscuridad del andamio al comprobar que su estrategia había funcionado con precisión cronométrica.

Pero con la muerte del pavo no había terminado su plan. Mientras trabajaba en la obra, escondió el animal de la vista de los obreros mientras la temperatura del difunto fuera bajando. Cuando el pavo estuvo frío como un mármol, Claudio Pedraza limpió la escayola de su pico para no levantar sospechas, y con el animal bajo el brazo se encaminó a la casa de su dueña, doña Eusebia, que al abrir la puerta de su casa y encontrarse con esa escena, sufrió un síncope con el consiguiente paro cardíaco que le hizo caer a los pies de Claudio Pedraza, quien a punto estuvo de dejar caer el pavo al suelo para atender a la mujer, pero no hizo falta porque doña Eusebia se recuperó en pocos minutos.

—¿Qué le ha pasado a mi pavo? —preguntó.

—No sabemos, doña Eusebia —contestó Claudio Pedraza—. Lo hemos encontrado debajo de un andamio muerto y sin heridas, y no sabemos de qué ha podido morir. Para evitar contagios, por si padecía alguna enfermedad rara, lo mejor sería enterrarlo en algún lugar lo más alejado de las casas. No vaya a ser que los gatos...

Doña Eusebia, aún sin dar crédito a lo que le contaba Claudio Pedraza, y a la vista del pavo, que iba tomando por momentos un color pálido de muerte eterna, accedió a que el animal fuera enterrado en tierra de nadie, y llorando desconsolada, dio al animal un beso en el pico, acarició su moco rojo y flácido, (que le colgaba un palmo), y con una carantoña funeraria se despidió del animal cerrando la puerta de la casa y dejándolo en brazos de Claudio Pedraza, a quien empezaba a asomar una sonrisa pícara en los labios. Una vez terminada la «representación» y ante un testigo presencial que diera fe, enterró al pavo, a una profundidad suficiente como para, una vez terminada la jornada de trabajo, exhumar el cadáver, y en su bicicleta, oculto bajo la chaqueta, transportarlo a El Castro para —esta vez, sí— celebrar como Dios manda la Navidad. El tiempo y las malas lenguas delatarían a Claudio Pedraza y le acusarían de que aquel pavo de la cena de Nochebuena no se había criado en su corral. De doña Eusebia sólo se supo que nunca más, mientras duraron las obras de la central hidroeléctrica, dejó a sus animales sueltos. Y que desde entonces no volvió a mirar con buenos ojos a Claudio Pedraza, que una vez transcurridos los años y terminadas las obras, pasó el resto de su vida en El Castro haciendo algún que otro trabajo para los vecinos del pueblo y viendo crecer a sus hijos, cuyo número había aumentado con la llegada de Pilar Pedraza Salinas, seis años después del único varón, José Pedraza Salinas.

Los inviernos en El Castro eran duros, y la nieve permanecía cubriendo los tejados y las calles durante los meses más fríos. En la primavera, con el deshielo, el agua causaba goteras en los tejados, que Claudio Pedraza se encargaba de arreglar durante el verano, cuando las tejas estaban secas y menos resbaladizas. Uno de los tejados con los que contaba cada verano para su arreglo era el de la casa de una mujer enjuta y enérgica, que durante todo el año residía en la capital, y los meses de verano los pasaba en El Castro. Lo primero que hacía al llegar era una revisión completa de la casa, en donde no faltaba alguna gotera causando el deterioro de alguna pared en el interior o la huella de alguna inundación en la planta baja, lo que requería la inmediata visita de Claudio Pedraza, asegurándole a este un trabajo para buena parte de los meses de estío. La mujer pasaba su tiempo de vacaciones limpiando el polvo, fregando los suelos y, al mismo tiempo, surtiendo de vino y cerveza a Claudio Pedraza y su ayudante, mientras repasaban las tejas o encalaban las paredes deterioradas por las goteras. Pero la obra nunca quedaba del todo rematada. Había que dejar algún trabajo pendiente para el año siguiente, cuando la mujer volviera de nuevo a pasar el verano, estación calurosa, seca y ausente de lluvias, por lo que no había problema en dejar alguna gotera sin arreglar, ya que, una vez llegara el invierno, volvería a producir un nuevo deterioro en la casa, y entonces habría que avisar de nuevo a Claudio Pedraza, convirtiendo en costumbre el repaso de las tejas y las consecuentes goteras.

20

En la plaza de El Castro había una fuente con dos caños de agua, salobre como ella sola, que servía de abrevadero para los animales de labor y a la que asistían las mujeres con sus cántaros de cerámica y su caño de madera con el que alcanzar el lugar donde vertía el agua. Sobre la cabeza, una almohadilla servía de soporte al cántaro en un continuo ir y venir por las calles hasta la casa en un equilibrio admirable. Utilizaban el agua para fregar los suelos y todo tipo de utensilios y cacharros y para llenar los bebederos de los animales, que esperaban sedientos la llegada del cántaro; además reservaban para cocinar el agua de la lluvia que almacenaban durante el invierno en tinajas de barro o aljibes, herencia de los árabes, construidos debajo de las casas; esa agua debía durar todo el año hasta el próximo invierno, que las lluvias, con suerte, volverían a llenar. También en la plaza estaban las escuelas, dos de niños y dos de niñas, con una independencia absoluta hasta en el espacio de los juegos cuando salían a la plaza. Ni siquiera en el recreo se veía juntos a los maestros y las maestras, con lo que ya, desde niños, quedaba clara la diferencia entre el mundo de los chicos y el de las chicas; el mundo de los hombres y el de las mujeres, que provocaba un continuo enfrentamiento entre unos y otras. Las niñas jugaban a la comba y los niños al fútbol. En el recreo, ante la ausencia de urinarios, las chicas desaparecían de la plaza por unos minutos después de dos horas de encierro en la escuela. Nadie sabía en qué lugar aliviaban sus vejigas. Los chicos lo tenían más fácil, pues lo hacían a la vista de todos, alrededor de un montón de ceniza procedente de la estufa de leña (que era el sistema de calefacción durante el invierno en las escuelas), orinando sin el menor pudor y apostando entre ellos a ver quién la tenía más larga, quién llegaba más lejos con el chorro o quién apagaba más brasas de las que todavía quedaban entre la ceniza de la estufa del día anterior.

La diferencia de género se apreciaba también en la iglesia, donde se usaban sectores de bancos separados por un pasillo, marcando la distancia entre los chicos y las chicas, los hombres y las mujeres.

Cerca de las escuelas, situadas en una orilla del cerro donde estaba situado El Castro, y en pequeñas terrazas excavadas en la ladera, los hortelanos habían instalado sus huertos, donde crecían todo tipo de hortalizas y yerba de pasto para alimentar a los animales domésticos como conejos, cabras, gallinas o cerdos, aportando parte esencial de la alimentación de las familias.

También las higueras hacían las delicias de los chicos, que durante el recreo, y después de haber recibido, en estricto orden a la salida de la escuela, la ración de queso amarillo y el vaso de leche en polvo procedente de la ayuda americana para paliar las carencias que había dejado la guerra, daban buena cuenta de los higos, a los que no dejaban madurar, con el consiguiente enfado de los dueños. Los maestros dedicaban parte de su esfuerzo a educar a aquellos pequeños en el respeto a la propiedad ajena. Pero las enseñanzas nunca cuajaron en esos chicos cuyo destino sería seguir —como era la tradición— el oficio de albañil, pastor, herrero o fontanero, como lo eran sus padres, y su horizonte más lejano para su futuro eran las montañas azules que contemplaban desde los miradores de El Castro. De hecho, sólo unos pocos conseguirían un día llegar más allá de esas montañas y alejarse del pueblo en busca de una vida mejor; entre ellos, José Pedraza Salinas.

21

A medida que aumentaba la familia, la casa se iba ampliando; de
esto se encargó Claudio Pedraza, que después de años
de obras en la central hidroeléctrica, había ya perfeccio-
nado el oficio de albañil, y como ayudante, amasando el
yeso o surtiendo el andamio de ladrillos y piedras, colabora-
ba, aunque algo lento debido a la edad, Justiniano Nazario.
El casino, ya sin actividad desde hacía algunos años, hubo
que dividirlo en varios espacios para cubrir las necesidades
de la familia.

Pero ¿y las golondrinas? Asentadas durante todo ese
tiempo en lo que fue el casino, habían adquirido cierto
derecho de habitabilidad de ese espacio a lo largo de los
años, donde habían criado, al menos, cuatro generaciones
de golondrinos, que cada año volvían con sus lazos de colores gastados por el sol, el aire y las lluvias. ¿Dónde irían
ahora esas cuatro generaciones de golondrinas a colgar sus
nidos de barro y paja cuando Claudio Pedraza cerrara las

ventanas de lo que hasta ahora había sido el casino del pueblo?

Ellas solas se fueron cuando lo vieron entrar con un ayudante piqueta en mano, dispuesto a trabajar en la demolición de algunas paredes y levantar tabiques hasta convertir en dormitorios el que fuera un pequeño casino provinciano.

La zona del mirador, desde donde se divisaba toda la comarca de Vallehondo, se convirtió en el dormitorio de Leonor. Junto a él, con un gran balcón que daba a la calle, el dormitorio de Victoria y el de la más pequeña de las hermanas, Pilar Pedraza. A continuación el de José, y al final del pasillo, como una novedad, un cuarto de baño para dar servicio a toda la planta.

Alguien se preguntaría dónde estaba el cuarto de baño antes de que Claudio Pedraza construyera este. No, nunca hubo un cuarto de baño. Rebeca Salinas, para el aseo de los niños, mojaba la toalla en agua del aljibe y con la energía de quien fregaba la placa metálica de la chimenea de la cocina, estropajo y jabón en mano frotaba esos cuerpos pequeños hasta enrojecerlos. Lavaba las cabezas con el jabón fabricado en la casa y ponía finalmente brillantina de posguerra en sus cabellos. Después trazaba con el peine una raya en el lado izquierdo, si se trataba del niño, José Pedraza, o al lado derecho, si se trataba de las niñas Leonor, Victoria o Pilar.

El resto de las necesidades que requerían de una mayor intimidad para ser realizadas, eran cosa de cada uno. El corral era para todos los mortales el centro de operaciones escatológicas, eso sí, cuidándose muy mucho de las gallinas, conejos, cerdos y toda clase de fauna que pululaba a sus anchas por ese espacio que consideraban exclusivamente suyo, con el consiguiente peligro al exponer el aire libre las partes íntimas. Para el baño de inmersión había que esperar al buen tiempo para sumergirse en cualquier charca o, especialmente, en el río.

En las casas de las familias acomodadas las cosas no eran muy diferentes en cuanto a este servicio se refiere. El corral era en esos casos sustituido por un pequeño cuarto adosado a una pared de la casa, con un pozo negro en cuya superficie se instalaba una tabla de madera con un agujero, y donde, a modo de asiento, el usuario ponía sus nobles posaderas, lo que le hacía sentirse en un trono, diferenciándose de los simples mortales que lo hacían en cuclillas. Aun así, tampoco ellos se libraban del peligro a ser atacados desde abajo por alguna gallina infiltrada en el fétido espacio, ya que el pozo comunicaba con una puerta abierta al corral para facilitar su limpieza periódica, donde se almacenaban día a día las miserias de tan nobles usuarios.

El salón de baile poco a poco también dejó de funcionar debido a la edad y el cansancio físico de Justiniano Nazario y Gabriela Rincón, convirtiéndolo en un espacio donde acoger a las compañías de teatro ambulante que a veces llegaban a El Castro y que no disponían de un sitio digno donde representar sus obras. Claudio Pedraza demolió el altillo en el que había estado el organillo, desde donde —en otro tiempo— la Vicenta observó los arrumacos de las parejas al bailar mientas se dejaba la piel dando vueltas al manubrio hasta decir basta. Justiniano Nazario se dedicaba al cuidado del campo y la cría de cerdos en ese corral donde convivían las gallinas, los conejos y dos burras —una lista y otra tonta— que respondían a los nombres de Cobriza (la lista) y Leona (la tonta), que Justiniano Nazario usaba para las labores del campo, y cuya compañera inseparable era una perra callejera, a la que llamaba Chispa, nombre generalizado en El Castro para llamar a los perros callejeros y sin pedigrí. Gabriela Rincón tenía la misión de cocinar para la familia, y el tiempo libre —como casi todas las mujeres de su edad— lo dedicaba a tejer calcetines de algodón para los pies campesinos de su marido, Justiniano Nazario. Era tal la habilidad que después de tantos años tejiendo había adquirido, que podía mantener una conversación mientras sus manos hacían punto como por inercia una vuelta tras otra hasta terminar, creciendo o menguando puntos de una manera totalmente irreflexiva, como una máquina. Rebeca Salinas pasaba el tiempo entre el huerto —por el que sentía una verdadera pasión— y remendando vestidos a los que siempre, aun recién comprados, les encontraba algún defecto que se veía obligada a corregir.

Y Claudio Pedraza en el campo, en el andamio o ejerciendo de capataz ocasional al mando de una cuadrilla de obreros, arreglando los baches que las lluvias y las heladas del invierno habían provocado en la carretera de grava que comunicaba los pueblos de la comarca de Vallehondo. Como gran cazador que era, surtía la casa de conejos, liebres, perdices y alguna paloma torcaz mientras estaba abierta la veda. Y cuando se cerraba, también. Era un gran trabajador y poseía una gran dosis de humor y picardía, sobre todo en su trato con las mujeres de El Castro, que ponderaban sus ocurrencias al oído de su mujer, sabiendo que cualquier comentario en ese sentido provocaría sus celos.

—Hay que ver —le decían— lo gracioso que es Claudio. Ya estarás contenta con un hombre así en la casa. Ya quisiera yo que el mío fuera igual.

Rebeca Salinas, aunque enamorada de Claudio Pedraza, compañera de camino durante más de treinta años y madre de sus hijos, siempre encontraba la misma respuesta:

—Pues en mi casa no es tan gracioso como me lo pintáis.

Y es que Claudio Pedraza era un pícaro conquistador, por lo que lo ponderaban tanto las mujeres de El Castro que veían en él sólo virtudes, y un atractivo al que difícilmente se podían resistir. Fuera de su trato gracioso y pícaro con las mujeres, Claudio Pedraza en la casa era hombre de pocas palabras, amigo de muy pocos amigos, solitario y fumador empedernido al que nunca se le cayó el cigarrillo de la boca, hasta que un día el médico le advirtió del peligro que corría y, de la noche a la mañana, cambió el cigarro por una raíz de regaliz y algún caramelillo de menta que siempre guardaba en los bolsillos.

22

El pregonero, Faustino Lebrero, a golpe de trompetilla, anunciaba desde cada esquina la llegada a El Castro del Gran Teatro Ambulante de París: «Esta noche a las nueve y media, en el Salón de Baile de Justiniano Nazario, gran representación de la obra *Santa Genoveva de Brabante*. Se ruega llevar silla; precio de la entrada, una peseta».

El cura, don Juan Calero, era el censor que autorizaba las obras a representar en el local de Justiniano Nazario, de manera que la vida de los protagonistas debería ser un ejemplo de virtud para aquella gente tan dada al baile y a las diversiones con un cierto contenido erótico, a los que don Juan Calero quería conducir por el camino de la rectitud y la santidad. De otra manera, no se entiende que la historia de una santa tan desconocida en la comarca de Vallehondo tuviera el suficiente atractivo como para que los habitantes de El Castro llenaran durante varias noches seguidas el Salón de Baile de Justiniano Nazario. Sin embargo, así fue.

La historia se remonta al siglo XIII, y cuenta las venturas

y desventuras de Genoveva, hija del duque de Brabante, cuyo marido, Sigfrido Simmerch, debía ir a la guerra, y en su ausencia, su intendente, Golo, ignorando que Genoveva estaba embarazada, trató de violarla sin lograrlo, acusándola ante Sigfrido de adulterio cuando iba a dar a luz. Un tribunal la condena a muerte, pero sus verdugos, compadeciéndose de ella, la abandonan con su hijo en el bosque, donde sobreviven por un tiempo.

Un día, Sigfrido, durante una cacería, los encuentra y acepta su inocencia y vuelve con ella y con su hijo a su castillo. Genoveva fue una practicante ejemplar de la doctrina cristiana, lo que desde niña la predestinó a los altares como ejemplo de santidad.

Al finalizar la función, la gente, compungida, con su silla colgada del brazo, salía del salón de Justiniano Nazario con lágrimas en los ojos y el corazón roto por tanta emoción.

En otra ocasión, y como cada año en la fiesta de Todos los Santos, la obra que se representaba en el salón de Justiniano Nazario era *Don Juan Tenorio.* Era un clásico para los habitantes de El Castro, ya que se hacía cada año y la gente se sabía de memoria los diálogos, adelantándose a los actores, lo que creaba hilaridad entre el público y confusión en el escenario, obligando a Justiniano Nazario a pedir respeto por la compañía que había tenido a bien venir un año más a El Castro.

Ese día, Teresa Requena y Victorino Cabañas acudieron a la representación teatral al salón de Justiniano Nazario para dejar constancia ante los habitantes de El Castro que eran de carne y hueso como los demás, y darles a conocer lo sucedido a Victorino Cabañas, que nada tuvo que ver con el milagro de su ascensión en cuerpo y alma a los cielos.

En la cocina, Gabriela Rincón seguía cocinando en sus pucheros de barro y alimentando cuatro gatos que siempre vivieron en la casa, y regalando a escondidas de su hija, Rebeca Salinas, lo que su gente más cercana le pedía: pan, cebollas, judías y patatas, que a pesar de su avanzada edad, Justiniano Nazario seguía cultivando y era una aportación importante para la casa.

La matanza del cerdo era una de las costumbres más arraigadas entre los habitantes de El Castro, y la cría de lechones algo muy productivo de cuya venta se encargaba Justiniano Nazario en todos los pueblos de la comarca de Vallehondo una vez que paría la cerda.

Un día, cuando los diez lechones que había criado tenían el peso suficiente para ser vendidos a buen precio, aparejó a la Leona, cachazuda y lenta, lo que aseguraba un transporte tranquilo y seguro, y a ambos costados del serón, previamente acolchado con paja, cargó los lechones, cinco a cada lado, y dada su escasa estatura, Justiniano Nazario se encaramó sobre la burra usando una piedra, y una vez instalado, partió una mañana con su carga con la idea de recorrer los pueblos de la comarca de Vallehondo para vender su mercancía.

Era una mañana luminosa de verano cuando Justiniano Nazario, como un Sancho Panza sobre su jumento y la compañía de sus lechones, que gruñían a cada paso en falso de la Leona, se alejó de El Castro buscando algún comprador para semejante mercancía. Los días en verano eran largos, así que no sería difícil vender sus lechones antes de la puesta del sol.

En el primer pueblo al que llegó, Justiniano buscó junto a la iglesia un árbol donde atar a la Leona y proporcionarle agua y paja para reponer fuerzas, mientras los vecinos del pueblo se acercaban para ver qué mercancía traía aquel hombre, que ni siquiera el pregonero había hecho saber. A pesar de la escasa propaganda, en unas horas vendió tres lechones, que en brazos de sus nuevos dueños se fueron berreando a pleno pulmón por las calles del pueblo, rompiendo la calma de aquellas gentes. Pasado un tiempo prudencial durante el cual nadie más se acercó a su improvisado mercado, la Leona y su cargamento, incluido Justiniano Nazario, que hubo de equilibrar la falta de peso en uno de los lados del serón con un botijo lleno de agua, se dirigieron al siguiente pueblo, donde su mercancía no despertó el más mínimo interés. Parece ser que, anteriormente a Justiniano, había pasado ya otro vendedor de lechones.

Siguió recorriendo Vallehondo y sus ventas sólo habían aumentado en un lechón, con lo que aún le quedaban seis por vender.

La tarde empezó a oscurecer. Pensó que lo más pruden-
te sería regresar a El Castro y reanudar otro día la venta.

Durante el camino de vuelta, el sol se ocultó tras una
nube negra, la tarde cayó y la noche se precipitó sobre la
comarca de Vallehondo. En el cielo no lucieron esa noche
las estrellas. La oscuridad era total y sólo el brillo de unos
ojos asustados podía adivinarse en el fondo del serón donde
se amontonaban los lechones.

Aún no se adivinaban las luces de El Castro cuando un
relámpago rasgó el cielo e iluminó por unos segundos la
comarca de Vallehondo. La Leona dio un respingo y dese-
quilibró el peso de todo lo que llevaba. Justiniano Nazario
trató de evitar una caída, pero en menos de lo que pudo
imaginar, se vio en el suelo mezclado con la carga.

Los lechones, asustados, corrieron en todas direcciones
mientras la lluvia empezaba a caer con fuerza sobre el campo y sobre el animal, que permanecía inmóvil, fiel compañero de su dueño, quien, corriendo tras los lechones con la
desesperación que produce la soledad y el desamparo, trataba de atraparlos sin poderlos ver, sólo guiado por sus gruñidos desesperados. En pocos minutos, el suelo se convirtió
en una ciénaga y el gruñido de los lechones se oía cada vez
más lejano. La lluvia seguía cayendo sin piedad y Justiniano
Nazario sentía latir su corazón de angustia mientras trataba
de atrapar al menos parte de la mercancía que tanto trabajo
le había costado producir, y de la que él era el único responsable. Y la noche lo cubrió todo.

Gabriela Rincón y Rebeca Salinas se asomaban desde sus ventanas a la oscuridad de Vallehondo, sin escuchar el menor indicio de pasos por los caminos embarrados por donde debería regresar Justiniano Nazario. Cuando ya estaba a punto de amanecer, Claudio Pedraza seguía esperando que cesara la lluvia para salir en su busca.

Por fin unos pasos cansados y desacompasados de la Leona, y unos gruñidos soñolientos emitidos por los lechones, rompieron el silencio al que había dado paso la tormenta.

Gabriela Rincón gritó como nunca lo había hecho y su grito fue devuelto desde las montañas azules del fin del mundo como un eco desgarrador.

—¡Justiniano! ¡Justiniano! ¿Eres tú?

La respuesta se hizo esperar unos segundos y llegó como si la voz saliera de una tumba.

—Sí, soy yo.

—Gracias a Dios —dijo Gabriela Rincón mientras abrazaba a su hija Rebeca y Claudio Pedraza se disponía a salir a su encuentro.

Justiniano Nazario llegaba derrotado sobre su jumento, empapado de agua y de tristeza y temblando de los pies a la cabeza, mientras en el fondo del serón, abrigados en su lecho de paja, dormían los tres lechones que había conseguido recuperar a ciegas durante la noche.

Gabriela Rincón preparó un caldo de gallina bien caliente, ayudó a su marido a subir las escaleras hasta el dormitorio, lo secó y cambió sus ropas, y, abrazada a él, le dio el calor que su cuerpo frágil le permitió. Y durmieron como si sus dos cuerpos fueran sólo uno. Volvió a caer la lluvia durante todo el día, y Justiniano Nazario siguió durmiendo mientras Gabriela Rincón atendía las labores de la casa. Rebeca Salinas visitaba periódicamente la habitación donde él dormía esperando que despertara, curiosa por saber de su aventura por los caminos de Vallehondo. Pero tuvo que esperar dos días y dos noches hasta que los ojos entreabiertos de Justiniano la vieron sentada junto a su cama. Ella le sonrió, y él esbozó una sonrisa amarga de fracaso e intentó levantarse, pero sus piernas aún temblaban incapaces de soportar el peso de su cuerpo. Rebeca lo agarró del brazo intentando ayudarle a levantarse, pero él se dejó caer de nuevo sobre la cama y notó que su frente ardía de fiebre. Volvió a echarse de nuevo. Rebeca ordenó el embozo de la sábana y corrió las cortinas de la ventana a través de las cuales vio cómo la lluvia seguía cayendo sobre la comarca de Vallehondo, y le dejó dormir.

El médico, don Crisantos Blanco, vino a visitarle, y aunque momentáneamente consiguió bajarle la fiebre, le diagnosticó pulmonía, aconsejando esperar.

Nunca más Justiniano Nazario volvió a levantarse de la cama. Atendido en todas sus necesidades por su esposa y su hija, fue agotando poco a poco sus fuerzas, y su tos se hizo cada vez más débil. Sus ojos se fueron vidriando hasta el punto de tener que preguntar quién estaba acompañándole en la habitación.

Una mañana, su aspecto algo más despierto hizo albergar la esperanza de una leve mejoría. Abrió los ojos y miró alrededor. Vio a Gabriela Rincón con la mirada triste mientras apretaba su mano con la suya, y a Rebeca Salinas intentando disimular el llanto.

Claudio Pedraza, atento a las escasas esperanzas de vida pronosticadas por el médico, se dispuso a preparar en el cementerio el nicho donde, en breve, descansaría para siempre su suegro.

De pronto, con una voz débil y una sonrisa casi feliz, Justiniano Nazario dijo:

—Oigo el sonido de una campana y una música muy hermosa. —E invitó a escucharla a los que, en torno a su cama, esperaban el fatal desenlace de un momento a otro.

Poco a poco, sus ojos fijaron la mirada en una lejanía, y su mano dejó de apretar la mano de Gabriela Rincón.

—¿Dónde están los niños? —preguntó Justiniano Nazario con un hilo de voz.

—Están en la escuela —contestó Rebeca Salinas, tratando de ahogar el llanto.

—Quiero que… vengan —contestó Justiniano—. Quiero que escuchen esta música. ¿La escuchas tú, Rebeca?

—Claro que la escucho —contestó Rebeca mientras se disponía a ir a la escuela a buscar a los niños para que se despidieran del abuelo.

Cuando llegaron, Justiniano Nazario sólo tuvo fuerzas para darles un beso, y en sus labios se dibujó una leve sonrisa.

Las campanas doblaron durante toda la mañana en la iglesia de El Castro. Y en todos los pueblos de la comarca de Vallehondo también quisieron despedir desde sus campanarios a Justiniano Nazario.

El pueblo le acompañó en su último viaje hasta el cementerio, y en las eras, a pesar de ser la época de la trilla y la alegría de la recolección de la cosecha, se guardó un absoluto silencio de respeto al paso del cortejo con los restos mortales de un hombre bueno. En su casa, rota de dolor, Gabriela Rincón, acompañada de su hija Rebeca Salinas, se despedía para siempre del amor y la compañía insustituible de su marido, mientras sus hermanos portaban el féretro hasta el cementerio.

Mientras Claudio Pedraza tapiaba el nicho, una vez depositado el cuerpo de Justiniano Nazario, y puesto que era él quien siempre se ocupaba de enterrar o exhumar cadáveres para posteriores enterramientos, recordó cuando en una ocasión se le ocurrió una de sus bromas macabras que a punto estuvo de costarle la vida a una mujer que asiduamente visitaba la tumba de su marido para ponerle flores, y que había muerto hacía varios años. En el nicho situado sobre el de su marido, Claudio Pedraza había exhumado los restos de un difunto para ser ocupado por otro familiar recientemente fallecido. Los huesos del anterior «inquilino» los había recogido en una caja de zapatos y puesto al fondo del nicho para no estorbar la colocación del ataúd del finado, a punto de llegar a su destino final. Claudio Pedraza, que controlaba las visitas al cementerio, vio llegar a la mujer de las flores, esperó escondido en el nicho que pronto sería ocupado, mientras la mujer llegaba junto al de su marido. Para no ser descubierto por la mujer dada su cercanía, Claudio aguantó la respiración mientras ella colocaba las flores en un frasco de cristal al que cambiaba el agua cada día. Un estornudo estuvo a punto de romper el silencio pero milagrosamente pudo controlarlo, mientras la mujer rezaba unas oraciones. Finalmente, al despedirse del muerto, llena de tristeza dijo:

—Cómo te echo de menos.

Entonces escuchó una voz, como de ultratumba, que le contestó:

—Yo también… Yo también…

Claudio Pedraza, desde su macabro escondite, vio cómo la mujer salía corriendo, sorteando las tumbas con el corazón en la boca, la ropa haciéndose jirones entre los rosales y la hierba que cubría el cementerio, y que le llegaba hasta la cintura, rompiéndole las medias y la falda, que quedó colgada en las alas de un ángel de piedra que presidía una de las tumbas perteneciente a una de las familias más importantes de El Castro. Y aunque quiso gritar, su voz no le salió de la garganta. Corrió descalza y en ropa interior hasta llegar a su casa después de atravesar el pueblo sin que nadie entendiera el motivo de tal estado, achacándolo a un acceso de locura. Claudio Pedraza abandonó el nicho y, con una sonrisa pícara, llegó a su casa, donde Rebeca Salinas preparaba la cena. Sólo meses después le contaría a su mujer la broma que casi costó la vida a la visitadora del cementerio.

23

Don Juan Calero, siempre atento a las predicciones del tiempo aportadas por un hombre centenario que, según fueran las puestas de sol —nubladas, despejadas, rojas o grises, frías o cálidas, con vientos del cierzo o del solano—, adivinaba con un margen mínimo de error qué tiempo tendrían en El Castro, no sólo el día siguiente sino durante una temporada larga, programaba los actos religiosos, con procesión incluida y el santo apropiado, según las necesidades o agradecimientos del pueblo a la sagrada providencia y al favor del santo.

Si el tiempo se presentaba lluvioso, el santo elegido era san Isidro Labrador, que a hombros de mujeres y hombres —turnándose los palos de las andas— era llevado en procesión a la orilla del pueblo desde donde se dominaba la comarca de Vallehondo, y allí se procedía a la acción de gracias por los beneficios que la lluvia proporcionaría para los campos de El Castro.

De la misma manera, si el tiempo era de sequía, también era san Isidro la tabla de salvación. En ese caso, don Juan Calero sacaba la procesión del santo, lo paseaba por los caminos polvorientos, rastrojos y eriales y le pedía la gracia de la lluvia, lo que suponía un esfuerzo mayor para los feligreses por los recorridos largos y penosos que tendrían que hacer con la talla a cuestas. Subiendo a un cerro, donde se suponían las nubes más cercanas casi al alcance de la mano del santo, en las laderas a punto estaba de desprenderse de las andas y rodar cuesta abajo hasta no parar nunca, con el correspondiente deterioro para la imagen y el fracaso de las rogativas. Al cansancio de los hombres y mujeres que seguían la procesión por semejantes caminos, se sumaban los cánticos que, a voz en grito, rogaban ser escuchados, ya que de la lluvia dependía el futuro de todos ellos.

El santo alguna vez atendió el ruego y la lluvia inundó los campos de trigo y de cebada, lo que hacía felices no solamente a los habitantes de El Castro, sino a don Juan Calero, que encontraba el motivo para celebrar a los cuatro vientos, y en la misa de los domingos desde el púlpito, que san Isidro Labrador había hecho el milagro de la lluvia y había escuchado las súplicas de los habitantes del pueblo.

Pero un día, el cielo se limpió de nubes y la lluvia dejó de regar los campos. La sequía se prolongó durante tres años y dos meses. Los habitantes de El Castro empezaron a adelgazar y cada día les quedaban más holgados los vestidos. Los hombres tuvieron que perforar sus cinturones añadiendo más agujeros para no perder los pantalones, y día a día marcaban una cintura más estrecha. Las mujeres empezaron a usar unos cordones a modo de cíngulo para adaptarse a su cintura, que ya empezaba a ser alarmante por su delgadez, haciéndolas parecer sílfides. Sus caras se afilaron hasta tornarse irreconocibles y los niños empezaron a criar la panza típica de la desnutrición.

Por más rogativas que hicieron con el santo a cuestas, el cielo se negó a llorar, haciendo que las cosechas de trigo fueran insuficientes para producir la harina con la que amasar el pan. Por su parte, la cebada, el centeno y los cereales necesarios para surtir de pienso el pesebre de los animales también fueron tan escasos, tanto, que al andar, los animales daban tales bandazos de inestabilidad y debilidad que el índice de mortalidad se elevó hasta límites nunca vistos, lo que obligó a enterrarlos a toda prisa para evitar epidemias, con la consiguiente contaminación medioambiental.

En la iglesia, la hornacina de san Isidro poco a poco se fue quedando sin lamparillas y el polvo se fue acumulando en la reja del arado y en las alas del ángel que le acompañaba en las labores de labrar la tierra. Algunas telarañas fueron tejiendo sus telas hasta impedir la contemplación del santo a través del cristal, como castigo del pueblo por no escuchar sus plegarias.

Don Juan Calero, al pasar frente al altar, miraba al santo de reojo con una expresión de reproche por consentir aquella sequía, que en poco tiempo acabaría con la vida de los habitantes de El Castro, amenazada ya por los lobos, jabalíes y alimañas, que al no encontrar en el campo con qué alimentarse, empezaban a acercarse al pueblo, con el consiguiente peligro de que atacaran a los niños o a los ancianos para proveerse de comida. En las entradas del pueblo los vecinos encendieron hogueras para ahuyentar a las fieras que al anochecer empezaban a merodear por las cercanías. Los caños de la fuente de la plaza dejaron de echar agua y hubo que buscar por el campo algún abrevadero para impedir que el ganado y los animales de labor murieran de sed.

24

Las mujeres lavaban su ropa en un arroyo, cada vez más escaso de agua, usando, a modo de jabón, greda extraída de la tierra. El arroyo de la huerta fue en otro tiempo una fiesta de mujeres que reían y cantaban mientras golpeaban y restregaban las prendas de ropa contra la losa, que después tendían a secar al sol sobre los juncos de la orilla para, una vez seca, recogerla y cargarla sobre la cabeza en una cesta de mimbre, de esas que fabricaban los gitanos, y apoyada en un rosco de trapo en un equilibrio propio de un artista de circo.

El agua brotaba por debajo de una tapia, límite de la huerta propiedad de una de las familias más importantes de El Castro. En primavera, los rosales dejaban caer por encima de la tapia sus ramas cuajadas de rosas sobre el lavadero, que por miedo a ser demandadas, las mujeres se quedaban siempre con las ganas de cortar alguna para lucir en el pelo a su regreso al pueblo con su cesta de ropa limpia apoyada en la cabeza.

Nunca hubiera imaginado Gabriela Rincón que el cartero de El Castro, Matías Ejido, llamara un día a su puerta, con un sobre procedente del ayuntamiento, que contenía una denuncia por el robo de una rosa perpetrado por su hija, Rebeca Salinas, la tarde en que fue a lavar al arroyo de la huerta. La denuncia iba firmada por el dueño de la huerta, don José María Castañeda, y la cuantía de la multa era de cinco pesetas.

Con todo el dolor de su faltriquera, Gabriela Rincón abonó el importe e hizo prometer a su hija olvidarse del camino que pasaba por la tapia de las rosas.

Don José María Castañeda, hombre seco de carácter, de andar erguido y pausado, tenía el aire autoritario típico de un prohombre de provincias, lo que causaba cierto temor al pueblo llano, que lo miraba como a alguien superior.

Vestía traje negro con chaleco, capa negra española y sombrero de copa. Su aspecto, por ser diferente al resto de los mortales, asustaba a los niños, que, simplemente al verlo llegar, corrían a esconderse en el portal de la casa más próxima. Era celoso de sus propiedades, y tal como defendía sus rosas, defendía sus higueras inventando fantasmas para ahuyentar a los chavales de las proximidades de su huerta, obligándoles a dar un rodeo si por alguna razón se veían obligados a tener que pasar por las cercanías de su propiedad.

No tardó en correr la voz de que se había visto merodear entre las zarzas de la huerta a un hombre con cabeza de serpiente, que comía los higos de la higuera cornicabra, y como era silvestre, un día enloqueció, y desde entonces andaba como un cerdo enfurecido zampándose a los niños que saltaban la tapia para robar los higos.

Se contaba también que en la reguera que pasa junto a las higueras había sanguijuelas de un tamaño gigante que chupaban la sangre de los chicos que se acercaban a comerse los higos de la higuera blanca, que eran los más dulces.

Y de la higuera negra, ni se sabe las cosas que inventaba; por ejemplo, que quien comía de esos higos se convertía en el hombre de negro, y que al llegar la noche, unos antepasados vestidos con capas negras y sombreros de copa vigilaban la huerta buscándolo hasta que amanecía.

Mentar aquella huerta era nombrar un lugar parecido al infierno. Y nunca ningún crío osó saltar la tapia y comerse los higos de don José María Castañeda.

Cuando murió, su casa quedó abierta a los curiosos y a los niños. Sus paredes y sus maderas empezaron a sufrir de olvido, y desafiando el peligro de derrumbe, un día algunos de ellos, al salir de la escuela, entraron en la casa, en las cuadras y en el corral donde crecía una higuera de higos negros, que los niños —como una venganza— comieron hasta hartarse, olvidando las leyendas de fantasmas inventadas por don José María Castañeda, quien desde hacía ya algún tiempo descansaba... ¿en paz?

Los chicos recorrieron la casa escuchando a veces el crujir de las maderas y el aleteo de las palomas que habían hecho sus nidos en un pequeño palomar del desván, causando alboroto al entrar y salir por las ventanas. Junto al palomar, un montón de libros sin ordenar y cubiertos de polvo dormían desde el mismo día en que dejaron de ser útiles. Además de cajones con revistas y periódicos republicanos utilizados a través de los años por su dueño —hombre de izquierdas y terrateniente—, y algunas cartas de amor, tópicamente amarillas, que permanecían guardadas en los cajones de una mesa de despacho desvencijada y agujereada por las termitas.

En el rincón más secreto del desván, iluminado por la luz tenue de un ventanuco con vistas a la calle, un arcón de madera forrado con piel de cabra llamó la atención de los niños, que, curiosos por saber su contenido y después de dudarlo por un momento, decidieron abrirlo.

Al levantar la tapa, el arcón emitió un crujido; los niños, temerosos de estar violando la intimidad del propietario de la casa, y pensando que era una voz procedente del más allá, dieron un salto atrás y a punto estuvieron de desistir de la idea de abrirlo. Pero no eran más que las bisagras que lloraban de soledad y silencio de años. Los niños, asustados, decidieron intentarlo de nuevo segundos después. Lentamente levantaron la tapa. Al penetrar en la oscuridad del arcón el primer rayo de luz, por el escaso espacio abierto, un pájaro negro salió volando, rozó el techo del desván golpeándose contra las paredes y planeó con sus alas sobre las cabezas de los niños, que, temblando de miedo, empezaban a arrepentirse de haber levantado aquella tapa cerrada desde la muerte de su dueño, don José María Castañeda. El pájaro hizo varios vuelos rasantes por el desván hasta encontrar la salida hacia la calle a través del ventanuco. Los niños corrieron a la ventana para seguir su vuelo, mientras el pájaro, elevándose sobre los tejados de las casas, desapareció sin que pudieran identificarlo; porque no era un tordo, tampoco una golondrina ni un vencejo. El arcón seguía cerrado, salvo por la pequeña abertura por donde había salido el misterioso pájaro negro que los niños, aun siendo expertos en ornitología, no habían sabido identificar.

Por fin, lentamente, abrieron del todo la tapa del cofre, dejando al descubierto su contenido. Una nubecilla de polvo provocó el estornudo de alguno de los chicos, ansioso por ser el primero en descubrir el misterioso contenido del arcón.

Plegadas, una sobre la otra, había dos capas negras y un sombrero de copa, cuyo interior, todavía caliente, había servido de lecho al pájaro negro que acababa de escapar por la ventana. El más valiente de los niños extrajo del arcón una de las capas y se la puso sobre los hombros. Después se puso el sombrero de copa, y emulando los andares estirados de don José María Castañeda, se paseó por el espacio crujiente del desván, tieso como un palo y serio, muy serio, apoyado en una escoba vieja cubierta de excrementos de las palomas (que seguían habitando el palomar) y que simulaba el bastón, ya que, a pesar de buscar el original por todos los rincones del desván para mayor parecido con el difunto, no se encontró por ningún sitio. Los niños, al verlo con un disfraz tan realista, temblaron de miedo pensando que se trataba del mismísimo don José María Castañeda reencarnado, cuya única diferencia con el imitador, que se seguía paseando delante de ellos, era la estatura, pues la capa que lució alguien de la talla del imitado, en el imitador se arrastraba por el suelo, levantando una polvareda entre la que a veces parecía levitar.

La luz de la tarde fue oscureciendo el desván, y volvieron a guardar las capas y el sombrero de copa en el baúl. Entonces vieron entrar un pájaro por la ventana, aunque ninguno de los niños supo dónde se había escondido. Al marcharse de la casa dejaron el baúl abierto para que el pájaro entrara a ocupar su lecho en aquel sombrero de copa, pensando que era el mismo pájaro que habían visto salir del baúl, y que sin duda era el alma errante de don José María Castañeda.

25

Gabriela Rincón envejeció vestida de negro y perdiendo cada vez más agilidad en sus movimientos. Los oídos poco a poco se le fueron atrofiando, y su hija, Rebeca Salinas, perdía los nervios cada vez que se veía obligada a repetir las cosas hasta conseguir que su madre la entendiera. Sin embargo, conservó la visión hasta el punto de ser capaz de enhebrar las agujas sin necesidad de utilizar lentes, y hubiera seguido tejiendo calcetines de algodón de no ser porque ya no podrían ser usados por su marido, Justiniano Nazario. Perdió la memoria casi en su totalidad. Sólo algunos episodios de su vida se le habían quedado grabados desde que fue joven. Como cuando le preguntaban por su viaje a la capital, que inmediatamente, como si de un mecanismo de repetición se tratara, narraba sin pausa, con puntos y comas, aquel viaje en tren para visitar a sus primas que trabajaban como costureras para una tienda de confección. Y que en el tren coincidió con doña Blanca Ortega, una señora importante de El Castro, cuya clase social exigía ocupar un lugar diferente al suyo, lo que las obligó a viajar separadas. Cuando llegaron a la estación volvieron a encontrarse. Gabriela Rincón portaba, colgada del brazo, una jaula con dos pollos vivos, cubierta con un paño de cuadros rojos y blancos, como presente para sus primas. En la otra mano llevaba una bolsa de tela estampada de flores con dos anillas de madera y cuyo contenido se limitaba a la ropa necesaria para unos pocos días de estancia en la capital.

Doña Blanca Ortega viajaba con un equipaje totalmente diferente: un arcón de cuero con cantoneras metálicas para su vestuario, un neceser y dos sombrereras. A la puerta de la estación, un coche con chófer la esperaba, y sin apenas despedirse de Gabriela Rincón, desapareció entre la muchedumbre que se aglomeraba en el vestíbulo.

Con la jaula de los pollos y la bolsa estampada de flores y anillas de madera, buscó la salida y alguien a quien preguntar cómo llegar a su destino. En su faltriquera guardaba un papel con la dirección: «Calle del Rey Don Sancho, número diez, hotel». Un guardia de tráfico organizaba las entradas y salidas de pasajeros a la estación, incapaz de controlar aquel tropel de gente que iba y venía y entraba o salía de los andenes buscando taxi o tratando de encontrar entre aquella multitud a los familiares que, supuestamente, deberían haber venido a recibirles. Y perdida entre tanta gente, Gabriela Rincón miró al guardia como si fuera su tabla de salvación pensando que sería la persona que mejor podría informarla de cómo llegar a la dirección que llevaba anotada en el papel.

—Apártese, señora, ¿no ve que estoy trabajando? —le dijo el guardia con cara de pocos amigos.

Gabriela Rincón esperaba alguna pausa en la actividad frenética del guardia para que, mostrándole el papelito, fuera tan amable de indicarle por dónde podría llegar a la calle del Rey Don Sancho, número diez, hotel.

—Es que no conozco Madrid; es la primera vez que vengo y necesito que me ayude, que para eso usted es guardia de tráfico.

—¡Tome un taxi, señora! —exclamó el guardia con un humor de perros.

—¿Y dónde hay taxis? —preguntó, angustiada, Gabriela Rincón preparándose para el bufido que, seguro, le iba a dar el guardia.

—Ahí, señora, ¿no ve el cartel? —contestó el guardia, tratando de calmarse ante la carita de provinciana de la mujer.

—Sí, ya lo veo, pero eso debe de ser muy caro —repuso Gabriela Rincón con la angustia de un náufrago—, y yo no tengo mucho dinero. No como doña Blanca, una señora de mi pueblo que ha venido conmigo en el tren y es muy rica. Pero yo, ya lo ve... —dijo Gabriela Rincón esperando un mínimo de compasión del guardia.

—Ya lo veo, ya. Pero yo estoy trabajando, ¿lo ve usted? Y si seguimos hablando vamos a provocar un caos en el tráfico y voy a perder mi empleo por su culpa. ¿Me entiende?

—Claro que lo entiendo —respondió, conformista con su triste destino, Gabriela Rincón mientras seguía mostrando al guardia el papelito con la dirección hacia la que debía dirigir sus pasos, y que el guardia de tráfico acabó memorizando: «Rey Don Sancho, número diez, hotel»—. ¿Y está muy lejos para ir andando? —preguntó la mujer.

—¿Andando? —dijo el guardia, a punto de darle la risa floja.

—Sí, andando. En mi pueblo la gente es muy andarina. Vallehondo es mucho más grande que Madrid y los labradores a veces tardan dos horas en llegar a sus campos. Yo también lo he hecho acompañando a mi marido en alguna ocasión.

—Entonces, vaya andando. Por allí —señaló con el dedo—, y al final de la calle tome un callejón muy estrecho que desemboca en una calle ancha. Siga hasta el final, encontrará una torre muy alta. Allí puede preguntar a alguien por la calle del Rey Don Sancho; queda muy cerca. Adiós.

—Gracias —contestó Gabriela Rincón, a punto de echarse a llorar de desamparo.

Empezaría por la primera indicación y así seguiría preguntando hasta llegar. «Preguntando se llega a Roma», pensó.

Era la primera vez que visitaba la capital, y la primera

vez que pisaba el asfalto (en El Castro las calles eran de tierra), la primera vez que veía tantos coches por la calle, cuando en su pueblo sólo había un coche usado como taxi y para las clases más pudientes, pues el resto de los mortales sólo habían viajado en el coche de línea que eternizaba recorriendo todos los pueblos de la comarca de Vallehondo hasta llegar a su destino. Y esas calles de la capital..., tan anchas y sólo para los coches, y las aceras tan estrechas, donde la gente a duras penas conseguía cruzarse sin tropezar unos con otros (esa injusticia le llamó poderosamente la atención). En El Castro las calles eran para la gente y no había aceras, sólo había bancos en las puertas de las casas, donde la gente, en verano, salía a tomar el fresco y a enseñarles a los niños dónde estaba el Camino de Santiago, la Osa Mayor y la Menor en un cielo limpio sin el humo de las fábricas (que hacía la ciudad irrespirable), y contarles algún cuento mientras esperaban que cruzara el cielo una estrella fugaz para pedir un deseo.

Mientras iba enredada en sus pensamientos ponderando las ventajas de vivir en El Castro en lugar de vivir como sus primas, en la capital, que a la vista de lo que iba viendo y respirando las empezaba a compadecer, recorría el primer tramo de la calle que le había indicado el guardia de tráfico, cargada con la jaula de los pollos vivos que, al menor descuido, cantaban como si estuvieran en su corral, ante el sobresalto de los transeúntes con los que se cruzaba y a los que, para seguir en el buen camino, preguntaba por la dirección a la que debía ir mostrándoles el papelito.

Al cruzar una plaza, una fuente con mil surtidores de agua le dio la bienvenida. Eso sí que la sorprendió, y en su continua comparación con las excelencias de El Castro, en esta ocasión su pueblo salió perdiendo: en El Castro el agua era escasa, y mucho más comparándolo con este derroche, ya que sólo la lluvia daba de beber cuando quería llorar el cielo. Pero esta abundancia... Le resultó tan increíble semejante espectáculo, que buscó un banco en la plaza, dejó a un lado la jaula con los pollos y su bolsa de flores estampadas y anillas de madera, y pensó en la tierra árida y seca de la comarca de Vallehondo. El vientecillo traía el beso de rocío del agua de la fuente y refrescaba su cara campesina, y en ese momento empezó a reconciliarse con la ciudad.

Aun así, todavía quedaba mucho camino por andar hasta llegar a la calle del Rey Don Sancho donde la esperaban sus primas, y entre tanto embeleso, el tiempo corría en el reloj de aquellos a los que Gabriela Rincón preguntaba continuamente la hora. En todo caso, no entendía por qué la gente con la que se cruzaba en la calle, y a los que sin excepción saludaba, no contestaba nunca a su saludo —«Hola, buenos días»— y ni siquiera le dirigían la mirada. En ese sentido, en El Castro la gente era mucho más atenta y siempre se saludaban unos a otros como si de una familia se tratara.

Sus pies empezaron a sentir el cansancio, y consultó el papelito con las anotaciones que, a toda prisa, pudo tomar con la respuesta del guardia de tráfico.

Y ante sus ojos apareció el callejón muy estrecho que, según su información, debería tomar hasta desembocar en la calle ancha mientras el sol proyectaba las sombras alargadas de los edificios bajo los que ella se sentía tan pequeña, y los pollos, de tanto acunarlos, se quedaron dormidos en su jaula.

—Hola, buenas tardes.

—¿Perdón?

—¿La calle del Rey Don Sancho, por favor?

—Lo siento, pero no soy de aquí.

—¿Ah, no? ¿Y de dónde es usted?

—Lo siento, señora, pero tengo mucha prisa.

El callejón estrecho era interminable, y después de recorrerlo llegó por fin a la calle ancha que tendría que recorrer hasta el final, donde debería encontrar una torre muy alta, y allí, según el guardia de tráfico, tenía que preguntar a alguien de la zona para que le indicaran el lugar exacto, ya que estaba muy cerca.

La tarde caía sobre la ciudad y le gente corría a tomar el autobús para irse a su casa. Los anuncios luminosos invadieron las fachadas de los edificios y las aceras se convirtieron de nuevo en un hervidero de gente que le impedía avanzar en su camino al fin del mundo, donde parecían vivir sus primas. Al llegar a la torre alta, sus piernas se negaban a dar un paso más. Se sentó en un banco en una de las aceras frente al rascacielos y, tratando de reponerse del cansancio, echó un vistazo a los pollos, que dormían como si estuvieran muertos, lo que le hizo pensar si los animales habrían sufrido un desmayo por estar todo el día sin comer ni beber. Y como quien cuenta ovejas para conciliar el sueño, Gabriela Rincón se puso a contar los pisos de aquella torre en un alarde de atención para no contar ni más ni menos, y finalmente, por aproximación, contó unas treinta plantas, lo que le llevó a pensar que en aquel edificio cabían los habitantes de todos los pueblos de la comarca de Vallehondo, y aún sobrarían más de la mitad.

—Por favor, señor, ¿la calle del Rey Don Sancho? —volvió a preguntar.

—Es justo esa —dijo el hombre señalando la esquina de una calle cercana con una placa donde se podía leer el nombre impreso en letras azules de cerámica blanca.

—¿Y el número diez, hotel?

El hombre intuyó el agotamiento en la mirada de Gabriela Rincón y decidió acompañarla.

—Curiosamente yo vivo en la casa de al lado —dijo el hombre—, permítame ayudarla.

—No se preocupe, son unos pollos que traigo de mi pueblo como regalo para mis primas. Seguro que al ser vecinos ustedes, se conocerán.

—Supongo que se refiere a las chicas de servicio de ese

palacete. —Y volvió a señalar con la mano, esta vez una casa señorial con la pared tapizada de glicinas.

—Claro que sí, ellas trabajan como costureras para una tienda muy importante de la capital.

—¿Costureras? —dijo el hombre.

—Sí, sí, claro —contestó segura de que el señor se confundía de chicas.

Mientras llamaba al timbre de la puerta agradeció al señor que la hubiera acompañado.

—No sabe cuánto le agradezco su ayuda, llevo todo el día, desde que salí de la estación del tren, caminando hasta llegar aquí. ¡Qué distancias!, y ¡cuánta gente por las calles! Yo soy de un pueblo muy pequeño en la comarca de Vallehondo, donde la vida es más tranquila y nos conocemos todos. —Volvió a tocar el timbre—. Allí todo es diferente.

De pronto alguien abrió la puerta. Era una de sus primas, que al verla la abrazó mientras el señor que la había acompañado se despedía.

—Gracias, señor —dijo Gabriela con una sonrisa de agradecimiento.

—De nada, ha sido un placer —contestó el hombre.

Al verla llegar cargada con sus dos pollos y su bolsa de tela estampada de flores y anillas de madera, sus primas corrieron a la cocina para preparar una infusión de té y algo de comer para evitar lo que estaba a punto de suceder, producto del agotamiento. Poco a poco consiguieron reanimarla. El color volvió lentamente a sus mejillas y el abrazo a sus primas fue más fuerte que el primero. Al descubrir la jaula con los pollos de corral y mientras Gabriela Rincón se recuperaba, una de las primas mató uno de ellos y empezó a desplumarlo. A juzgar por la prisa, pareciera que había llegado en un momento oportuno, y sería la cena de bienvenida para su prima más querida.

—Y cuéntanos —preguntaron las primas—, ¿cómo ha sido el viaje?

—Muy bien —contestó—, he venido en tren. Y también ha venido conmigo, aunque en un vagón diferente, doña Blanca Ortega, que, como sabéis, es una de las mujeres más importantes de la comarca de Vallehondo y, desde luego, de El Castro. Lo que me ha extrañado ha sido que ha viajado en el último vagón del tren.

—¿Y tú? —preguntaron las primas.

—Yo he venido en primera —respondió, orgullosa de su privilegio.

—¿Cómo en primera? —insistieron con cierta malicia.

—Sí, en primera —contestó Gabriela Rincón—. ¡Vamos, en el primer vagón!, cerca del hombre que echaba el carbón a la máquina del tren.

Sus primas se echaron a reír ante la sorpresa de Gabriela Rincón que no entendía el motivo.

«Posiblemente, sientan un poco de envidia, porque ellas seguro que nunca han viajado en tren», pensó.

Cada vez que sus nietos o alguien en El Castro le preguntaba por su viaje a Madrid, Gabriela Rincón, con la ingenuidad de un niño, repetía con puntos y comas la misma historia, y en el espacio de unos minutos volvía a repetir si alguien se lo preguntaba de nuevo.

26

Como si se tratara de un pez, a los hijos de Claudio Pedraza y al resto de los que habían sido compañeros de colegio, la infancia se les escapó de entre las manos, y sus rasgos de niños se hicieron adultos marcando su madurez, y, con ella, la responsabilidad de una decisión que, una vez tomada, marcaría el futuro de sus vidas.

José Pedraza Salinas, terminada su etapa de enseñanza primaria, un día tomaría un autobús y se marcharía lejos de El Castro para continuar sus estudios superiores, un privilegio del que pocos niños del pueblo tenían a su alcance y que José Pedraza consiguió gracias a una beca de estudios, seguro de que el mundo le ofrecería algo mejor que lo que podía ofrecerle el pueblo. Una mañana de octubre, en la plaza de la iglesia y a bordo de un autobús, se despidió de sus padres, Claudio Pedraza y Rebeca Salinas, de sus hermanas mayores, Leonor y Victoria, que ya cursaban estudios de magisterio en la ciudad, y de la más pequeña de las hermanas, Pilar, que se quedaría unos años más en El Castro acompañando a sus padres para, posteriormente, volar también del nido camino de un colegio de monjas, con las que, por cierto, no hizo muy buenas migas y un día decidió tomar las de Villadiego.

Con un abrazo emocionado, José Pedraza Salinas se despidió también de sus amigos. Bruno Martín, quien, influenciado por la emigración masiva de mano de obra a los países industrializados de Europa, unos años después se marcharía también de El Castro camino de Alemania. Juan Luna, el otro amigo de su infancia, decidiría quedarse en el pueblo siguiendo el rastro de algún cometa en las noches estrelladas de Vallehondo, intentando descubrir el idioma de los pájaros, cuidando sus frutales y su huerto, engendrando hijos y esperando nietos a los que enseñarles a adivinar la cara oculta de la luna. Al despedirse, primero de José Pedraza y tiempo después de Bruno Martín, Juan Luna pensó: «Hoy me quedo huérfano de amigos».

Para José Pedraza Salinas, atrás quedaba también ese primer amor al que ni la distancia ni el tiempo harían que ninguno de los dos pudiera olvidar. Siendo casi un niño, tenía una cierta tendencia a enamorarse de algunas de las chicas de su edad. Ese amor infantil no iba más allá de unas miradas con una pequeña dosis de picardía, cuyo resultado inmediato era el rubor en las mejillas, y una sonrisa tímida que era para José Pedraza un síntoma de aceptación, por parte de ellas, y motivo suficiente para invitarlas a salir juntos, lo que obligaba a desligarse ambos de sus correspondientes pandillas, y dar la imagen ante los demás de pareja.

Para los padres, ver a los chicos iniciarse en ese juego del amor, casi infantil, era verlos crecer en un comportamiento acorde a su edad, una etapa adolescente por la que también ellos habían pasado y que recordaban con cierta emoción. Esto no impedía la curiosidad de los padres por descubrir quién era la pareja con la que andaban sus hijos, a qué familia del pueblo pertenecía y de qué categoría social o apellido, que si en el presente podría no tener importancia, ni siquiera económicamente, sí seguían algunos sacando brillo a los blasones que un día fueron símbolo de nobleza, y que marcaba la diferencia con el resto de las familias de El Castro.

Y jugando con el fuego de aquel amor adolescente, el corazón de José Pedraza empezó a latir de forma especial al cruzarse un día su mirada con la mirada dulce, tímida y azul de Clara Pineda. Su cuerpo frágil, su cabello castaño y sus ojos grandes y tristes atraparon la atención de José Pedraza, un joven de trece años, algo más mayor que ella. La pareja dejó la pandilla con la que habitualmente salían, y comenzaron su historia de amor apartados del grupo de los amigos y del resto del mundo, amándose discretamente y evitando las miradas de la gente por el temor a ser descubiertos por los padres de ella. Los de José Pedraza se congratulaban de la buena elección de su hijo al escoger como compañera de paseo a la hija de los Pineda.

Pero como era de esperar, una vez descubiertos, a la siguiente cita de los dos enamorados Clara Pineda no acudió. Sus padres, al enterarse de su relación con José Pedraza, le prohibieron cualquier contacto con él.

—¡Nunca permitiré que mi hija, una Pineda, se junte con un Pedraza! —dijo su padre.

Y ese día la puerta a esa relación se cerró, y también la de su casa, que no se abriría en mucho tiempo al exterior, para su hija, Clara Pineda.

Desde la ventana de su cuarto ella vio partir aquel autobús con lágrimas en los ojos, llevándose muy lejos de El Castro a su amado.

Aquel invierno fue especialmente duro. Las estufas instaladas en las casas llenaron de humo el cielo, y el consumo de leña acabó con gran parte de las encinas del monte, que a pesar de la prohibición, con las consabidas multas, los hombres del pueblo, burlando la vigilancia del guarda forestal, seguían talando sin tino. La nieve empezó a caer suavemente sobre los campos y los tejados de las casas. Las calles embarradas hacían difícil el tránsito entre los vecinos, las caballerías y algún vendedor ambulante, que a pesar de la nevada gritaba su mercancía en cada esquina del pueblo sin que nadie se arriesgara a asomarse a la puerta de su casa, ni siquiera por curiosidad, para ver lo que vendía aquel buen hombre. Con el fin de facilitar la movilidad, los vecinos de El Castro, armados de azadas y palas, abrieron caminos en la nieve entre las casas y las tiendas, las escuelas o la casa del médico, don Crisantos Blanco, que ese invierno tendría algunas bajas de ancianos por culpa del frío y las consiguientes neumonías, que se llevaron al cementerio al menos al diez por ciento de la población. Entre ellos se encontraba Gabriela Rincón, que en un momento de senilidad que desde algún tiempo venía padeciendo debido a su edad avanzada, una noche fría como el hielo se cayó de la cama sin que su hija, Rebeca Salinas, que dormía en la habitación de al lado, ni su marido, Claudio Pedraza, oyeran el más mínimo ruido. La descubrieron a la mañana siguiente en el suelo del cuarto junto a la cama, y no pudieron hacer nada por salvarle la poca vida que aún le quedaba. Sus restos fueron enterrados junto a los de su marido, Justiniano Nazario, para lo que hubo que excavar un nuevo camino en la nieve hasta el cementerio para su traslado al otro mundo. Y en la casa, conviviendo con el vacío que había dejado Gabriela Rincón, su hija Rebeca Salinas y Claudio Pedraza vivieron el resto de su vida envejeciendo y contando los días que faltaban para la Navidad, a la espera de que volviera a El Castro alguno de sus hijos.

27

Unos años después de haber despedido a José Pedraza Salinas, su amigo, Bruno Martín Alvarado, echó una última ojeada a la casa, mientras su madre, viuda desde que él era un niño, preparaba el desayuno en la diminuta cocina de leña tenuemente iluminada por un ventanuco que miraba al corral, donde unas pocas gallinas y un gallo se disputaban un espacio insano bajo la sombra de una parra de uvas moscatel que el próximo otoño, un año más, madurarían proporcionando el único sabor dulce a la amarga vida de María Alvarado y su hijo Bruno Martín Alvarado, que en unos minutos partiría como tantos en busca de un futuro mejor que el que le ofrecía la escasa pensión de viudedad que percibía su madre. Su destino sería Alemania, y su único consuelo, el sentirse acompañado en aquel viaje por algunas familias de El Castro que, como él, emigraban a una aventura llena de promesas.

La mañana estaba silenciosa, y una llovizna persistente había embarrado la calle de tierra en la que se apretaba junto a otras la casa de Bruno, cuya única ventana entreabierta daba luz al dormitorio de su madre y dejaba entrar un airecillo que movía las cortinas de encaje que María Alvarado, durante los largos inviernos de tantos años de soledad, había ido tejiendo haciendo bailar entre sus manos los bolillos de madera de boj que iba entrelazando sobre un cilindro de paja de centeno forrado de retor blanco, con el dibujo impreso en un cartón de un diseño que había ido pasando de mano en mano desde que fuera realizado en su tiempo por Evaristo Salinas.

Su madre llamó a Bruno desde la cocina.

—El desayuno ya está.

Se dirigió lentamente, como si quisiera ralentizar el tiempo antes de partir. Miró a su madre, que intentaba sonreír disimulando las lágrimas de la despedida.

—Este humo de la chimenea… Deberíamos haber deshollinado hace tiempo.

Bruno la miró y sintió un nudo en el pecho y algunas palabras entrecortadas que desembocaron en un abrazo muy largo con el que se dijeron más cosas de las que se habían dicho durante toda su vida anterior. El despertador dio las siete de la mañana. La bocina del autobús rompió el silencio del pueblo y las palomas del campanario volaron llenando el cielo.

—Vamos, hijo, se hace tarde, el autobús no espera.

Sacó su maleta de cartón atada con una cuerda de cáñamo, y en su interior dos mudas, un pantalón de faena y otro de franela gris, un par de calcetines de lana, sus utensilios de aseo personal y una foto de María Alvarado, su madre, en blanco y negro.

En la plaza de la iglesia se abrazaron los que se iban con los que se quedaban en el pueblo. Los hombres casados se despedían de sus mujeres con la promesa de reclamarlas cuanto antes para compartir el resto de la vida. Los novios abrazaban a sus novias apurando el tiempo mientras que el autobús empezaba a andar. Bruno y su madre se abrazaron en un último intento por aceptar su separación.

El autobús dio su último bufido antes de emprender el camino. Bajó la cuesta empinada bordeada de árboles del paraíso y se perdió.

—Mierda de vida... Tener que dejarlo todo: tu casa, tus padres, tus amigos, tu novia... Mierda de pobreza, que te obliga a tanto —decía el padre anciano de uno de los emigrantes.

—Al menos tú no estás solo —dijo María Alvarado mientras se dirigía bajo la lluvia y sin prisa hacia su casa.

—Seguro que estarán mejor que aquí —decían otros.

Poco a poco se fue disolviendo el grupo y dejaban vacío el mirador desde el que habían dado su adiós lastimero a sus familiares.

Tan sólo quedó mirando al valle, tratando de contener sus lágrimas, Amparo Celaya, la novia de Bruno, soñando bajo la lluvia que un día él la reclamaría y volaría a su lado para vivir junto a él el resto de su vida.

Era cuestión de tiempo, quizá mucho tiempo; tendría que acostumbrarse a prescindir de su visita diaria para dar un paseo por el camino de la fuente hasta las afueras del pueblo, y del beso de fuego bajo la luz tenue del farol que alumbraba el callejón donde vivía, o la caricia ardiente más allá de lo prohibido. Don Juan Calero, el cura del pueblo marcaba a fuego desde su púlpito de los domingos las normas morales que debían guardar sus feligreses si no querían ser condenados al fuego eterno del infierno, y que tanto Bruno Martín Alvarado como Amparo Celaya desobedecían sin el más mínimo remordimiento de conciencia. Sus veinte años eran un potro desbocado que sólo entendía el amor en todas sus formas. Esa primera noche de ausencia, Amparo pensaría en Bruno sintiendo su cuerpo junto al suyo en el calor de la noche.

La vida en el pueblo se desarrollaba monótona y lenta sin grandes novedades. En el aire flotaba el recuerdo de los que se fueron. Algunas casas se cerraron a cal y canto como si sus habitantes hubieran muerto, o guardaran luto por los ausentes. La casa de María Alvarado permaneció clausurada durante tanto tiempo, que el moho y los líquenes crecieron cubriendo las paredes y la puerta, y la humedad oxidó las cerraduras obligándola a permanecer incomunicada con el mundo exterior y alimentándose sólo de los huevos que, cada día más pequeños por falta de alimento, ponían las gallinas en el nidal del corral. Su única comunicación con el exterior era el pequeño ventanuco situado en la parte superior de la puerta, por donde esperaba que llegara algún día, de la mano de Matías Ejido, el cartero del pueblo, alguna noticia de Bruno Martín con sello de Alemania. El tiempo y la lluvia poco a poco hicieron crecer la hierba, el musgo, los líquenes e incluso alguna malvarrosa que llegó a florecer prolíficamente hasta tapiar, como si de un jardín vertical se tratara, la puerta y la ventana de los visillos de encaje.

Los escasos vecinos de María Alvarado, preocupados ante su silencio, decidieron un día limpiar la hierba, forzar la cerradura de la puerta y entrar en la casa, seguros de encontrarla muerta de tanto esperar. Hubo necesidad de buscar a un herrero para descerrajar la puerta. La descubrieron sentada en el centro del cuarto con la sonrisa congelada, el pelo blanco y la mirada extraviada, como una fiera enjaulada dispuesta a atacar a los que acababan de violar su espacio. Hicieron falta siete hombres de los más fuertes del pueblo para arrancarla de su silla y llevarla hasta la consulta del médico, que después de un reconocimiento exhaustivo decidió que su mal sólo se resolvía con una buena comida y mucho cariño. El pueblo entero se volcó en llevar a su casa todo tipo de alimentos. Unos llevaban un presente que consistía en trozos de carne del cerdo que acababan de sacrificar; otros, caldo de cocido, tan espeso que se podía cortar con un cuchillo de cocina, y otros fruta fresca y hortalizas recién cogidas de la huerta, y café, mucho café para subir el ánimo. Una vez revisada por don Crisantos, la devolvieron a su casa, donde la recibieron sus vecinos con los presentes que le aseguraban una intendencia para un tiempo prudencial durante el cual recuperar la salud perdida.

El tema de la comida estaba cubierto en abundancia, pero ¿y el del cariño? Porque don Crisantos también había recomendado, como parte del tratamiento, mucho cariño.

Limpiaron y colocaron de nuevo la puerta de la casa, arreglaron la cerradura y arrancaron la hierba que cubría por completo la pared. Junto al ventanuco de la puerta descubrieron algunas cartas selladas en Alemania que Matías Ejido había ido dejando ocultas entre la maleza. Eran noticias de Bruno Martín que, aunque fechadas meses atrás, hablaban de un país donde había sido bien acogido junto con el resto de la gente del pueblo con la que se veía a menudo.

En otra carta prometía enviar regularmente parte del dinero que ganaba, para que María Alvarado tuviera mejor vida y arreglara la casa.

Debido a su debilidad, María tuvo que esperar unos días hasta poder leer las cartas de su hijo. Su cara, a medida que avanzaba en la lectura, poco a poco se le iba iluminando, sus labios fueron dibujando lentamente una sonrisa de felicidad y de sus ojos, secos de nostalgia, brotó una lágrima de gozo.

A partir de ese día, la ventana de los visillos de encaje volvió a abrirse, el viento volvió a colarse en la casa y la luz lo invadió todo. María Alvarado se miró en el espejo de su dormitorio, se pintó los labios y las mejillas con papel de seda rojo humedecido en agua, a falta de carmín, se cepilló el pelo que aún le quedaba, se vistió con la ropa de los domingos y se dispuso a salir a la calle como si fuera la primera vez.

Quiso compartir su alegría con la novia de Bruno, Amparo Celaya, segura de que también ella habría recibido noticias de Bruno, y a pesar de su escasa relación, se dirigió a su casa, situada en un callejón sin salida detrás de la iglesia. Antes de llegar, se cruzó con un hombre joven, cuya edad calculó en unos treinta años, moreno, de estatura normal y complexión fuerte, al que nunca había visto por El Castro. Al cruzarse con él, el hombre bajó la mirada y no contestó al saludo de María Alvarado, que por un momento trató de reconocerlo, sin conseguirlo, a pesar de los pocos habitantes con los que contaba el pueblo y que prácticamente se conocían todos.

Llegó a la puerta de Amparo Celaya. Las ventanas de la casa estaban cerradas, y en el callejón, una mujer regaba sus geranios y ponía en un plato las sobras de la comida a dos gatos negros. Era la única persona que compartía con Amparo ese rincón soleado y tranquilo en el que florecían las rosas, los geranios y una parra de uvas moscatel, que en verano tamizaba de sombra el pavimento de tierra —siempre barrido y regado— de ese rincón casi olvidado del pueblo. Su aspecto era el de una señora mayor, a juzgar por sus vestidos pardos, su pelo encanecido y recogido en un moño sobre la nuca. Sobre sus hombros, un chal negro de lana, y en sus pies, unas zapatillas de andar por casa raídas por el uso y las uñas de los gatos.

Ensimismada en su ocupación, no levantó la cara hasta oír la voz de María Alvarado dándole los buenos días mientras llamaba a la puerta de Amparo Celaya.

—Debe de estar descansando después de una noche en vela —dijo la mujer. Su tono desvelaba un cierto hartazgo.

—Y usted, ¿cómo sabe que ha pasado la noche en vela?

La mujer, temiendo haber sido indiscreta, siguió acariciando a los gatos mientras María Alvarado esperaba la respuesta a su pregunta.

—Digo —insistió María Alvarado— que cómo sabe usted que Amparo Celaya ha pasado tan mala noche.

La mujer la miró de frente. Su cara era un pergamino de arrugas y manchas seniles, pero sus ojos azules hacían suponer que en su juventud fue una mujer hermosa. Dejó la regadera en el suelo y secó sus manos con el delantal, antes de contestar, mientras María Alvarado insistía en golpear la puerta sin encontrar la más mínima respuesta.

—¿No se acaba de cruzar en la calle con un hombre moreno, joven y de una estatura ni alta ni baja, y fuerte? —preguntó con cierta malicia la mujer.

María Alvarado esperaba lo peor.

—Sí, claro que me he encontrado con él.

—Pues ese hombre ha pasado la noche en la cama de Amparo Celaya. Es lo malo que tienen estas casas antiguas con tanta madera en los techos y con tantos agujeros de las carcomas, que sin querer se oyen todos los ruidos de una casa a otra como si no estuvieran separadas. Y esta noche ha sido para no olvidar. He oído de todo: que si «acaríciame», «tócame», «lámeme», «chúpame», «abrázame», «sigue», «sigue»… Y gritos como cuando mis gatos están en época de celo. Y el cabecero de su cama casi me hunde el tabique que linda con mi habitación. En fin, un escándalo, aunque ellos, desde luego, se lo han pasado en grande.

»Así que, como digo, Amparo Celaya debe de estar durmiendo, porque ya se sabe, "después de la tempestad llega la calma".

María Alvarado no daba crédito a lo que acababa de oír, así que no volvió a insistir en sus llamadas, y pensando en su hijo Bruno y con el alma dolorida, volvió a su casa y lloró por él.

28

En una de sus escasas visitas a El Castro, durante sus vacaciones en la universidad donde estudiaba, a casi mil kilómetros de distancia, José Pedraza Salinas, mientras la abrazaba, escuchó a su madre, visiblemente alterada, decirle al oído:

—Gracias a Dios, hijo mío, que no estabas aquí.

—¿Qué pasa, madre?

—Algo muy gordo, hijo. Algo muy gordo —contestó su madre mientras inspeccionaba con la mirada asustada la calle, y tiraba de la chaqueta a su hijo para que entrara en la casa—. Se van a matar, hijo. Gracias a Dios que no estabas.

—Pero ¿qué pasa? —preguntó, inquieto, José Pedraza.

—El agua, hijo, el agua —dijo Rebeca mientras su hijo trataba de calmarla esperando una explicación.

Las calles del pueblo estaban desiertas y cubiertas de nieve. Aquel invierno estaba siendo especialmente duro para los habitantes de la comarca de Vallehondo. Los labradores esperaban que cambiara el tiempo para poder sembrar sus campos, y los pastores tenían encerrado el ganado al abrigo de sus apriscos, ya que los pastos estaban cubiertos por la nieve. El humo de las chimeneas del pueblo cubría con un velo lechoso el cielo que, después de muchos días, seguía llorando copos de nieve que se iban posando plácidamente sobre los tejados.

Tras una última mirada a la calle, Rebeca entró en la casa acompañada de su hijo. Cerró la puerta con llave y el ventanuco con un pequeño cerrojo desde el que solía asomarse si alguien llamaba a deshoras. Una vez en el portal, José preguntó a su madre:

—¿Dónde está padre?

—Ahí abajo está —dijo su madre señalando el aljibe situado bajo el suelo del portal.

—¿Y qué hace ahí? —preguntó su hijo sabiendo que el aljibe, en esa época del año, debería estar lleno del agua de la lluvia.

Se acercó al brocal del pozo y llamó a su padre.

—¿Qué estás haciendo ahí, padre?

—Hola, hijo. Ya era hora de que te viéramos el pelo —contestó Claudio Pedraza desde el fondo del pozo con una voz hueca y reverberante como salida de una tumba—. Desde el mes de octubre que te fuiste no sabemos nada de ti. Pues ya ves, hijo, aquí limpiando lo que alguien se ha propuesto ensuciar.

La luz mortecina de un candil de aceite iluminaba el interior de aquel espacio que Claudio Pedraza fregaba una y otra vez tratando de acabar con aquel olor extraño que, después de vaciar el agua, todavía impregnaba el aire y las paredes del aljibe.

—Ya estoy terminando, hijo; enseguida salgo de este agujero.

Poco a poco, Claudio Pedraza subió los peldaños de una escalerilla de madera, y ya en el portal, ante la mirada de Rebeca, los dos se abrazaron como si no se hubieran visto desde hacía años.

Mientras su padre recogía las herramientas del aljibe, una vez terminada la limpieza, su madre lo arrastró del brazo hasta la cocina.

—Ahora te contaré qué estaba haciendo tu padre ahí abajo y por qué limpiaba las paredes, el suelo y hasta el techo del aljibe, y por qué ese olor que nos sigue obsesionando desde aquel día.

—¿Qué día, madre? ¿Qué pasó aquel día? Me estás preocupando.

En la cocina, las llamas de una lumbre de leña reforzaban la escasa luz del día que entraba por la ventana que miraba al corral.

—Ven, hijo, ven. Siéntate y caliéntate, que vienes helado. Maldito invierno este.

Ella se sentó junto a él mientras su hijo esperaba expectante una explicación a tanto misterio.

—¿Quieres un café?

—No, madre, gracias. Cuéntame.

—Tú sabes que siempre —comenzó su madre—, al llegar el invierno, se limpian los aljibes o las tinajas, dependiendo de qué contenedores se usen en cada casa para almacenar el agua de la lluvia. Durante las primeras tormentas, dejamos fluir el agua para que se limpien los tejados antes de conducirla, como si de oro se tratara, hasta el aljibe, donde la almacenamos, ya que esa será el agua que tengamos que beber durante todo el año hasta el próximo invierno. Aquí no es como en la capital, que le dan a un grifo y sale el agua sin que nadie se preocupe de cómo ha llegado hasta allí. Aquí quisiera yo ver a los que no valoran esas cosas. Pero en fin… —Rebeca Salinas no sabía por dónde empezar su relato—. El caso es que, poco antes de llegar la primavera, el invierno se tomó un respiro y el cielo abrió su cortina de nubes dando paso a unos días soleados, después de los cuales el invierno apuró su tiempo regalándonos más nevadas que, como ves, todavía visten de blanco las umbrías de los campos.

»Pues durante esos días en los que lució el sol —continuó Rebeca—, la nieve acumulada en los tejados, al derretirse, se transformó en agua que, una vez limpios los tejados, fluyó alegre tubería abajo llenando en pocos días el aljibe a rebosar, cuyo excedente hubo que desviar a la calle, uniéndose a la riada que bajaba de las calles altas del pueblo y que acababa despeñándose cuestas abajo hasta inundar los huertos cercanos a El Castro, después de llenar todo tipo de contenedores: cubos, barreños y algunos bidones colocados estratégicamente bajo los canales del patio que yo siempre uso —se le iluminó la mirada— en la primavera para regar los geranios, los alhelíes o el lilo, en cuyo tronco los gatos tienen la costumbre de afilarse las uñas, por lo que hay que protegerlo con una funda de arpillera que cada año hay que renovar ante la insistencia de esos animales.

Mientras Rebeca Salinas hablaba y su hijo escuchaba esperando que su madre desvelara algo más de lo que intentaba contarle, el fuego de la chimenea se iba muriendo sin remedio.

—Espera un momento, hijo —dijo Rebeca—, que como no le echemos leña al fuego se va a terminar apagando. Voy al patio a por unos troncos, enseguida vuelvo.

Poco después, al abrir la puerta que comunicaba con el patio, una corriente de aire frío invadió la cocina avivando el fuego mortecino de la chimenea, mientras Rebeca, con unos troncos de carrasca en las manos, cerraba la puerta a su espalda con el pie, mientras, una vez puestos los troncos en la chimenea, se arreglaba el pelo alborotado por el viento del norte que llegaba helador desde Vallehondo.

—¿Cuándo pasará este invierno tan triste? —dijo Rebeca, dejando escapar un suspiro tan hondo como el silencio que recorría las calles del pueblo.

José Pedraza escuchaba a su madre al tiempo que, observando la tristeza en su rostro, le acariciaba el pelo y las manos intentando rebajar la tensión que, a punto de las lágrimas, mostraba la mujer.

—Durante todo este tiempo que has estado lejos de casa te hemos echado mucho de menos, hijo —dijo Rebeca—. Ya ves, como siempre has estado en casa, lo de estar fuera, aunque sólo hayan sido algunos meses, se nos ha hecho eterno. Pero en esos días pasados rezaba por que no vinieras. Así nadie podrá culparte de nada.

Su hijo la escuchaba compadeciendo su pena y dejándola expresarse sin prisa, esperando con el alma en un puño eso que su madre todavía no se había atrevido a desvelar.

—Una vez terminado el invierno tan cargado de lluvias y nieve —continuó su relato Rebeca Salinas—, todos los aljibes de El Castro se llenaron de agua hasta rebosar y la primavera se prometía hermosa dado el estado de humedad de los campos. El sol brilló en las calles y se empezaron a llenar de gritos de niños, que después de su encierro en las casas, y sus vacaciones obligadas durante un tiempo, pues era imposible transitar por el pueblo, volvían a jugar en la plaza y asistir a la escuela.

José Pedraza escuchaba con atención a su madre, que, como transportándose al momento de los hechos, narraba con todo detalle aquel instante en que un vecino, mientras ella hacía y deshacía un vestido en su máquina de coser, llamó a su puerta.

—¿Y qué quería? —la interrumpió su hijo.

—Me preguntó si había notado algo extraño en el agua de nuestro aljibe, ya que él, al beber el agua del suyo, encontró que tenía un sabor raro que le hizo pensar en la posibilidad de que, como Vallehondo era tierra de cazadores y estaba abierta la veda, alguna pieza, alcanzada por el disparo de la escopeta de alguno de ellos, no la hubieran podido recobrar los perros y hubiera caído en el tejado, y que al entrar en descomposición, hubiera aportado ese sabor al agua. Entonces —continuó su madre— fui con un vaso y lo llené del agua que acababa de sacar de nuestro aljibe para cocinar y llenar el botijo. La probé mientras mi vecino me miraba esperando intrigado mi respuesta.

—¿Y encontraste algún sabor raro? —preguntó, igual de intrigado, José Pedraza.

—Pues claro que sabía raro. Pero más que a carne descompuesta, como dijo nuestro vecino, a mí aquel sabor me recordaba al de esos productos químicos que usamos los labradores para matar las malas hierbas del campo o combatir algunas plagas… Algo así como los insecticidas que se usan para acabar en las casas con las cucarachas, los ratones o las plagas de garrapatas que atacan a los rebaños de ovejas. En fin, no sabría decir a qué sabía, pero algo había contaminado el agua. La solución, dijo nuestro vecino, ya que era época de lluvias, sería vaciar el aljibe y, una vez revisado el tejado, volver a llenarlo. Pero eso suponía un trabajo arduo, ya que habría que sacar el agua cubo a cubo hasta dejarlo vacío, pero era la única solución si queríamos disponer de agua potable durante todo el año. Y sobre todo habría que revisar el tejado de la casa y descubrir el motivo que nos preocupaba. Mientras hablábamos el vecino y yo en el portal —siguió contando Rebeca—, a través de la ventana que da a la calle, un murmullo de voces de gente hizo que nos interesáramos por lo que ocurría. Entonces salimos de la casa. Tu padre llegaba en ese momento del campo con la escopeta al hombro y un par de perdices colgando de su cartuchera. Al verlo llegar, una de las vecinas, que también estaba alborotada por el sabor del agua en sus tinajas, le dijo: «Y vosotros, los cazadores, a ver si tenéis un poco más de cuidado, y cuando matéis un pájaro lo recobráis, porque claro, si cae en tu tejado… Es que cazáis muy cerca del pueblo y claro, luego pasa lo que pasa». Y tu padre, que no sabía de lo que hablaba la mujer, le preguntó: «¿Y qué es lo que pasa?». «Pregúntale a tu mujer que lo sabe igual que nosotras.»

Algunos de los vecinos habían descubierto en el agua ese mismo sabor, sin embargo otros no habían notado nada al probar el agua.

—Entonces yo —dijo Rebeca mientras su hijo, al escucharla, empezaba a poner cara de preocupación— hice entrar a tu padre en casa para explicarle lo que ocurría y pensar qué solución deberíamos tomar, ya que la época de lluvias estaba tocando a su fin y había que resolver cuanto antes el problema, y mientras tu padre y yo hablábamos en el portal, en la calle otro vecino decía haber observado el mismo sabor raro en el agua de sus tinajas.

—¿Y el comentario que había hecho esa mujer sobre la caza tenía algo que ver? —preguntó José Pedraza a su madre.

—No —contestó Rebeca—, pero siempre que ocurre una desgracia nos empeñamos en buscar un culpable. Es lo que tienen los pueblos. Tu padre, acostumbrado a las obras y a recorrer los tejados con la soltura de un gato, decidió subir al nuestro y ver cuál era la causa. Colgó la escopeta y la cartuchera en un clavo del portal y me dio las dos perdices para que las guardara en la fresquera lejos del alcance de los gatos. Probó el agua del cubo que estaba sobre la tapa de madera que cubría el brocal del aljibe y la escupió en el suelo del portal. «¡Qué mierda es esto!», dijo mientras se encaminaba escaleras arriba hacia la cámara de la casa donde está el ventanuco que da acceso al tejado.

»El rumor se fue extendiendo como un reguero de pólvora entre los vecinos, que al probar el agua en sus aljibes encontraron ese mismo sabor para el que no tenían explicación. Bien es cierto que no en todas las casas se apreciaba. Era como si previamente se hubieran elegido los tejados de algunas casas del pueblo para llevar a cabo esa supuesta contaminación. Pero ¿qué sentido tendría que alguien, intencionadamente, consintiera en hacer tal maldad? Las calles del pueblo se llenaron de corrillos tratando de encontrar el motivo que nadie (¿o sí?) llegaba a entender. Al no llegar a ninguna conclusión, algunos vecinos, al igual que tu padre, decidieron subir a sus tejados por si encontraban respuestas a tantas preguntas. En los tejados, el sol ya había derretido la nieve. "Aquí no hay nada", dijo uno de ellos, que había recorrido su tejado palmo a palmo mientras mostraba un pequeño frasquito de cristal cuya boca estaba tapada con un algodón que, posiblemente, llevara sobre el tejado muchos años, por lo que no le dio al hallazgo la más mínima importancia. Sin embargo, los vecinos afectados decidieron también subir a sus tejados. Algunos, como el anterior, encontraron un frasquito similar al hallado por su vecino y también tapada su boca con un algodón.

—Y padre, ¿encontró algo en nuestro tejado? —preguntó José Pedraza a su madre esperando la respuesta, dada la preocupación que mostraba.

—Sí, hijo. También en nuestro tejado tu padre encontró un frasco igual a los encontrados en los tejados de otras casas, y con el mismo algodón en la boca.

—¿Y conserváis el frasco todavía?

Rebeca Salinas se levantó de la silla que ocupaba junto al fuego de la chimenea de la cocina, y se dirigió a una alacena junto a la chimenea donde, envuelto en una bolsa de plástico, guardaba el frasquito tapado con el algodón tal como lo había encontrado su marido, y se lo mostró a su hijo.

—¿Puedo quitarle el algodón sólo un momento? —preguntó José.

—Si —contestó su madre—, pero después de olerlo, porque supongo que eso es lo que quieres hacer, lo tapas de nuevo para volverlo a dejar donde estaba, por si un día hay que averiguar qué ha contenido ese maldito frasco.

José Pedraza acercó la nariz a la boca del frasco y, a pesar del tiempo que había permanecido en el tejado bajo la nieve y mojado por las lluvias del invierno, percibió un cierto olor a algún producto químico.

—Este olor me recuerda al de algunos productos usados por los labradores en el campo y los jardineros para combatir algunas plagas que atacan a las plantas.

A medida que transcurría la conversación entre José Pedraza y su madre, esta rompió en un llanto incontenido mientras se preguntaba por qué en su casa y no en la del vecino de al lado. Y si era una broma, ¿qué cabeza podría concebir algo tan macabro? Mientras, en la calle, unos vecinos empezaban a buscar a los culpables entre sus enemigos; otros, sin embargo, dada la gravedad que podrían llegar a adquirir los acontecimientos entre los vecinos, optaban por quitar importancia y pensar que se trataba simplemente de una travesura de los chicos del pueblo, quizá dirigidos por el hijo del Cabra, que se suponía el más listo, capaz del invento del algodón que permitiría al producto salir lentamente del frasco.

Pero pronto se descartó la teoría de la culpabilidad de los niños cuando el médico, don Crisantos Blanco, pidió uno de los frascos para estudiar algún posible resto de su contenido en su pequeño laboratorio donde él mismo preparaba las vacunas. El resultado fue: «Producto agrícola utilizado para el tratamiento contra determinadas plagas o quizá como un potente herbicida».

—Alguien —dijo el médico— ha puesto veneno en los frascos con la intención, posiblemente, de gastar una broma pesada, ya que la dosis de producto diluido en tal cantidad de agua no supone peligro alguno para la salud.

Ante la alteración del orden en las calles del pueblo, pues empezaban a surgir grupos enfrentados, sospechas y acusaciones entre unos y otros, las autoridades de El Castro decidieron informar a la Guardia Civil, que ante un caso de atentado contra la salud pública, solicitó los servicios de la policía judicial, que debería investigar el caso y descubrir a los culpables.

Entretanto, y mientras se aclaraban los acontecimientos y se descubría a los culpables, Claudio Pedraza, al igual que el resto de las familias afectadas por ¿la broma...?, después de haber retirado el frasco y una vez limpio el tejado por las constantes lluvias, volvió a conducir el agua del canalón hasta el aljibe, esperando, antes de que cesara definitivamente el invierno, que de nuevo se llenara para hacer frente a las necesidades del consumo durante el año.

La gente del pueblo se encerró en sus casas, y los vecinos a los que habían puesto frascos en su tejado empezaron a hacer cábalas sobre quién sería el culpable, o los culpables a los que responsabilizar del supuesto atentado, entre los que contaban como sus enemigos. Unos enemigos que lo eran desde que la Guerra Civil, muchos años atrás, los había enfrentado para siempre, y que a pesar del tiempo esperaban una ocasión —no importaba cuál— para vengarse, y que pensaron que esta quizá fuera una buena oportunidad para hacerlo.

Era difícil señalar a una sola persona que urdiera semejante plan en la preparación y utilización de ese producto y la forma de hacerlo fluir a través del algodón. Por otra parte, la gran mayoría de los agricultores de El Castro posiblemente lo habían utilizado alguna vez.

Después de aquellas cortas vacaciones, José Pedraza se marchó de El Castro, no sin antes tener algunos encuentros con Clara Pineda, esa chica con la que soñaba cada noche y junto a la que había descubierto ese sentimiento diferente a todos. Fueron unos encuentros más apasionados que los anteriores, dado el tiempo de ausencia y la necesidad de verse, durante los cuales volvieron a prometerse un amor para siempre aunque sus padres no aceptaran esa relación, lo que les obligaba a hacerlo a escondidas. Y, una vez más, se despidieron dejándose el alma en un beso y la promesa de volverse a encontrar el próximo verano durante las vacaciones.

En El Castro quedaban sus padres inmersos en el miedo y la soledad por los acontecimientos. Lo único que les aportó una luz de esperanza fue la lluvia, que una vez más llenó de agua hasta rebosar el aljibe y los bidones colocados de nuevo bajo los canales del tejado que vertían en el corral.

La Guardia Civil hizo un registro minucioso en cada una de las casas del pueblo buscando el producto que se había usado para contaminar el agua; no obstante, por su uso tan habitual, se encontró en casi todas las casas de El Castro ya que todos los vecinos vivían de la agricultura. Todos tenían tierras de labor, todos tenían huertos y todos usaban ese producto como herbicida. También se investigó qué tienda, de las dos que había en El Castro, había vendido esos pequeños frasquitos que pudieran haber servido para contener el herbicida. No lo habían despachado en ninguna de las dos tiendas. Ni siquiera los conocían. Esta noticia sembró nuevas dudas entre los vecinos, que se preguntaban de dónde habrían venido aquellos pequeños frascos de cristal.

La investigación se extendió hacia los pueblos cercanos a El Castro. Ya se sabe que entre pueblos vecinos no siempre las relaciones son buenas. Pero el resultado también fue negativo, y la Guardia Civil siguió interrogando a los que consideraron más sospechosos.

Una mañana, los vecinos escucharon los pasos —ya familiares— de los guardias civiles en la calle. Los acompañaba el Extranjero.

Era un hombre alto y desgarbado, de andar perezoso y pasos largos, que un día, procedente de Inglaterra, llegó a El Castro, compró una tierra cerca del pueblo y edificó una casa. Hablaba un idioma que nadie entendía y era simpático y campechano. Se llamaba Jackson Coleman, pero los habitantes de El Castro le llamaban «el Extranjero». Era músico, pero un día, cansado de andar de un lado para otro y siempre alejado de su familia, decidió, junto a su mujer,

Sheila, y sus dos hijos, Brenda y Alfred, de tres y cuatro años, buscar un lugar tranquilo en el mundo donde verlos crecer y donde descansar de tanta actividad. Por alguna razón pensó en España para instalarse, dado el atractivo que este país tenía para los europeos, pero ante la dificultad para elegir un sitio concreto, propuso a su familia un juego que en el futuro marcaría sus vidas. Sobre la mesa del comedor extendieron un mapa de España. Su mujer y los niños vendaron los ojos de Jackson y este fue señalando sobre el papel hasta parar en un punto.

—Este será el lugar donde nos instalemos —dijo.

Era un pequeño pueblo situado en la comarca de Vallehondo llamado El Castro, donde sus habitantes se dedicaban a la agricultura, y su riqueza, apenas sin explotar comercialmente, era la miel. Pensó entonces que esa sería su ocupación cuando se hubieran instalado. Quiso conocer el pueblo antes de trasladar a su familia e hizo un viaje él solo.

Era primavera, y los árboles del paraíso perfumaban el valle y las laderas del cerro donde se situaba El Castro. El paisaje era menos verde que la campiña inglesa en donde residían, pero tenía el encanto de la soledad y la calma que él buscaba después del tipo de vida al que había estado sometido en sus continuas giras de conciertos por todo el mundo.

Recorrió el pueblo y saludó a los pocos vecinos con los que se encontró por la calle. Visitó las dos tiendas de las que disponía y las escuelas donde podrían estudiar la primera enseñanza sus hijos, Brenda y Alfred; la panadería, la fragua, el hostal donde se hospedó por los días que duraría su visita, y los dos bares con los que contaba. Y aunque la familia no era católica, visitó también la iglesia, prestando especial atención al retablo barroco del altar mayor, dada su debilidad por el arte en general.

Después de pasar unos días en el pueblo, pasear por el campo tapizado de romeros en flor, espliego y tomillo, entendió el porqué de la calidad de la miel producida en ese lugar de la que tanto le habían hablado.

Sin pensarlo más, y seguro de que a su mujer, Sheila, y a sus hijos les sentaría bien ese cambio de vida tan radical, alquiló una casa en el pueblo y regresó a Londres, donde su familia le esperaba para acordar qué hacer. Pronto se decidieron.

Acompañado por Sheila, Brenda y Alfred, a bordo de un Toyota todoterreno, unido a un remolque en el que transportaba los enseres más imprescindibles para empezar una nueva vida, un día de septiembre Jackson Coleman llegó a El Castro. Vivirían en la casita que en su viaje anterior había alquilado mientras encontraban un lugar donde construir la suya y una pequeña nave donde instalar su modesto negocio de producción de miel.

Al llegar al pueblo, les sobrecogió el silencio y los escasos vecinos con los que se cruzaron. Mientras Jackson descargaba, ayudado por Sheila, el equipaje y le mostraba a su mujer la casa, los niños jugaban con el balón en la calle. Un perro cruzó frente a ellos y los críos lo miraron con la naturalidad de quien está acostumbrado a verlo pasar todos los días. Un hombre, montado a horcajadas sobre un burro, los miró al pasar frente a la casa y saludó a Sheila y a Jackson con unas palabras que no entendieron, y un gesto tímido que interpretaron como un saludo de bienvenida. Le contestaron con una amplia sonrisa mientras el hombre, a medida que se alejaba acelerando el paso del burro, giraba la cabeza hacia atrás tratando de averiguar quién sería esa gente a la que nunca había visto, y esos niños que hablaban tan raro.

Una vez instalados, y mientras los niños seguían jugando en la calle, Jackson Coleman puso a su mujer al corriente de las carencias que suponía la vida en un pequeño pueblo como El Castro. Quizá la más sorprendente, viniendo de una ciudad como Londres, era la falta de agua corriente, y por tanto la ausencia de grifos, duchas o cisterna para el baño. Sheila no podía dar crédito a lo que estaba escuchando mientras Jackson ponderaba las ventajas de disfrutar de una vida sencilla, sin las dependencias de una modernidad que acaba esclavizando.

—Sin embargo —dijo Jackson, aportando todo su optimismo—, como muchas casas del pueblo, esta dispone de un aljibe donde recoger el agua de la lluvia que cae cada invierno sobre el tejado, que, por cierto, es más potable y más pura que la de cualquier distribución por tuberías subterráneas, como es el caso de las ciudades. Los dueños de la casa me han confirmado que el agua ha sido recogida con las últimas lluvias y después de limpiar el tejado. Toma, pruébala.

Jackson tomó un vaso de cristal y lo llenó de agua recién sacada del aljibe en un cubo de cinc y le dio a beber a su mujer. Después de comprobar la potabilidad del agua procedente de la lluvia, en un acto de amor casi infinito, Sheila Coleman, abrazando a su marido, le dijo:

—No importan las posibles carencias de este lugar si es lo que tú quieres.

Esa noche, cuando los niños dormían, ellos se amaron como si estuvieran solos en el mundo, necesitándose y fundiéndose en un solo cuerpo, mientras por la ventana entreabierta del cuarto que se asomaba a Vallehondo se colaba el aroma dulzón de los árboles del paraíso y el canto monótono del autillo. En el cielo brillaban las estrellas como nunca antes las habían visto brillar, algo comprensible, ya que en El Castro la niebla nunca fue tan densa como en Londres. Una claridad de tonos rosados recortó lentamente las siluetas de las montañas azules del fin del mundo por donde salió el sol.

Pronto se fueron acostumbrando a su nueva vida y los niños a pronunciar algunas palabras en castellano. El próximo año tendrían que asistir a la escuela.

Fueron unos años de felicidad para la familia. Jackson Coleman, de la mano de un experto en el mundo de las abejas llamado Juan, y residente en un pueblo cercano a

El Castro, aprendió pronto cómo fabricar las colmenas y el lugar adecuado en el campo donde colocarlas, cómo protegerse de las posibles picaduras no deseadas o cómo adormecerlas durante los trabajos en la manipulación de los panales en el interior de la colmena.

Aprendió la utilidad y los beneficios terapéuticos del veneno que inyectan las abejas en su picadura, técnica milenaria y usada actualmente para curar enfermedades y dolencias de todo tipo que el propio Jackson Coleman aprendió a practicar con éxito utilizando como paciente a su mujer. Sobre una zona dolorosa, y prendida con unas pinzas, una abeja viva paseaba por la zona dolorida. Sólo en un determinado lugar de la piel, y motivada por la percepción de un impulso eléctrico, la abeja automáticamente clavaba su aguijón inyectando su veneno.

—Con este tratamiento —le dijo su vecino, y desde entonces su amigo, Juan— han encontrado curación multitud de enfermedades.

Le costó a Jackson Coleman entender que un veneno sirviera para curar enfermedades. Pero pudo comprobar que sí.

En unos meses, después de comprar un pequeño terreno cerca del pueblo, construyeron su casa con jardín y, a modo de granero, un pequeño local donde, ayudado por Juan, instaló el equipo necesario para la elaboración y envasado de la miel.

La vida en aquel lugar les proporcionaba una agradable

sensación de felicidad. Los niños asistían a la escuela y pronto dominaron el idioma, aunque su acento hacía reír a sus compañeros de clase, que aun resultándoles extraño, se acostumbraron a llamarlos por su nombre. Nunca habían oído a nadie pronunciar en El Castro los nombres de Brenda Coleman y Alfred Coleman.

Sheila Coleman compartía el trabajo de la miel con su marido mientras los niños iban a la escuela. Resultaba cómico verla luciendo por el campo, entre las colmenas, su uniforme blanco de apicultora y su ahumador con el que adormecer a las abejas mientras retiraba del interior de las colmenas los panales preñados de miel. Jackson la miraba, sorprendido de la adaptación de su mujer —tan inglesa ella— al campo de Vallehondo, habiendo sido criada casi a la sombra del Big Ben. Ella celebraba haber tomado un día esa decisión, y compartir aquel trabajo con su marido.

Durante unos años la producción de miel de la pequeña empresa fue haciéndose presente en el mercado y en las ferias de alimentación, llegando a ser premiada por su calidad excepcional. Jackson Coleman había demostrado a lo largo de los años sus cualidades como empresario, lo que lo situó entre los habitantes más preparados de El Castro para los negocios.

Habían pasado ya varios años desde su llegada al pueblo acompañado de su mujer, y sus hijos pronto estarían en edad de abandonar la escuela y plantearse la etapa de estudios superiores en alguna universidad de la capital.

La vida en El Castro, durante todo ese tiempo junto a su familia, había sido todo lo feliz que se pudiera desear en un rincón olvidado del mundo como aquel. Su negocio había prosperado de forma espectacular y el futuro era prometedor. Definitivamente —pensaban—, ese era el lugar en el que deseaban envejecer.

Una mañana, cuando el matrimonio desayunaba en la cocina junto a sus hijos y hablaban de proyectos para el futuro, unos golpes secos sonaron en el picaporte de la puerta del jardín.

—Ya voy —contestó desde dentro la voz con acento extranjero de Jackson Coleman, mientras se dirigía a la puerta de entrada—. ¿Quién es? —preguntó antes de abrir.

—La Guardia Civil —contestaron secamente desde el otro lado.

Jackson abrió la puerta mientras, desde el pasillo de la cocina, Sheila Coleman escuchaba algo parecido a una orden de los agentes de la autoridad.

—Tendrá que acompañarnos —dijeron.

—¿Qué ocurre? —preguntó, sorprendido, Jackson Coleman.

—En unos minutos lo sabrá cuando lleguemos al cuartel —contestaron los guardias con una media sonrisa cómplice entre ellos.

—Perdonen, pero déjenme avisar a mi esposa que me voy con ustedes —les pidió Jackson Coleman.

—Rápido, por favor, que tenemos mucho que hacer.

Jackson Coleman entró a buscar a Sheila Coleman, su esposa, que, nerviosa detrás de la puerta de la cocina, había escuchado la conversación. Trató de calmarla.

—No te preocupes, volveré pronto —le dijo—. Tú sabes que no tenemos nada que ocultar. No hemos cometido ningún delito.

—Vamos, vamos, que tenemos prisa —dijeron los guardias, mientras uno a cada lado del Extranjero lo conducían al jeep para llevarlo al pueblo donde estaba el cuartel, a unos veinte kilómetros de El Castro, y tomarle declaración.

En la casa quedaron Sheila y sus dos hijos, ya casi adolescentes, temerosos de que le sucediera algo malo a su padre.

Nunca hubiera sospechado Jackson Coleman que estaba entre los sospechosos del envenenamiento de las aguas. Sin embargo, era cierto que lo consideraban en el pueblo como un hombre culto, inteligente, preparado y muy creativo, y por tanto, el más capaz de entre todos los hombres de El Castro para preparar con verdadero ingenio el frasco tapado con el algodón suficientemente compacto para dejar salir el herbicida poco a poco, aportando al agua un cierto mal sabor, pero sin llegar a ser mortal, durante el largo tiempo del deshielo, tiempo que tardaría en caer todo el veneno mezclado en el agua desde los tejados hasta los aljibes o las tinajas, donde se almacenaría.

Los vecinos, asomados a sus ventanas, vieron pasar custodiado por la pareja de la Guardia Civil al Extranjero, alto y desgarbado, de andar perezoso, pasos largos y la mirada triste, camino del cuartel.

El aire era fresco esa mañana, anunciando el principio del otoño. El jeep verde tomó la carretera bordeada de árboles del paraíso y almendros amargos. Desde uno de los balcones de su casa que se asomaba a Vallehondo, Sheila y sus hijos, Brenda y Alfred, le dijeron adiós agitando los brazos, aun sabiendo que era demasiada la distancia que los separaba para que los vieran desde la ventanilla del vehículo. Pronto volverían a estar juntos. Pero ¿cuándo?

Durante los días siguientes, el mutismo en el pueblo con respecto al Extranjero fue total, y en muchos días no se le volvió a ver por El Castro. Su casa y la pequeña fábrica de miel permanecieron cerradas como si nadie viviera allí.

De la sospecha de unos hacia los otros llegó el enfrentamiento entre las familias y se creó un ambiente enrarecido en el pueblo. El silencio en sus calles era roto frecuentemente por el ruido de las botas de los guardias civiles, que, en su obligación de detener a los culpables, llamaban a las puertas de las casas a las horas más intempestivas para llevarse al cuartel a los sospechosos y tomarles declaración. Los vecinos del pueblo, atemorizados, vigilaban la calle a través del ventanuco entreabierto de las puertas, observando el paso de la Guardia Civil, ansiosos por descubrir quién era el detenido, cuyo nombre, una vez descubierto, corría como la pólvora por las calles desiertas para entrar en las cocinas de las casas, en los mentideros y en los bares, donde, con infundados argumentos, y sólo llevados por el odio, condenaban al acompañante de los guardias sin siquiera haberle sido tomada declaración.

Se crearon clanes que a veces llegaron a enfrentarse hasta poner en peligro su integridad física. Y todo basado únicamente en sospechas, la mayoría de las veces infundadas.

Para Claudio Pedraza y Rebeca Salinas, aquella primavera no florecieron los geranios en los balcones ni las lilas del patio. El aire se impregnó de tristeza y de un misterio que les quitaba el sueño y les creaba inquietud ante los comentarios que surgían cada día sobre este u otro incidente entre los vecinos del pueblo, mientras el jeep de la Guardia Civil, apostado a la entrada del pueblo, controlaba quién entraba y quién salía de El Castro. El aire se hizo irrespirable. Salir a la calle se convertía cada mañana en una huida para evitar pararse a hablar con alguien que, si se significaba por uno de los bandos creados en torno al tema de los frascos, trataba de captar adeptos para su causa invitándoles a firmar su adhesión, lo que ponía en un compromiso al firmante. Claudio Pedraza y Rebeca Salinas, aun habiendo sido víctimas de los hechos, no quisieron tomar partido por nadie, ya que acusar sin pruebas era demasiado peligroso dado el ambiente reinante en el pueblo.

Cada día, y durante varios meses, algún acontecimiento volvía a remover las aguas y disparaba de nuevo los comentarios de la gente y el miedo; unas veces era el enfrentamiento de unos contra otros cuando coincidían realizando sus labores en el campo. Sus miradas llenas de odio terminaban con agresiones que podrían haber puesto en peligro sus vidas, cada uno acusando al otro y defendiendo su inocencia. El odio se empeñó en dar por sentado quiénes eran los culpables, siempre basando su acusación en meras conjeturas. Algunos de ellos, ante tanta presión, un día dejaron sus tierras, su casa y su círculo de amistades y se fueron del pueblo cansados de sentirse señalados como culpables sin que nadie pudiera demostrar que lo fueran.

La convivencia entre los habitantes de El Castro se rompió definitivamente, y el pueblo quedó para siempre dividido en dos: víctimas y culpables. Sin embargo, los culpables no estaban seguros de la inocencia de los llamados inocentes, ni los inocentes tenían argumentos de peso para pensar que los llamados culpables lo fueran realmente. Las familias decidieron seguir creyendo a pies juntillas en la opinión que ya se habían formado los unos de los otros, y resolvieron odiarse de por vida, convencidos de llevarse el odio hasta la tumba.

Con el tiempo se supo que, agobiado por la culpabilidad que se le intentaba imputar, por el envenenamiento del agua, siendo inocente, Jackson Coleman pensó que entre los habitantes de El Castro siempre quedaría la duda sobre su culpabilidad. Y la vida en ese lugar, que hasta entonces había sido feliz, dejaría de serlo para él y su familia. Y aun habiendo sido declarado exento de cualquier culpa después de varios días de interrogatorios, decidió junto a su mujer, Sheila Coleman, y sus hijos, Brenda y Alfred Coleman, encargar a una persona de confianza de El Castro la venta de todas sus propiedades y regresar a su país para dedicar su tiempo a escribir música.

29

Cada año, por San Antón, se celebraba en todos los pueblos de la comarca de Vallehondo la feria de ganado, pero la que atraía más tratantes era la de Moncada de Zumaque, un pueblo con una sola calle y soportales a ambos lados, y en la plaza, una fachada de lo que antes de la guerra fue una iglesia de arquitectura neoclásica. Los gitanos de la zona se habían hecho ricos realizando todo tipo de tratos.

Comprando, vendiendo o intercambiando animales, acudían cada año a Moncada de Zumaque con la esperanza de hacer un buen negocio, y a veces engañando a los más ingenuos cuando les hacían pensar que habían hecho el mayor negocio de su vida y volvían a sus pueblos convencidos de que el burro que habían conseguido era una joya.

Y así, visitando una feria tras otra, Pedro Aranda, uno de los vecinos de El Castro, había conseguido amasar una fortuna. Su casa era una de las mejores del pueblo y su hacienda ascendía a varios cientos de hectáreas de tierras de labor. En su cuadra convivían varios caballos, yeguas, mulas de yunta y varios mozos que dormían en camastros acondicionados con colchones de paja de centeno compartiendo las cuadras con las caballerías.

Casado con Lucrecia Fonseca y padre de seis hijos (un solo varón), observaba con disgusto cómo su mujer y sus hijos gastaban su dinero sin tino.

El empeño del padre fue que sus hijas y su hijo estudiaran en la universidad y adquirieran la cultura que a él se le había negado, cuando de niño pasó su infancia acompañando a su padre de pueblo en pueblo, de feria en feria, cerca de los potrillos, las yeguas y los burros, que también con ellos se comerciaba.

Un día, Pedro Aranda reunió a todos sus hijos junto a Lucrecia Fonseca.

—Deseo para mis hijos —dijo Pedro— la cultura que yo no conseguí. Iréis a la universidad y volveréis a El Castro siendo personas ilustradas. Mientras, yo seguiré trabajando para vosotros. Y tú, Lucrecia, velarás por la disciplina y la educación de nuestros hijos.

Y así fue como cada uno de sus hijos iniciaron en diferentes escuelas la formación que les exigía su padre.

El primero en salir de El Castro fue Joaquín Aranda Fonseca, el mayor de los seis, que dado su alto cociente intelectual, terminó sin esfuerzo el bachillerato y posteriormente arquitectura en París, con un sobresaliente en el proyecto de fin de carrera. A los veintiséis años se casó con una mujer propietaria de unas importantes bodegas, lo que cambió el rumbo de Joaquín Aranda, que dejó la arquitectura para dedicarse a la elaboración de vinos para la exportación. Sólo en contadas ocasiones visitó la casa de sus padres en El Castro.

La segunda en emprender el camino de la cultura fue Ernestina Aranda Fonseca, cuya debilidad por la música de viento la llevó a ingresar en un conservatorio de la ciudad más próxima a la comarca de Vallehondo, lo que le facilitaba volver a casa los fines de semana y pasar las horas mostrando a su madre los avances en el aprendizaje de la flauta travesera, en la habitación verde que compartía de niña con su hermana Lucía Aranda Fonseca, dos años menor que ella y que optó por la literatura, con tan mala suerte, que en el examen de ingreso a la universidad suspendió estrepitosamente y decidió silenciar su fracaso.

Para no volver a casa con semejante bagaje, decidió ponerse a trabajar y ocultar su situación por el tiempo que fuera posible. Buscó un trabajo en la capital, y puesto que su físico era francamente atractivo, y su voz no era de las peores, encontró empleo en un bar de dudosa reputación como cantante de boleros, desde donde escribía periódicamente a su madre, a la que informaba de sus progresos en lo referente a la literatura, y más concretamente en su rama preferida, la poesía de los clásicos.

Lucrecia Fonseca leía emocionada las cartas de su hija, orgullosa de que estuviera en el buen camino.

Pero un día, alguien cercano a la familia la informó del

lugar en el que trabajaba Lucía, y qué tipo de trabajo realizaba.

Sin pensarlo dos veces, Lucrecia Fonseca se desplazó hasta la capital al lugar donde se suponía que estaba Lucía. Un taxi la llevó por la ciudad, que fue quedando atrás a medida que el taxista consultaba una guía, tratando de localizar la dirección que la mujer le había entregado escrita en un papel. Salieron de la zona urbana, y la carretera cruzó algunas zonas industriales mientras Lucrecia Fonseca se iba descomponiendo por momentos, preguntándose si lo de su hija, en realidad, se trataría de un secuestro. Un cartel con grandes letras, colgando en el centro de lo que se había convertido en una autopista, indicaba: SEVILLA, CÓRDOBA, JAÉN...

Mirando por el espejo retrovisor sólo había campo, la ciudad había quedado muy atrás y el atardecer pintaba de rojo intenso el cielo, mientras unas luces de neón iban salpicando las orillas de la carretera.

El taxista —no sin antes advertir a Lucrecia Fonseca que habían sobrepasado el espacio urbano, y por tanto la cuenta era bastante más elevada que si se hubiera tratado de una dirección en la ciudad— frenó en seco e indicó el lugar donde, increíblemente, se encontraría su hija.

La oscuridad era casi absoluta en la explanada llena de camiones aparcados anárquicamente. Al fondo, unas luces rojas de una tristeza sórdida indicaban con una flecha la entrada al local del que salía el olor a tabaco negro y a perfume barato. Lucrecia Fonseca ordenó al taxista que esperara en la puerta. El hombre encendió la radio para escuchar el resultado de los partidos de fútbol de ese fin de semana y, fumando, se preparó a esperar, pensando que esa carrera había sido la más rentable de las que había realizado esa semana.

Lucrecia Fonseca empujó la puerta del local y recibió la caricia oscura de un aire denso e insano, saturado de alcohol, sudor y desamparo. Se abrió paso entre los hombres que abarrotaban el lugar, mientras en el aire denso como el plomo sonaba la melodía triste de un bolero.

Con el corazón roto, abriéndose camino, Lucrecia llegó hasta el lugar donde lloraba aquella voz:

Bésame... Bésame mucho...
Como si fuera esta noche la última vez...

Llegó hasta la boca del escenario. Su hija Lucía, vestida de puta triste, interpretaba sin credibilidad aquel bolero, que en otras voces emocionó al mundo. Ni siquiera las miradas de los hombres hacia ella eran de deseo, más bien de burla. Mientras cantaba, sus ojos se llenaron de lágrimas al ver a su madre apoyada en el borde del escenario, a escasos centímetros de ella.

Minutos después salieron del local, tomaron el taxi, y cruzando la noche se dirigieron hacia El Castro. Lucrecia Fonseca acariciaba la cabeza de Lucía, mientras esta, como cuando era niña, se quedaba dormida en el regazo de su madre. Los sentimientos se comunicaron entre una y otra sin necesidad de palabras. No hubo reproches.

Amanecía en la comarca de Vallehondo cuando el taxi paró frente a la casa de Lucrecia Fonseca en El Castro. El pueblo todavía dormía. Sólo algún labrador preparaba los arreos de labranza para irse al campo, y el horizonte de las montañas azules, en contraluz anaranjado y rosa, anunciaba la inminente salida del sol. A partir de entonces, Lucía Aranda Fonseca se quedaría por mucho tiempo viviendo en El Castro.

A Julia y a Juanita Aranda Fonseca, gemelas y dos años más jóvenes que Lucía, se les despertó paralelamente la misma vocación: serían profesoras de lengua.

Su madre las mandó a un internado cercano a los monasterios de Suso y Yuso, cuna de la lengua castellana, consciente de lo importante que era para unas futuras profesoras conocer la lengua desde sus orígenes.

Juanita Aranda Fonseca terminó en unos años magisterio, y encontró trabajo como profesora en una escuela rural en la comarca de Vallehondo, donde conoció a un veterinario joven con el que se casó después de una relación que duró dos meses.

Julia Aranda Fonseca, siguiendo los pasos de su hermana gemela y una vez terminados sus estudios de magisterio, decidió irse a vivir a la capital. Se casó con un músico cubano, y entre el son y la rumba nunca ejerció como profesora, como hubiera deseado su madre, a la que visitaba con cierta frecuencia en El Castro y que compartía la casa con Lucía Aranda Fonseca, llamada cariñosamente por todos «la Artista», debido a su corto pasado como cantante de boleros, y cuyo futuro en el pueblo sería encontrar un buen marido con el que compartir la vida. Un príncipe azul que nunca llamaría a su puerta, a pesar de contar con una celestina, que la informaba puntualmente de cada visitante ilustre que por una u otra razón aparecía muy de tarde en tarde por el pueblo.

Un día llegó al pueblo un coronel del ejército del aire en una visita a las instalaciones de un emisor de señales para la navegación aérea, y cuya estancia sería breve dado lo rutinario de su misión. Lucía Aranda Fonseca, alertada por su celestina de la visita del militar de alta graduación, preparó una estrategia para sentarlo a su mesa esa noche en una cena preparada por ella misma, enviándole una invitación en un sobre de color rosa y perfumado con esencia de espliego que se destilaba en El Castro. El militar declinó la invitación, ya que esa misma noche debería estar en su casa de la ciudad con su mujer y sus hijos.

Lucía Aranda Fonseca guardó su recetario de cocina para mejor ocasión, no sin antes emplazar al militar para compartir su mesa cualquier otro día en alguna de sus futuras visitas al pueblo.

En otra ocasión, fue un diputado por la comarca de Vallehondo el invitado a su mesa, y dada la cercanía territorial, no hubo problemas para el encuentro, aunque la posibilidad de un futuro encuentro se vio frustrada, ya que en uno de los viajes de la campaña electoral en la que participaba el diputado, un accidente de automóvil le dejó inmóvil en una silla de ruedas para el resto de su vida, así que ante tal inmovilidad, el diputado quedó fuera de toda oportunidad de unir su destino al de Lucía Aranda Fonseca.

Un día, a lomos de un caballo blanco, llegó a El Castro un joven bien parecido que, aburrido de ese lugar donde había sido destinado por la administración central como ingeniero agrónomo para llevar a cabo la concentración parcelaria de toda la comarca de Vallehondo, y después de meses de no hablar con una mujer, enterado de la belleza de Lucía Aranda Fonseca, hizo una pasada al trote por delante de su casa. Las cortinas de encaje de la ventana del cuarto de estar que daba a la calle se descorrieron como por casualidad y apareció ella.

Era de una belleza muy poco frecuente por aquellas tierras, y tenía una mirada que le invitaba sin palabras a desmontar del caballo y entrar en la casa. Él comprendió su juego. Y la celestina, al día siguiente, contó a los cuatro vientos que esa noche, en la casa de Lucía Aranda Fonseca, hubo cena, y después de los postres se descorchó una botella de champán guardada para la ocasión, que se derramó escaleras arriba rumbo al dormitorio de Lucía.

Con las primeras luces del amanecer, el caballo blanco y su jinete se perdieron por los caminos de Vallehondo y nunca encontraron el camino de vuelta.

Hubo muchas oportunidades en la vida de Lucía Aranda Fonseca, pero ninguna dio el fruto deseado.

Natalia Aranda Fonseca, la menor de las hermanas, optó por las bellas artes, y su debilidad por la pintura la llevó a plantarse delante de un caballete frente a un lienzo inmaculado y una paleta de colores. Para su primera obra tomó como modelo una calabaza sin la más mínima rugosidad, para evitar la dificultad de la perspectiva y los diferentes matices de la textura. El resultado fue totalmente satisfactorio para ella, ya que hasta el profesor la felicitó por su logro. A partir de ese momento, e incentivada por sus compañeros de clase y sus profesores, decidió seguir con las calabazas como único motivo para sus siguientes cuadros, marcándose retos cada vez mayores.

Con el tiempo, y debido a su «monotema», se hizo una experta en pintar calabazas, y fue colgando sus cuadros por todas partes. Empezó por decorar con ellos el portal de su casa de El Castro, y terminó cubriendo todas las paredes con cientos de calabazas de distintos tamaños, formas, colores y texturas imaginables. Hasta en las paredes de las cuadras colgó sus productos agrícolas, que, dado su realismo, acababan siendo mordidos por los caballos causándoles más de un problema digestivo, poniendo en dificultades al veterinario de Vallehondo hasta hacerles expulsar a las caballerías los trozos de lienzo ingeridos.

Un día, obsesionada por las calabazas, Natalia Aranda Fonseca acabó dando con sus huesos en un hospital para enfermos mentales, donde siguió pintando calabazas por las paredes hasta el día en que, una vez curada de su obsesión, fue dada de alta y regresó a su casa en Vallehondo.

Pedro Aranda y Lucrecia Fonseca envejecieron juntos y murieron el mismo día y a la misma hora, para evitar sentir uno la ausencia del otro, aunque sólo fuera por un segundo.

Ese día, todos sus hijos acudieron al entierro en el cementerio de El Castro, y tal como había sido el deseo de sus padres, después de la ceremonia todos los hijos y nietos se reunieron en el comedor de la casa y, rodeados de cientos de calabazas en las paredes, brindaron por el eterno descanso del alma de sus padres. Después se despidieron para, probablemente, no volver a reunirse... ¿nunca más?

Un carro tirado por cuatro bueyes transportó los cuadros de calabazas pintados por Natalia Aranda Fonseca (que aún seguían decorando cada rincón de la casa de sus padres) hasta su casa en Vallehondo donde vivía junto a su marido, un artesano fabricante de sillas de mimbre, y del que siempre estuvo enamorada —a pesar de la oposición de sus padres— desde que era una adolescente, razón por la cual se casó en secreto y sus padres no fueron invitados a la boda.

30

Era una mañana de mayo. Los vencejos hacían sus vuelos rasantes en torno al campanario de la iglesia y el olor de los árboles en flor del paraíso inundaba el aire. María Alvarado salió de su casa. La calle estaba en silencio. A pesar de que el sol ya estaba alto, caminó despacio hacia el mirador desde donde había visto un día perderse el autobús que se llevó a su hijo, Bruno Martín. Sus pasos desacompasados rompían el silencio de la mañana. Las puertas y ventanas de las casas de sus vecinos estaban cerradas y algún perro callejero cruzaba la calle. Sólo días más tarde supo que en aquella primera salida, no todas las ventanas estaban cerradas. A través de las cortinas de una casa cercana a la suya, alguien espió sus pasos solitarios y deseó —como desde hacía muchos años— salir a su encuentro, abrazarla y contarle las noches en vela en que ella había sido objeto de sus sueños, y el deseo, vertido en su cama, imaginándose abrazado a ella en las noches frías. La vio pasar lentamente frente a su ventana entreabierta, y una vez más sintió el deseo de llamarla, y una vez más se tragó sus lágrimas sabiendo que nunca sería capaz de hacerlo, porque María Alvarado era mucha mujer para un hombre frágil y tímido como él. Se llamaba Juan de Dios Artero, que como su nombre indica, era un santo varón. Campesino como casi todos los hombres del pueblo y solterón como algunos, vivía en una casa situada a pocos metros de la de María Alvarado. Su única compañía era una hermana de su misma edad a la que dedicó su vida cuidándola de una enfermedad.

Un griterío de niños rompió el silencio de la calle. Era el acontecimiento que celebraban los chicos del pueblo cada vez que llegaba —muy de tarde en tarde— un coche a El Castro. El vehículo se detuvo frente a la casa donde vivía la madre de Bruno Martín, mientras los chiquillos, agolpados sobre las ventanillas, impedían la salida de los viajeros.

—¡Es un Mercedes! —dijo el más listillo.

—¡Y mira qué tía más buena! —dijo otro.

Se abrió la puerta del conductor y del interior bajó Bruno Martín, para después ayudar a salir del coche a esa «tía buena», tan rubia y tan alemana, que lo acompañaba en su visita a su madre.

María Alvarado, alertada por el bullicio de los niños, que en unos minutos convirtió la calle en una fiesta, regresó precipitadamente a su casa y se fundió con su hijo en un abrazo que no terminaba nunca.

—Estás muy guapo, Bruno. Y qué bien vestido. ¿Y ese coche? ¡No será tuyo!

La chica permanecía callada esperando a que su novio las presentase, mientras María Alvarado, aprovechando la cercanía del abrazo, preguntó a su hijo al oído quién era esa mujer tan hermosa.

—Es la mujer con la que comparto mi vida desde hace unos meses —contestó Bruno—. Supongo que tendrás noticias de mi ruptura con Amparo Celaya. Es lo que tiene estar separados durante tanto tiempo. El amor se marchita poco a poco y, sin buscarlo, un día aparece con tanta fuerza como si fuera la primera vez, y ya ves. Se llama Sara de Luca, y aunque es alemana de nacimiento, sus padres son emigrantes argentinos residentes en Frankfurt.

»¡Sara! —la llamó Bruno—, quiero presentarte a mi madre, María Alvarado. Y a ti, madre, te presento a Sara de Luca.

Las dos se abrazaron y pronto se quedaron sin palabras.

Sara hablaba una lengua rara, mezcla de español con acento argentino y alemán, que a María Alvarado le parecía exótica, sobre todo escuchada en un rincón olvidado del mundo donde ya el castellano hablado por los habitantes de El Castro dejaba mucho que desear.

Entraron en la casa, mientras en la calle los chicos seguían rodeando el Mercedes rojo de matrícula imposible, y con la nariz pegada a los cristales trataban de adivinar en el salpicadero la velocidad que el coche podría alcanzar en carretera. Alguno acariciaba la estrella del Mercedes y sentía la tentación de arrancarla y guardársela como recuerdo. Poco después, la calle se quedó en silencio. Las luces del alumbrado público se encendieron y María Alvarado, en la cocina, se dispuso a preparar la cena.

El viaje había sido largo y el cansancio había hecho mella en los dos. Después de la cena, María Alvarado les indicó la única habitación, aparte de la suya, en la que podrían dormir esa noche. Sara dio las buenas noches y a duras penas subió las escaleras hasta el dormitorio. Se dejó caer rendida en la cama y se durmió.

Bruno se quedó en la cocina con su madre, hablando de todo lo que en su ausencia había acontecido, así como su experiencia como emigrante en un país lleno de futuro. Le habló de su trabajo en una fábrica de coches que estaba mejor remunerado que el de algunos de los compañeros de El Castro con los que compartía casa a modo de comuna, en espera de conseguir hacerse independientes a medida que mejoraran sus condiciones económicas. Ellos le habían puesto al corriente de las cosas que acontecían en El Castro. La noticia que más le dolió fue la que le abrió los ojos sobre las infidelidades de Amparo Celaya con cualquier hombre que llamara a su puerta. Ella hacía tiempo que no contestaba a sus cartas, y él a su vez también dejó de escribir.

María Alvarado escuchaba con atención a su hijo, y en lo más íntimo de su alma se alegraba de que, aquella mañana en la que fue a visitar a Amparo Celaya, no la recibiera.

Durante su estancia en Alemania, Bruno Martín encontró una mujer con la que esperaba compartir el resto de su vida, y que ahora dormía plácidamente mientras el reloj de María Alvarado marcaba las tres de la madrugada.

Antes de que Bruno se fuera a dormir, ella le habló de Juan de Dios Artero, bien conocido de Bruno, ya que desde siempre habían sido vecinos. Su sorpresa fue grande cuando su madre le informó de una posible relación con él, aunque todavía, dada su timidez, Juan de Dios Artero no había despegado sus labios al respecto, aunque sí sus ojos, ya que la miraba a través de las cortinas de su ventana cada vez que ella pasaba frente a su casa con la seguridad de sentirse admirada. El tiempo fue marcándole arrugas y blanqueando su pelo. El sol del campo le curtió la piel, y a pesar de su edad, cincuenta años, parecía mayor. Sus manos, ásperas como sarmientos, nunca habían tenido la oportunidad de acariciar un cuerpo de mujer, y su sueño era María Alvarado, desde que ella enviudó.

Una mañana, el deseo venció la timidez y Juan de Dios Artero salió de su casa. Apoyado en el olmo que en verano daba sombra a la calle, y desde donde podía observar cada movimiento en la puerta de la casa de María Alvarado, esperó a que ella saliera, o pasara por delante, para decirle todo lo que le quemaba por dentro desde muchos años atrás, aun desde cuando ella era una mujer casada.

El Mercedes de Bruno Martín seguía aparcado frente a la casa de su madre, pero nadie salió de la casa ese día, ni el siguiente. Juan de Dios Artero seguía apoyado en el tronco del olmo. Esperó durante dos días con sus dos noches. El frío de la noche helaba sus huesos, y la lluvia, que durante esos dos días no dejó de caer, le mojó el alma.

Al tercer día de espera, cuando ya era noche cerrada, un haz de luz procedente de la casa de María Alvarado iluminó la calle. Él observó tras el tronco del olmo cómo se abría la puerta de la casa, y a Bruno Martín y su acompañante alemana cargar el equipaje en el coche, despedirse con un abrazo eterno y cálido de María Alvarado, y con un acelerón —que seguro despertó a los vecinos de El Castro— se perdió por la calle embarrada que le conduciría a la salida del pueblo, al que tardaría muchos años en regresar.

La mujer se quedó en el centro de la calle hasta que las luces del coche se perdieron entre las calles tristemente iluminadas de El Castro.

El silencio era absoluto y la luna esa noche no brillaba. Antes de entrar en su casa, y a punto de cerrar la puerta, María Alvarado oyó unos pasos acelerados que llegaban decididos hasta ella, y una voz destemplada y fría como la noche que la llamaba. Ella, como él, esperaba desde hacía muchos años ese momento. Le invitó a entrar. Le obligó a desnudarse para secar sus ropas mojadas de tanta espera. Ella también se desnudó, y desde aquella noche, ninguno de los dos volvió a dormir solo. Él venció su timidez, ella le enseñó todos los secretos del amor, y los dos amanecieron abrazados como un solo cuerpo. Pocos meses después decidirían casarse.

31

La boda de Juan de Dios Artero y María Alvarado no sería como las demás, en las que una mujer soltera se casa con un hombre también soltero. La diferencia en este caso radicaba en que ella era viuda. Y como tantas costumbres existentes en algunos pueblos, en El Castro la tradición mandaba que una mujer viuda o un hombre viudo, al volver a casarse, fueran víctimas de una ceremonia del más alto grado de crueldad y burla hacia los contrayentes.

Una vez que trascendió la fecha de la boda, los mozos de El Castro prepararon a conciencia lo que en el pueblo se conocía por «la cencerrá», una tradición de siglos en la que la pareja se veía sometida, por el hecho de contraer matrimonio, a las más crueles vejaciones.

La gente del pueblo se reunió frente a la puerta de la casa de María Alvarado, donde los novios se preparaban para la ceremonia religiosa que se celebraría en la iglesia del pueblo. Los mozos llevaban atada a la cintura una correa de esparto de la que pendían unos cencerros de los que usaban para los carneros, y que hacían sonar sin tregua moviendo las caderas, mientras en la mano, a modo de incensario, portaban un bozal lleno de excrementos de cabra y boñigas de mula que, encendidos, humeaban llenando la calle de una pestilencia insoportable, mientras los niños hacían sonar cacerolas aporreadas con palos o emitían silbidos propios de pastores, y las mujeres esperaban el momento de ver salir a los novios de la casa, para apoyar con sus risas y gritos de burla la cencerrá, que cada vez, y a medida que se acercaba la hora de la ceremonia en la iglesia, arreciaba con el sonido de cientos de cencerros, latas y campanillas de las que usaban los burros en la fiesta de San Antón —cuando el cura, en la puerta de la iglesia, distribuía panecillos de anís para los animales—, y que los niños ataban a su cintura emulando a los mozos. El cielo se llenaba de un olor insoportable producido por el humo incesante de los incensarios de boñigas, cuya humareda hacía irrespirable el aire que ascendía hasta la ventana de la habitación donde los novios se vestían para su boda. El ruido de la calle era ensordecedor.

De pronto, se abrió la ventana del dormitorio y apareció María Alvarado vestida de negro y con un orinal en la mano, cuyo contenido lanzó sobre las cabezas de los asistentes a la ceremonia de la cencerrá, lo que provocó los insultos más hirientes hacia ella y su acobardado novio, que a punto estuvo de arrepentirse, anular la boda y escapar de la casa por la parte trasera saltando la tapia del corral.

El griterío de los niños, los silbidos y el ruido atronador de los cencerros llegaban a su punto más insoportable, cuando la puerta de la casa se abrió y aparecieron los novios dispuestos a emprender su vía crucis hasta la iglesia.

No había invitados a la boda. El gran ausente fue Bruno Martín, hijo de María Alvarado, al que su madre había querido evitar ese momento que habría supuesto el más amargo de su vida. Mientras caminaba del brazo de Juan de Dios Artero camino de la iglesia, lloró lágrimas de ausencia por él y celebró haberle evitado aquel calvario.

El único acompañamiento fue la comparsa que no cesaba en insultos, ruidos de cencerros y el humo de los incensarios, obligando a los novios a aspirar su olor pestilente al acercárselo hasta casi rozar sus caras.

Recorrieron un tramo de la calle cogidos del brazo, y pasaron junto al olmo en el que Juan, tantas veces, y desde hacía tantos años, había esperado soportando el frío y la lluvia para ver pasar a María. Unos metros más adelante, donde la calle se estrechaba, les esperaba la siguiente sorpresa. Dos carros atravesados cortaban el tráfico de personas, y el único espacio que quedaba libre estaba intencionadamente embarrado. Los novios tuvieron que pasar sobre el lodo. Con sus trajes sucios y agarrados de la mano, llegaron a la iglesia mirando al frente con una gran dignidad; allí el cura los esperaba para celebrar la boda. En ese momento se fueron apagando los gritos y el ruido imposible de los cencerros.

Antes de entrar en el templo, María Alvarado volvió la mirada hacia la gente, a la que hubiera querido perdonar en nombre del amor que lo perdona todo, pero no pudo. Y del brazo de Juan de Dios Artero, entró en el templo para minutos después salir casada con un hombre bueno, junto al que había vivido uno de los momentos más humillantes de su vida.

Al volver a su casa, limpiaron el barro de sus zapatos y lavaron sus trajes de novios. María Alvarado dobló después su mantilla de encaje negro, y la guardó junto con la peineta de carey que no pudo lucir en la ceremonia. El amor ocupó el resto de la noche.

A la mañana siguiente cerraron la puerta de su casa, y los dos, cogidos de la mano, llegaron a la plaza de la iglesia, donde tomaron el autobús de línea y se marcharon en busca de un lugar lejos de El Castro, para no volver nunca más.

Y de nuevo, la hierba y el olvido formaron un jardín vertical y silvestre sobre la pared de la casa hasta cubrirla y encaramarse al tejado.

Nunca se supo en El Castro nada más de ellos, pero en la calle, frente a la casa de María Alvarado, perduró durante años un olor a excrementos de caballerías, a incultura y a odio, que ni la lluvia incesante de mil inviernos lograría borrar.

Años después, en su casa —heredada por su hijo Bruno Martín—, un cartel medio oculto entre las hierbas que tapizaban la pared anunciaba: SE VENDE. Nadie se interesó nunca por ella, permaneciendo durante años medio oculta bajo la maleza.

32

Claudio Pedraza y Rebeca Salinas envejecían esperando noticias de sus hijos, que ya, incluida la pequeña Pilar, hacía unos años se habían marchado de El Castro, y que cada año por Navidad venían a visitarlos. La casa nunca había estado tan vacía, y sólo los recuerdos de los que ya no estaban daban sentido a sus vidas junto a los acontecimientos más o menos relevantes que sucedían en el pueblo con escasa frecuencia.

Sólo en esas fiestas la casa se llenaba de alegría con el regreso de los hijos que en diferentes lugares disfrutaban una forma de vida mejor que la que hubieran encontrado de haberse quedado en El Castro.

En aquellos años, y por no dejar demasiado tiempo sola en la casa a Rebeca Salinas, Claudio Pedraza, que en otro tiempo la pisaba sólo a las horas de comer, dormir o amar —gracias a lo cual había engendrado cuatro hijos—, pasaba más tiempo frente al fuego en el invierno, o sentado al fresco en el banco junto a la puerta de la casa en las noches cálidas del verano, hablando de cualquier cosa, aunque el final de todas sus conversaciones terminaba con el recuerdo de los hijos.

El acontecimiento de la cencerrá fue sin duda por unos cuantos días el tema de conversación de todos los habitantes de El Castro.

—¡Qué pueblo este! —comentó esa noche Claudio Pedraza mientras tomaba el fresco en la puerta de su casa junto a Rebeca Salinas, que inmediatamente tomó partido por María Alvarado.

—No hay derecho —contestó Rebeca— que a una mujer, por el hecho de ser viuda, se le niegue el derecho a casarse como quiera y con quien quiera.

—Sí —dijo, convencido, Claudio Pedraza—, pero son las costumbres de estos pueblos y para la gente, tan escasa de espectáculos por estas tierras, no deja de ser una buena ocasión para dar rienda suelta a su parte más salvaje.

En las puertas de los vecinos las conversaciones versaban sobre lo mismo. El nivel de las voces iba subiendo de tono en cada uno de los grupos a medida que la noche avanzaba y la luna —a falta de un alumbrado público suficiente— alumbraba la calle mientras los niños, a pesar de la hora, jugaban al escondite metiéndose bajo la saya de sus madres o en el hueco podrido del tronco de un olmo, un sitio tradicionalmente seguro donde esconderse.

—Hay costumbres que deberían desaparecer —dijo Rebeca—, sobre todo en estos tiempos, cuando se supone que hemos aprendido otro tipo de comportamiento un poco más civilizado.

—Pues ya ves, seguimos igual que hace treinta años —dijo Claudio mientras se le escapaba un bostezo y empezaba a rondarle el sueño.

—¿Y qué pasó hace treinta años? —preguntó, intrigada, Rebeca, sin caer en la cuenta de lo que había querido decir su marido.

—¿No te acuerdas? —respondió Claudio, jugando al sabelotodo.

—Pues no, no me acuerdo —repuso Rebeca, sacando a pasear su genio ante la risilla maliciosa de su marido.

—Claro —comentó con cierta sorna su marido—, es que eres muy joven para acordarte de aquello. Yo, como soy más viejo que tú, me acuerdo de aquel pobre desgraciado. Era un pastor que vivía a las afueras de El Castro, en la parte más alta del pueblo. ¿No te acuerdas?

—Sí, algo recuerdo, aunque no sé cómo se llamaba —contestó Rebeca tratando de sonsacar a Claudio más detalles de los que él le servía con cuentagotas y que ella conocía perfectamente, y lo único que pretendía era demorar un poco más la hora de irse a la cama.

—¿No tienes sueño? —dijo Claudio poniendo a Rebeca en el disparadero—, son casi las dos de la madrugada, y mañana tengo muchas cosas que hacer.

—¿Qué tienes que hacer mañana? —le dijo su mujer—. Los jubilados no tienen obligaciones, y recuerda que tú eres ya un jubilado. Así que no me busques más las cosquillas y termina esa historia, antes de que me dé a mí también el sueño.

—Bueno, mujer, no te enfades; aunque si te digo la verdad, me gusta verte enfadada, estás más guapa.

—¿Verme? Ya, sobre todo con esta oscuridad de calle —dijo Rebeca con un punto de coquetería—. Si viviera mi padre, este pueblo sería un ascua de luz. El Castro debería ponerle un monumento a Evaristo Salinas por todo lo que hizo por el alumbrado público de estas calles. Pero... cuenta lo del pastor —insistió Rebeca, apurando a su marido—. ¿Cómo fue lo de la cencerrá con la que sorprendieron a aquel pobre hombre?

—Pues verás —empezó Claudio Pedraza—. Era un hombre viudo y se quiso casar con una mujer de otro pueblo cercano a El Castro. Y cuando los mozos se enteraron de la boda, fueron a su casa cuando estaba a punto de salir hacia la iglesia, lo agarraron en volandas, lo subieron en un carro y lo empujaron cuesta abajo hasta que el vehículo fue a estrellarse contra un muro de piedra, saliendo despedido por lo menos a una distancia de veinte metros, y de milagro no le pasó nada, sólo un brazo en cabestrillo con el que tuvo que ir a la iglesia a casarse. Porque a pesar del golpazo, dijo que se casaba y se casó, aun molido de dolores.

Rebeca Salinas lo escuchaba con atención hasta que en un respingo se quedó dormida sobre las piernas de su marido.

—¡Rebeca, que te duermes! Vamos a dormir.

—Sí, vamos a dormir —dijo ella en un lenguaje ininteligible, mientras se dirigía como un autómata escaleras arriba camino del dormitorio.

Después de cerrar con llave la puerta de la casa, Claudio Pedraza la siguió bostezando hasta la cama. El amanecer estaba cerca cuando los dos se fueron a dormir y la luna seguía iluminando la calle, ya vacía.

33

Un día llegó a El Castro un camión cerrado y pintado de negro. En los costados, un rótulo con letras doradas desvelaba el negocio al que se dedicaba su dueño:

RUFO CONDOTTI — ANTICUARIO

Se instaló en la plaza a la sombra de un árbol del paraíso. Un hombre vestido de negro con un chaleco de brocado dorado sobre una camisa negra, pantalón negro, zapatos de charol y sombrero de hongo, descendió de la cabina y, sin cruzar una palabra con nadie, cerró la puerta del camión y se dirigió al ayuntamiento, situado al otro lado de la plaza.

—Vengo a solicitar el permiso de compraventa ambulante de antigüedades —dijo Rufo Condotti mientras descubría su cabeza frente al alcalde, Cipriano Borrego, y el pregonero, Faustino Lebrero, que inmediatamente tomó su trompetilla de latón que colgaba de un clavo en el despacho del alcalde y se dispuso a recorrer el pueblo, esquina tras esquina, anunciando la llegada al pueblo de un anticuario dispuesto a comprar todo lo que ya no sirviera para nada: muebles viejos, objetos de metal, relojes, cuberterías de plata en desuso...

Los habitantes de El Castro, al oír al pregonero, se lanzaron al desván de sus casas en busca de algo que vender a buen precio y que hacía años no tenía ningún uso, y lo único para lo que servía era para estorbar. Las calles se llenaron de gente transportando hacia la plaza todo tipo de objetos, como calderos de cobre, que en otro tiempo sirvieron para cocer las cebollas para la matanza del cerdo o para cocer las morcillas; otros, ayudados por sus vecinos, transportaban a lomo de un burro una mesa tocinera, una banca de madera de cerezo heredada de algún familiar, imágenes talladas en madera policromada, candelabros de plata propiedad de algún indiano que en su día hizo las Américas, cuadros de vírgenes con expresión de éxtasis en sus rostros firmados por artistas españoles de la escuela de Zurbarán, jarras de cobre procedentes de Italia, bargueños del siglo XVII, alfombras, bandejas de cerámica de Manises, alambiques de cobre, libros antiguos, herencia de algún hombre letrado de El Castro, relojes de pared con años de silencio o algún piano viejo comido por las termitas cuyas teclas de marfil el tiempo había vuelto amarillas.

En sólo unas horas, el camión de Rufo Condotti se llenó hasta no caber un alfiler. Y como la riada de gente hacia la plaza con sus objetos más variopintos para vender era interminable, ese mismo día el anticuario se vio obligado a adquirir prestado un corral con puerta a la plaza donde almacenar un botín como el que jamás había imaginado, tanto por la cantidad de piezas como por el gran valor de algunas de ellas.

El sol empezó a descender sobre la comarca de Vallehondo. Por la mañana, el anticuario volvería a abrir su negocio y se quedaría a pasar la noche en el hostal de El Castro, pero hoy debería dejar a buen recaudo su improvisado almacén lleno de obras de arte que poco a poco iría distribuyendo hacia distintos destinos en la ciudad. Pagó una buena cantidad a un joven del pueblo para guardar de los ladrones el almacén por esa noche.

La estancia de Rufo Condotti en El Castro, que en principio estaba prevista para un día, se prolongó en el tiempo, dado que en la comarca de Vallehondo se fue corriendo la voz de su presencia. Los caminos hacia El Castro se llenaron de caravanas de gente que, a lomos de mulas, burros o en carros, transportaban todo tipo de cachivaches para ofrecer al anticuario, que, ante tal avalancha, hubo de improvisar un despacho de urgencia en un rincón del almacén, con un contable que llevara las cuentas y una relación de los objetos recibidos con su número de archivo, ordenados en unas carpetas rojas y azules que, ante tal cantidad, hubo que ordenar en anaqueles por orden alfabético.

Dado que las piezas seleccionadas por Rufo Condotti

eran de un gran valor, no tenía la más mínima dificultad en colocarlas en las mejores tiendas de antigüedades de la capital, e incluso exportarlas para ser vendidas en otros países. Así pues, las idas y venidas con su carga a los diferentes destinos que sólo él conocía eran constantes, cosa que hacía al menos una vez por semana.

La afluencia de gente desde todos los rincones de la comarca seguía siendo tan incesante, que Rufo Condotti pensó que el camión con el que trabajaba se le estaba quedando pequeño. Así que encargó uno con una capacidad de carga diez veces mayor que la del pequeño camión con el que había trabajado hasta ahora, y que quedó relegado a oficina y vivienda provisional.

Rufo Condotti se fue acostumbrando a vivir en El Castro y trabando amistad con sus habitantes. Construyó una gran nave para mayor seguridad de sus piezas, y, adosada a ella, una casa donde vivir, que, aunque no excesivamente grande, sí era suficiente para albergar a un solterón y recibir de cuando en cuando alguna visita para romper con la monotonía de comprar y vender antigüedades, o disfrutar de otros placeres que no fueran la simple contemplación de sus obras de arte.

La casa disponía de dos salones en la planta baja donde recibir, más un cuarto de estar. Y todos con chimenea, pues los inviernos en El Castro eran fríos hasta bien entrado el mes de abril, en que la primavera ponía colores en los campos y geranios en las ventanas.

Al final del pasillo, un comedor con un mirador a un pequeño jardín situado en la parte posterior de la casa; allí plantó un cerezo, algunos rosales de cien hojas —muy comunes en los huertos de El Castro— y una parra de uvas moscatel de las que se cultivaban en el pueblo y que trepaban por las paredes de la mayoría de las casas. Comunicando con el comedor, una cocina formando parte de la zona de servicio con salida al jardín. La planta superior la ocupaban tres dormitorios con balcones de hierro forjado a la plaza y cuajados de geranios que florecían en los meses más calurosos del año.

Poco a poco, la calma empezó a llegar a El Castro después de la afluencia masiva de gente de cualquier sitio y con todo tipo de antigüedades para vender. La situación económica de Rufo Condotti era privilegiada debido a su intenso trabajo. A menudo recordaba otros tiempos en los que era, simplemente, Rufo.

A la hora de comprar algún objeto, se fue haciendo cada vez más selectivo, tanto en la calidad como en la antigüedad real de las piezas. Afinaba más en el precio calculando por encima las ganancias que debía obtener al venderlo en las tiendas de sus más selectivos clientes.

Rufo Condotti había conseguido triunfar en los negocios, había construido una gran casa donde vivir el resto de sus días, y surtía de obras de arte a las más prestigiosas tiendas del país. Pero no tenía a su lado una mujer con la que compartirlo todo.

En ocasiones, con motivo de sus paseos diarios por los caminos de Vallehondo, bordeados de olmos, chopos y árboles del paraíso, se había cruzado con una mujer morena que, acompañada por una sirvienta, recorría cada día el mismo camino pero en dirección contraria, cuya mirada, al cruzarse con la de Rufo Condotti, denotaba una cierta invitación que él percibía en cada encuentro que ambos propiciaban, cada vez con más frecuencia.

Su saludo, al principio como una pura fórmula de cortesía, cada vez más cercano y afectuoso, llegó a convertirse en algo con un matiz más personal. En esos momentos, la sirvienta se retiraba simulando buscar florecillas silvestres en la orilla del camino, observando con el rabillo del ojo el transcurso de cada encuentro de su señora con el anticuario.

Un día, en uno de esos encuentros «casuales», decidieron presentarse.

—Me llamo Rufo Condotti y soy el anticuario de El Castro; vivo en la plaza, frente al ayuntamiento.

—Yo soy Lucía Aranda Fonseca —dijo ella— y he oído hablar mucho de usted y de cómo su negocio ha ido viento en popa desde su llegada a El Castro. Vivo en la calle de la iglesia; espero que algún día tenga a bien visitarnos.

—Sería un placer; al menos tendría la oportunidad de hablar de algo interesante con alguien inteligente, como estoy seguro lo es usted.

—Pues no se hable más. ¿Cómo tiene su agenda para estos próximos días? —preguntó con cierta sorna Lucía Aranda, sabiendo de la escasa actividad social en El Castro.

—Bueno, tendré que consultarla —dijo el anticuario, aparentando ser un hombre muy ocupado.

—Bien, espero su respuesta lo antes posible, ya que en casa recibimos con cierta frecuencia. En todo caso, lo primero es la hospitalidad debida a alguien como usted, que no es de este pueblo y merece ser atendido como un vecino muy especial.

—Agradezco su invitación, Lucía. Seguro que pronto tendremos la oportunidad de coincidir en su casa y compartir un tiempo con su familia. Porque no vivirá sola, ¿verdad?

—No, no vivo sola. Me acompaña una tía y algunas personas de servicio que hacen que siempre me sienta acompañada —contestó Lucía, dejando claro la clase de familia a la que pertenecía.

—El Castro es un lugar demasiado tranquilo y alejado del resto del mundo, por eso no habría sido necesaria su presentación. He oído hablar mucho de usted y de su belleza, aunque creo que esos comentarios no le hacen justicia. Es usted mucho más bella de lo que había imaginado.

Lucía Aranda Fonseca sonrió fingiendo timidez y en un susurro, casi imperceptible para Rufo Condotti, le dio las gracias.

Mientras hablaban, un trueno conmovió toda la comarca de Vallehondo y unas nubes negras amenazaron lluvia.

—Hay que volver al pueblo —dijo Lucía, temiendo que la lluvia llegara de un momento a otro.

—¿No le gusta la lluvia? —preguntó Rufo mientras unas gotas caían suavemente sobre el camino de tierra.

—Bueno… Ella, que es una mujer precavida —refiriéndose a la mujer que asiduamente la acompañaba—, y que sabe cuándo va a llover o cuándo va a hacer viento, ha traído un paraguas. Pero resultaría pequeño en caso de ser necesario para albergar a tres personas. Claro que ahí cerca existe una choza que los pastores usan en casos como este, si es que llueve. En ocasiones pasan semanas enteras durmiendo en ellas mientras su ganado descansa también en el aprisco, esperando el amanecer para pastar de nuevo por los campos.

El olor a tierra mojada inspiraba especialmente a Rufo Condotti, quien en un gesto protector hacia Lucía Aranda, la tomó por la cintura mientras la lluvia caía lentamente levantando un polvillo en el camino de tierra, y la criada se disponía a protegerla con su paraguas. A lo lejos, El Castro quedaba envuelto en una neblina que lo hacía casi invisible.

Los tres volvieron a toda prisa al pueblo. La lluvia cada vez caía con más fuerza sobre la cabeza de Rufo Condotti, mientras Lucía Aranda y su dama de compañía se protegían con el paraguas.

Por fin llegaron a El Castro. Rufo Condotti regresaría a su casa después de acompañar a Lucía y su criada a la suya. Quedaba pendiente ultimar el momento social del encuentro.

Al despedirse en la puerta de la mujer, y ya sin la presencia de su «sombra», le recordó:

—Queda pendiente la cena el día que te… que le venga bien —dijo, acelerada—. Conservo una receta heredada de mi abuela materna, y que cocino yo misma, que puede entusiasmarle.

Esa noche ninguno de los dos logró conciliar el sueño. Él pensaba en ella y en su belleza. Ella pensaba que él podría ser su última oportunidad de conseguir un marido, y no necesariamente por amor.

La sirvienta sólo soñó con difundir a toda velocidad, por todo el pueblo, la noticia del encuentro entre su señora y el anticuario.

Al día siguiente, en el ya habitual encuentro a la hora del paseo, y después de saludarse de una forma algo más afectiva que el día anterior, con un cierto carácter de urgencia que Rufo Condotti no llegaba a comprender, Lucía Aranda sugirió —aunque sonó más a una imposición— el día del encuentro, y de una forma tan forzada que al anticuario no le quedó otra opción que aceptar.

—Queda formalmente invitado a una cena en mi casa el próximo viernes a las nueve de la noche —dijo Lucía con grandilocuencia, como si aquella invitación de cortesía fuera el principio de una historia que ella deseaba que pudiera terminar en boda, considerando la mirada y los gestos apasionados que en el escaso tiempo de conocerse había percibido de Rufo Condotti.

34

La casa de Lucrecia Fonseca se llenó de luz. Los criados, en un ir y venir incesante, quitaban el polvo de las lámparas y de la balaustrada de metal de la escalera, enceraban los muebles del portal y sacaban lustre a las bolas de bronce de los morillos de la chimenea. Sacudían el polvo a las alfombras y abanicaban el aire con matamoscas para evitar cualquier insecto cerca de la mesa del comedor donde lucían los candelabros y brillaba la plata de los cubiertos y las bandejas en las que se serviría la cena.

Ante la invitación de Lucía Aranda Fonseca a una cena, a la que asistiría un invitado tan especial como Rufo Condotti, anticuario de El Castro y persona influyente en la vida social del pueblo, todos sus hermanos, con sus correspondientes parejas e hijos, acudieron desde todos los puntos del país, pensando que, dada la importancia que Lucía Aranda Fonseca daba al acontecimiento, debía de tratarse de algo tan serio como la petición de mano de la «tita Lucía».

El primero en llegar fue el hermano mayor, Joaquín

Aranda Fonseca, con su mujer, después de haber dejado a sus encargados por dos días el control de la bodega. Hacía más de tres años que no visitaba la casa de sus padres.

La segunda en llegar fue Ernestina Aranda Fonseca, dispuesta a alegrar la velada interpretando música antigua con su flauta travesera. Llegó acompañada por su marido, al que la familia no conocía todavía, ya que era un chino con el que Ernestina se había casado por poderes no hacía mucho tiempo; acababan de empezar a vivir su vida en común en la ciudad, y aprovechaba esta ocasión para presentarlo a su familia.

Después llegó a El Castro Julia Aranda Fonseca, cuarta de los hermanos, que llegaba desde la capital acompañada de su marido, un músico cubano al que conoció hacía unos cuantos años y que traía colgada al hombro una guitarra suponiendo que en la fiesta no estaría de más acompañar a Lucía Aranda Fonseca en la interpretación de algún bolero para amenizar la sobremesa.

Natalia Aranda Fonseca llegó a la casa acompañada de su marido desde su pueblo, en la comarca de Vallehondo, y luciendo un vestido estampado de calabazas de todos los tamaños y colores.

Finalmente, y con unas horas de retraso, llegó a El Castro Juanita Aranda Fonseca, gemela de Julia y procedente de un pueblo de la comarca de Vallehondo cercano a El Castro; ese día dejó en su escuela una suplente y llegó con su marido, un veterinario rural, el cual dejó sus coordenadas por si se le necesitaba, pero sólo en caso de vida o muerte.

Sin embargo, hoy era un día de fiesta para la casa. Lucía Aranda Fonseca se probaba vestidos frente al espejo esperando la opinión de sus hermanas. Su hermano, entretanto, recorría las cuadras vacías que él recordaba llenas de caballos, yeguas y potrillos atendidos por los mozos de mulas, ausentes desde la muerte de Pedro Aranda, su padre.

La cena, cocinada siguiendo al pie de la letra la receta de la abuela, estaba casi a punto de ser servida. La mesa, vestida con mantel y servilletas de hilo. Los candelabros de plata, al igual que la cubertería, brillaban como si se estrenaran esa noche, y las velas encendidas esperaban la llegada de los comensales.

La luz de la tarde se fue apagando y los faroles del alumbrado público se encendieron tenuemente, iluminando la puerta de la casa.

Mientras Rufo Condotti guardaba en la caja fuerte —donde custodiaba las piezas más valiosas que iba adquiriendo— un relicario de plata que el cura le había vendido para atender las necesidades de restauración de la iglesia, en la casa de la familia Aranda Fonseca el reloj pasaba en más de una hora la acordada con el anticuario para la cena, de la que el invitado se había olvidado por completo. Los miembros de la familia Aranda Fonseca, vestidos como para una boda, esperaban impacientes su llegada, mientras la cena en sus bandejas iba pasando del calor al templado y del templado al frío, y el maquillaje en las caras de las mujeres se iba cuarteando a la vez que se apagaba el brillo del carmín en los labios de Lucía Aranda Fonseca y sus hermanas, que empezaban a dudar de la seriedad, dada su impuntualidad, de Rufo Condotti.

Por fin, y después de una larga espera, el llamador de bronce de la puerta sonó como llamando a rebato. Lucía Aranda Fonseca, con la mejor de sus sonrisas, salió a recibirle. Él pidió disculpas por el retraso y besó la mano de Lucía. Ella sintió ruborizarse mientras le hacía pasar al comedor donde, sentados y con las caras ajadas por la espera, se encontraban los comensales a los que se dispuso a presentar:

—Mi hermano Joaquín, Rufo Condotti. Mi hermana Ernestina, Rufo Condotti. Mi hermana Julia, Rufo Condotti. Mi hermana Juanita, Rufo Condotti. Mi hermana Natalia, Rufo Condotti. Y mi tía por parte de madre.

La presentación de los cuñados la resolvió de un plumazo:

—Ellos, los maridos de mis hermanas, y ella, la esposa de mi hermano.

Rufo Condotti no sabía de la existencia de una familia tan numerosa. Más bien creía que la única heredera de la supuesta fortuna de los Aranda Fonseca era ella, Lucía Aranda Fonseca, y tal desconocimiento hizo que la conversación entre los comensales no fluyera de forma natural, ya que también entre ellos hacía años que no se veían desde la muerte de sus padres, y sólo habían acudido a la cita pensando que el acontecimiento era algo más importante que una invitación de cortesía al anticuario Rufo Condotti, con la intención, por parte de su hermana Lucía, de un primer contacto como preámbulo a lo que —en su imaginación— podría llegar a ser en el futuro una relación más profunda.

Durante la cena, se miraban unos a otros como preguntándose por el motivo real de esa reunión. Rufo Condotti comía como si no lo hubiera hecho nunca, y el vino pintó sus mejillas y soltó su lengua:

—¡Cómo ha cambiado El Castro!

Todos se miraron al escuchar las palabras de Rufo Condotti haciendo alusión al pueblo al que, supuestamente, había llegado por primera vez hacía tiempo y, sin embargo, el tono de sus palabras contenía una profunda dosis de nostalgia.

A Lucía, como a los demás comensales, le sorprendió el comentario con el que quizá empezaba a desnudarse la verdadera identidad de Rufo y, en un momento de la conversación, se arriesgó a preguntarle:

—¿Qué quería decir cuando ha hablado de que el pueblo había cambiado?

—No tiene importancia —contestó él.

—Si usted ha observado ese cambio, supongo que será con respecto a otro tiempo en el que el pueblo era diferente.

Rufo Condotti, evadiendo la pregunta, volvió a ponderar aquella cena en que la cocinera había estado tan inspirada, y la compañía de su familia había sido tan grata que le hizo sentirse como entre los de su misma raza.

—¿Su misma raza? —dijo Lucía, sorprendida por el término usado—. ¿Qué quiere decir?

—Bueno, quiero decir que nuestras familias vienen de clases diferentes, formas de vida diferentes, costumbres diferentes y normas diferentes de comportamiento. En una palabra, de educación diferente.

—Pero eso nada tiene que ver con la raza —repuso Lucía Aranda Fonseca.

—Tiene mucho que ver —dijo el anticuario.

—Entonces me gustaría que me explicara en qué consiste la diferencia entre su raza y la mía.

Todos los comensales escuchaban asombrados a Rufo mientras Lucía Aranda Fonseca requería una explicación que el anticuario debería dar.

Rufo Condotti buscaba la forma de empezar su historia que, seguro, sorprendería por lo inesperada a Lucía y al resto de la familia Aranda Fonseca que, en silencio, lo escuchaban.

Fue ella quien, tomando la iniciativa y dejándose llevar por los recuerdos, se anticipó a la historia que estaba a punto de empezar a contar el anticuario.

—Es cierto que el pueblo es diferente al que yo conocí —dijo Lucía—. O quizá seamos nosotros los que hemos cambiado, hasta el punto de ver desde otra perspectiva el mundo en el que hemos vivido, por lo que al pasar el tiempo todo llega a parecernos distinto, y las pequeñas imágenes de la infancia, aun siendo insignificantes, se agrandan con el paso de los años y se graban en la mente y en el corazón hasta adquirir dimensiones capaces de ocupar parte importante de nuestros recuerdos.

Rufo Condotti la escuchaba volando junto a ella también a su infancia, identificando algunos de los recuerdos de Lucía Aranda Fonseca con los suyos y recordando con ella el camino de las cuevas donde, según Lucía, «los gitanos cantaban en las noches de verano, mientras los habitantes del pueblo escuchaban sus canciones desde uno de los miradores».

—Fue entonces cuando me aficioné a la música, y más concretamente al flamenco que esos gitanos cantaban como los ángeles —dijo Lucía—. Eran gente alegre capaz de cantar su pena más honda y llorar de alegría cuando en las mañanas el sol volvía a iluminar su camino, o cuando llegaba al mundo un nuevo churumbel. Pero el pueblo era injusto con ellos por el hecho de ser gitanos, lo que hacía que ellos, tratando de molestar lo menos posible, buscaran lugares alejados de la gente donde vivir tranquilos, cantar, tener hijos.

»Los gitanos no iban a la escuela. Se pasaban el día de puerta en puerta de las casas vendiendo algo, pidiendo comida o echando la buenaventura a cambio de unas monedas. Y cuando la gente no era muy generosa con ellos, les echaban unas maldiciones del tipo: «Así te veas *colgao* del ojo como la sartén», y cosas así, que la gente interpretaba con cierto sentido del humor.

»Un día, en el que un señorito de figura estilizada y traje de paño observaba sus propiedades campestres a través de sus prismáticos desde el mirador, al acercarse la gitana demandándole un real a cambio de colocarle una ramita de romero en el ojal de su chaqueta, no solamente le negó la moneda solicitada graciosamente por ella, sino que le negó hasta la mirada. Entonces la gitana, que sí le miró de frente y a los ojos, le dijo: "Ande, *usté*, tío seco. Que con ese cuerpo, cuando se muera van a tener que meterle en la caja hojas de morera *pá* que coman los gusanos".

Rufo escuchaba a Lucía Aranda y viajaba con ella a un pasado que, sin saberlo, habían compartido. Porque uno de esos gitanos de los que hablaba Lucía, a los que había visto pedir comida, robar las hortalizas de los huertos cercanos a las cuevas, cantar flamenco a la luz de la luna en las noches cálidas de verano o pasear por el pueblo exhibiendo la zorra a cambio de unas monedas, se llamaba Rufo, y desde niño sólo tuvo ojos para ella, la hija de don Pedro Aranda y Lucrecia Fonseca, terratenientes de El Castro. Él, un niño gitano, que siempre silenció el amor que sentía hacia ella, y ella, una niña paya. Dos clases sociales diferentes, dos culturas opuestas y siempre distantes, dos razas distintas e incompatibles como el agua y el aceite, para las que compartir el amor y el matrimonio estaba vedado.

Rufo Condotti hizo conocer su historia a Lucía Aranda

Fonseca, que no podía creer lo que él le contaba, porque ella nunca tuvo noción de la existencia en el pueblo de ese gitano del que él hablaba, que no conciliaba el sueño pensando en ella y que silenció siempre sus sentimientos ante su propia familia porque nunca lo habrían admitido, y lo interpretarían como una traición a la tradición gitana.

A medida que Lucía escuchaba la historia de Rufo, su mirada se iba apagando, y el hombre elegante, anticuario, impecablemente vestido y de una gran solvencia económica, poco a poco se iba desnudando de sus atributos, y a sus ojos se fue convirtiendo en Rufo a secas. Un antiguo gitano de las cuevas.

Ella había esperado toda su vida compartirlo todo con un hombre indiscutiblemente de buena posición económica como primera condición, cualidad que claramente poseía Rufo Condotti, y que fue en principio lo que a ella le atrajo de él, ya que se trataba de asegurarse el futuro al lado de alguien que pudiera cubrir sin dificultad el coste de sus más excéntricos caprichos, y desde luego, lo más importante: saber que venía de «buena familia» de la que poder hablar sin complejos y de la que no tener por qué avergonzarse. Para ella, descubrir tras su aspecto elegante, rico y triunfador, a un gitano, fue un motivo suficiente para reivindicar su clase social frente al pasado marginal de Rufo, lo que hacía incompatible su relación.

—Mi padre hubiera preferido verme muerta a casada con un gitano —dijo Lucía.

No hacían falta más palabras. Aquella conversación había terminado. Rufo Condotti sintiendo que había sido utilizado por Lucía únicamente por su situación económica, se levantó de la mesa, se despidió de todos y se marchó.

Esa misma noche, todos los hermanos, sorprendidos por el deselance de ese encuentro, no quisieron permanecer ni un minuto más en aquella casa y desaparecieron de El Castro sin que Lucía Aranda Fonseca tuviera tiempo para despedirse de ellos.

Una vez más quedaba frustrado un nuevo intento de Lucía para encontrar al hombre que afianzara su dudoso futuro. Parecía estar predestinada a quedarse enternamente soltera.

35

El pregonero, trompetilla en mano, volvió a recorrer el pueblo pregonando la llegada a El Castro de la Compañía Nacional de Teatro. La obra a representar era *La moza de cántaro* de Lope de Vega. En esta ocasión, y dado que era verano, la representación tendría lugar en la plaza del pueblo. Y una vez más, la gente, con sus sillas bajo el brazo, llegó de forma atropellada tratando de ocupar los mejores sitios cerca del escenario. En cada bocacalle con entrada a la plaza, un actor de la compañía cobraba la entrada hasta llenar el aforo. Los balcones de las casas que daban a la plaza se llenaban de espectadores con entrada gratuita, lo que daba al lugar un aspecto de corral de comedias, marco muy adecuado para la representación de una obra clásica. Detrás del escenario, un camerino improvisado con cortinas servía de vestuario a los actores, que eran sorprendidos en paños menores —al cambiarse de ropa para salir a escena— por los espectadores, cuyos balcones estaban situados justo encima del camerino.

Los habitantes de El Castro se identificaban en muchos aspectos con el argumento de la obra ambientada en una sociedad machista donde una mujer decide luchar por sus derechos. A lo largo de la obra, el tema dominante es el amor que todo lo puede, sin que nada ni nadie sea capaz de detenerlo o sustituirlo por otro sentimiento. Los actores se entregaron en su interpretación como si la representación tuviera lugar en un gran teatro de la capital, incentivados con la atención que su obra despertaba entre los espectadores de El Castro, que, una vez terminada la función, aplaudieron hasta romperse las manos por haber escuchado lo que en su interior pensaban que debía de ser un mundo justo de respeto, amor y ruptura con el orden establecido.

Los actores salieron a escena hasta diez veces a recibir tan calurosos aplausos y el público no abandonaba su lugar. La luna rielaba en la superficie del agua de la fuente. *La moza de cántaro* y el nombre de su autor, Lope de Vega, quedaron grabados a fuego aquella noche en la memoria de los habitantes de El Castro.

A quien no le conmovió tanto la obra fue al cura, don Juan Calero, quien, oculto tras una ventana de la plaza, no parecía compartir tanto libertinaje como el que la obra concedía a la moza de cántaro, ya que él las prefería más sumisas y menos libertinas. Como Dios manda, recordando las palabras que él pronunciaba en la ceremonia de las bodas que oficiaba. «El hombre perderá de su derecho para mantener la paz en el matrimonio.» Como si la mujer no tuviera ninguno, que por otra parte, así era. En esa ocasión, el cura no había intervenido en la censura de la obra como hubiera hecho en el caso de haber sido representada en el salón de Justiniano Nazario, que ya estaba en la gloria; solía convencerle para que las representaciones teatrales estuvieran basadas en la vida de los santos y que sirvieran de ejemplo a los habitantes de El Castro. Su misión pastoral se basaba en fomentar vocaciones a fin de llenar de monjas los conventos, lo que conseguía en gran medida. Pero el ayuntamiento de El Castro era más liberal y no aceptaba la censura impuesta por la Iglesia.

Lo que nunca llegó a conseguir don Juan Calero fue llevar a los hombres de El Castro los domingos a misa. Aquella era su guerra perdida.

Uno de los más rebeldes a la llamada del cura a una vida ordenada y piadosa fue Claudio Pedraza, que sólo pisó la iglesia cuando había que arreglar alguna grieta en las paredes, o alguna gotera que cada año provocaban los tordos y las palomas al hacer sus nidos en el tejado o en el campanario.

El cura aprovechaba esas ocasiones para dar un toque de atención a Claudio Pedraza: «Nunca vienes a misa, deberías perderte alguna vez por el confesionario». Claudio, con cara de guasa y dándole la espalda como el que dice: «Déjame en paz», seguía escaleras arriba camino del campanario para llevar a cabo lo único verdaderamente importante que se podía hacer en la iglesia.

El cura se quedaba rojo de ira mirando cómo Claudio Pedraza eludía cada vez más su encuentro sabiendo que nunca se produciría. «Algún día —decía—, cuando tenga tiempo.»

Cada día, al bajar del campanario, Claudio Pedraza llevaba los bolsillos llenos de crías de tordo a punto de escapar del nido, lo que a Rebeca Salinas le resolvía la comida y la cena de varios días, y que sólo una vez al año, época de la cría de los pájaros, podía disfrutar de un manjar tan exquisito como era la carne tierna de las crías de tordo. Sólo un día, Claudio Pedraza no se pudo negar a la petición del cura, con respecto a su visita a la iglesia. Fue el día de su entierro. Ese día no se pudo negar.

36

La Cíngara, aun soportando el peso de los años, un día apareció por el pueblo dispuesta a dirigir un nuevo lupanar, cuya construcción —no sin cierta dosis de nostalgia— sería una reproducción mejorada de la antigua cueva donde ella ejerció el oficio de «samaritana», quitando la vergüenza a los más tímidos y apagando el fuego de los más fogosos y que, aunque muy pasada de años, sería reclamada por los hombres de El Castro. Pensaba que la recordarían como una verdadera experta en cuestiones de sexo, y que sería una buena madame para dirigir con mano firme, y a la vez con la suavidad que requería esa clase de negocio, los encuentros furtivos de los más jóvenes con las chicas previamente seleccionadas por ella, ya que los más viejos se tendrían que conformar con visitar a la Cíngara para hablar del pasado mientras tomaran un café en la barra del pequeño bar.

Pero desde su marcha del pueblo, hacía ya unos cincuenta años, la Cíngara no había vuelto a pasear sus calles. Se cruzaba con gente a la que ya no conocía y que el tiempo había cambiado de aspecto. Quiso visitar la cueva que un día fue su casa. El agua, al filtrarse por la tierra, había hundido parte del techo y había cubierto su antiguo nido de amor por el que habían pasado todos los hombres de El Castro. Hombres con los que, posiblemente, se había cruzado por la calle y no había reconocido, aunque ellos nunca olvidaron su cara, su boca, sus manos de seda y su pelo negro cayendo en cascada sobre su espalda, ni sus caricias, que aún les excitaban sólo de recordarlas después de tantos años.

Vino sola desde la capital después de haber ahorrado algún dinero mientras su cuerpo fue joven, y con la intención de volver a ese camino de las cuevas donde, junto a su gente, vivió su infancia y después su momento de gloria, cuando los hombres de El Castro, guardando cola y en un orden riguroso, esperaban su turno en la puerta de su cueva para yacer con ella. La nostalgia de un tiempo feliz pudo más que su inteligencia, y en esa visita comprobó que El Castro ya no era el mismo, y que aquel pueblo lleno de vida que ella recordaba se había convertido en un rincón del mundo olvidado y sin ningún futuro. Pensó que no era sitio para hacer realidad ese proyecto que ella había idealizado, y sin embargo sintió que ella pertenecía a ese lugar y ahí deseaba volver para vivir de sus recuerdos y morir en él.

Todo el dinero ahorrado durante años en la ciudad quiso invertirlo en una nueva cueva cerca de la que en otro tiempo fue su casa. Sintió cierta pena al llegar y ver el abandono de ese camino bordeado de cuevas vacías cubiertas de hierbas, que un día fueron hogares donde, como si de conejas se tratara, las gitanas parían niños mientras los gitanos fabricaban cestos de mimbre, cazaban gallinas en los corrales más alejados de las cuevas para no levantar sospechas y cantaban flamenco en las noches de luna. Llegó sin el hermano con el que un día salió de El Castro y que fue su sombra mientras ella trabajaba en un club de la ciudad ganándose la vida de los dos, hasta que un día un mal «muy raro» se lo llevó. Entonces supo cómo era la soledad, y su compañía no le gustó.

El resto de sus hermanos nunca quisieron saber nada de ella dado el oficio al que se dedicó durante toda su vida. Al verse tan sola en esa ciudad a la que nunca llegó a acostumbrarse, recordó El Castro. Allí al menos los hombres la quisieron y estaba segura de que aún la recordarían, y se encontraría con alguien con quien hablar de tantas cosas que el tiempo, seguro, no había logrado borrar, convencida de que el mejor lugar donde invertir sus ahorros sería en la construcción de una nueva cueva donde vivir y envejecer, pues debido a su edad ya no podría ofrecer todo lo que los hombres exigen en la cama. Viviría sola, quizá en compañía de algunos gatos, aspirando el olor de las higueras de los huertos cercanos y recordando su niñez junto a una multitud de niños, gitanos como ella, correteando descalzos por el camino, en esa cueva que en breve empezaría a horadar en una pared vertical y arcillosa del camino desde donde, hacía ya casi cincuenta años, había salido, y que reuniría las condiciones de salubridad que su otra cueva no tuvo. La idea le surgió durante una visita a Granada acompañando a un grupo de gitanos cantaores de flamenco en una de esas cuevas del Albaicín. Un día, ella construiría en el pueblo, aunque, eso sí, con una función social diferente a la que tuvo la anterior, una cueva donde vivir hasta el fin de sus días.

Un día de marzo llegó a la plaza de la iglesia en el coche de línea. Su equipaje era escaso, y con su andar cansado se dirigió al hostal donde viviría el tiempo que duraran las obras de la nueva cueva, para lo que ya contaba con una cuadrilla de operarios expertos en excavar sótanos, túneles y, por supuesto, cuevas. Al verla pasar por la calle, notó por las miradas de la gente que todavía la recordaban. A las mujeres se les removió la bilis al verla, y a los hombres los recuerdos de otros tiempos en los que la Cíngara llenó tantos momentos de hastío matrimonial, y que aún hoy la recordaban con cierto agradecimiento y cariño. En ningún caso pasaría desapercibida. La gente más joven, que sólo sabían de ella por las historias que los mayores les habían contado, al enterarse de su llegada y el tipo de actividad que en otros tiempos había ejercido en el pueblo, sintieron curiosidad por conocerla. Algunos hombres de su edad, al cruzarse con ella en la calle, la saludaban con afecto, a lo que ella contestaba con la picardía y la complicidad propias de quien conoce tu pasado; un pasado que en algún momento, tiempo atrás, le contaste, cuando ella te llevaba al cielo con sus caricias mientras tu mujer preparaba la cena o se preguntaba dónde andarías a esas horas. En esos momentos de saludo, la Cíngara exageraba el contoneo de sus caderas anchas de yegua vieja, que un día sedujeron y arrastraron tras ella a los más fieles y puritanos hombres de El Castro, mientras con un quiebro de cabeza lanzaba hacia un lado, de forma forzada, su melena ya escasa de pelo negro teñido, mientras clavaba su mirada misteriosa desde unos ojos negros ocultos tras una capa de rímel y unas pestañas milagrosamente alargadas.

A pesar de la poca distancia que separaba la plaza de la iglesia —donde la había dejado el autobús— del hostal, y entre tanto saludo y algún que otro descanso tratando de reconocer a su paso cada rincón y cada calle del pueblo, se demoró casi una hora en llegar. Al cruzar la plaza del ayuntamiento observó a un hombre moreno vestido de negro y de una edad que estimó parecida a la suya. Bajo la chaqueta de su traje brillaba al sol un chaleco de brocado dorado, y sobre su cabeza un sombrero de hongo. Estaba sentado en la puerta de su casa y observaba a la gente pasar. La Cíngara siguió su camino hacia el hostal, pero la imagen de aquel hombre le hizo volver la cabeza y observarlo de nuevo. Su mirada se cruzó con la de él; y este, disimulando, desvió la vista hacia otro lado para no intimidarla. Desde el primer momento en que la miró, él estuvo seguro de reconocerla. Ella también estaba segura de conocerlo a él, a pesar de su apariencia, diferente a la que ella recordaba. No se dijeron nada. Él la siguió con la mirada hasta que tras ella se cerró la puerta del hostal.

El anticuario dio marcha atrás al reloj de su memoria y se vio niño, y más tarde adolescente, en el camino de las cuevas en las noches de verano jugando al escondite con otros gitanos de su misma edad, entre los que estaba una niña morena de ojos negros que bailaba cimbreando su cuerpo joven y a la que todos llamaban «la Cíngara», a cuyos encantos no pudo resistirse el pequeño Rufo aquella noche en la que, entregados a un amor fuera de toda regla, dejaron de ser unos adolescentes para convertirse en adultos, pero gitanos, cuyas normas imponían la virginidad a la mujer como exigencia fundamental hasta su casamiento, y que romperla suponía el mayor desprecio a las leyes ancestrales de su raza. Desde aquella noche, al ser descubiertos, Rufo fue desterrado del camino de las cuevas y ella, relegada a vivir en una cueva apartada de las del resto de los gitanos, incluso de su familia.

37

Unos meses después de la llegada al pueblo de la Cíngara, el paisaje marrón terroso del pueblo se vio alterado por una pincelada blanca que llamaba poderosamente la atención, y que el sol, al incidir sobre esa pared encalada al amanecer, hacía visible desde gran parte de la comarca de Vallehondo. El nuevo hogar de la Cíngara.

Era una cueva grande y luminosa, encalada y adornada con farolillos de papel de colores que impedían ver el techo. Al fondo había un pequeño tablao de tarima por si algún día la visitaba algún gitano y la invitaba a bailar. En el centro de la cueva, una estufa de leña calentaba sus noches de invierno mientras tejía prendas de lana para pasar el tiempo, o conversaba con alguno de los hombres viejos del pueblo que solían visitarla para recordar los tiempos en los que fueron jóvenes mientras apuraban su copa de aguardiente. En la entrada a la cueva, a un lado y otro de la puerta, dos bancos de obra con el asiento de yeso miraban al valle de los huertos, que en las noches de verano era el lugar desde donde escuchar el sonido monocorde de los pájaros nocturnos, cuyo eco llenaba el aire perfumado por el saúco y los árboles del paraíso. Definitivamente, la Cíngara había encontrado su lugar en el mundo volviendo a ese camino de las cuevas donde hacía ya muchos años había nacido, había aprendido a bailar a la luz y el calor de las hogueras, y había descubierto por primera vez la belleza de un cielo lleno de estrellas sin saber —nunca lo supo— cuál era la Osa Mayor, la Menor o el Lucero del Alba. Para ella, como para el resto de los gitanos, la estrella de la noche, por encima de todas las demás, era la Luna, esa que iluminaba sus noches y cubría con su velo de plata el camino de las cuevas mientras ellos dormían.

Pero a pesar de la soledad en la que se propuso vivir, la Cíngara nunca se encontró sola. Dicen que cuando llegó por primera vez a su cueva, donde habría de pasar el resto de sus días, al abrir la puerta encontró a todos los fantasmas de su infancia que le daban la bienvenida bailando al ritmo de las palmas. Y que al verla llegar, la hicieron subir al tablao y, derrochando el arte que aún le quedaba, bailó unas bulerías con el fantasma de su padre, un gitano grande, de piel morena y cabellos rizados, que cuando era niña le enseñó a amar el baile y el cante flamencos, mientras el fantasma de su madre, desde un extremo del tablao, les daba las palmas sentada en una silla de anea. Todos los fantasmas reían felices esa noche celebrando el regreso a las cuevas de la «oveja descarriada». Pero esa noche, la Cíngara, entre todos los fantasmas de su pasado, echó de menos a uno. El gitano con la mirada triste, el gitano del primer beso, que en sus labios sólo floreció unos minutos. El gitano cuyo corazón enfermó de tristeza viéndola marchar después de haberle robado aquella noche la virginidad tan preciada para los de su raza. El fantasma del gitano más triste del mundo. Mientras bailaba, la Cíngara lo imaginó a su lado, y al verlo con tanta pena, a ritmo de bulerías derramó una lágrima.

Esa noche, cuando los fantasmas se fueron a dormir, la Cíngara, sin prisa y en el silencio de la noche, sólo roto por el canto siseante de las lechuzas que habitaban en un alero del molino de Claudio Pedraza, cercano a la cueva, abrió su equipaje y fue colocando cuidadosamente su ropa en los estantes de obra que tras una cortina servían de armario. En una barra de hierro, y colgados de unas perchas de alambre, sus vestidos, que en otro tiempo lució en las noches calientes del lupanar y en sus bailes en aquel cabaret acompañada a las palmas por su hermano, aquel que un día se fue de El Castro para acompañarla y cuidar de ella, y que una enfermedad rara un día se lo llevó.

Junto al cuarto del agua, equipado con una tinaja donde recoger el agua de la lluvia, y separado por una cortina de cretona estampada de flores, estaba su cuarto de aseo, donde un espejo incrustado en la pared encalada le devolvió su imagen, recuerdo lejano de la que un día fue. En una repisa, también hecha de obra y que servía de base al espejo, colocó sus cosas de mujeres: maquillaje, rímel, cremas, laca y cepillos para el pelo, aceite antiarrugas y gotas para dar luz a sus ojos marchitos. Bajo el espejo puso una palangana de hierro esmaltada en porcelana blanca sobre un palanganero de hierro trenzado de un diseño imposible, con dos pequeñas bandejas simétricas, una a cada lado, donde colocar el jabón y una esponja, y una anilla de hierro donde colgar la toalla. Y sobre el suelo, un jarro alto de hierro esmaltado también de porcelana blanca, de base ancha y cuello estrecho, que contenía el agua para su aseo. Y en un rinconcito discreto, una tabla de madera a modo de sillón con un agujero en el centro, WC, cubierto con una tapa, también de madera forrada con una funda de lana primorosamente tejida y bordada con flores de colores, que durante el tiempo de espera en el camerino de aquel cabaret en el que tantas noches bailó, fue tejiendo pensando utilizarla un día en ese lugar. Al lado del «sillón», donde aliviaba sus miserias, siempre había un cubo de cinc lleno de agua que, vaciado en el agujero a modo de catarata, arrastraba su contenido a través de un tubo de uralita subterráneo hasta desembocar en la acequia del agua utilizada para regar los huertos, lo que aportaba, en pequeñas dosis, abono orgánico a las hortalizas.

Y velas, muchas velas colocadas por toda la cueva. En la mesita de noche junto a su cama, en la mesa del comedor, cuyo techo decoró con cientos de farolillos de papel de colores, y en el suelo de barro, sabiamente distribuidas para crear el ambiente íntimo que tanto le gustaba. En un rincón, junto a una ventana, desde la que podía contemplar la vega de los huertos, una mesa camilla y un brasero donde calentar sus pies, y en centro de la cueva, la estufa de leña con un tubo vertical de hoja de lata atravesando el techo para la salida del humo, cuya fumata anunciaba cuándo se encontraba la Cíngara en su cueva.

Una vez hubo terminado de colocar cada uno de sus enseres y de decorar la cueva, la Cíngara cayó sobre la cama rendida mientras amanecía el sol por el este de las montañas azules, y los gorriones despertaban en las copas de los olmos atronando con sus cantos el camino de las cuevas.

Durante el sueño, que se prolongó todo el día, la Cíngara recreó su llegada al pueblo y el trayecto entre la plaza de la iglesia y el hostal; la gente a la que saludó por el camino y la imagen de aquel hombre moreno vestido de negro con un chaleco de brocado y sombrero de hongo, que al cruzar la plaza y pasar junto a él sintió su mirada triste clavarse en un rincón profundo de su pasado que no le resultaba desconocido. Pensando en él se desveló esa noche, y remontándose a su adolescencia supo que ese hombre un día formó parte de los habitantes de las cuevas, y que después de grabar su nombre a fuego en su corazón, y yacer con ella con la brevedad de un relámpago, desapareció de su vida y nunca más había vuelto a verlo. Buscó en su memoria hasta recordar su nombre. Sí, aquel gitano de ojos oscuros, cabellos negros y risa blanca, que una noche le entregó su primer beso adolescente, y volcó todo su ser en sus entrañas mientras la luna alumbraba el baile de los gitanos en aquel camino de las cuevas, se llamaba Rufo. Habían pasado más de cuarenta años desde entonces, y a pesar del tiempo, no lo había olvidado.

Pero ¿habría reparado en ella Rufo Condotti al verla pasar por delante camino del hostal, hasta el punto de reconocerla después de tantos años? ¿Se le habría alterado el ritmo de su corazón como le estaba sucediendo a ella sólo con volver a recordar aquel tiempo? O, por el contrario, ¿la habría mirado al pasar como mero espectador, de la misma forma que miraba y saludaba a la gente que pasaba cada día frente a él, mientras despachaba las horas sentado a las puertas de su casa?

Pero ya era tarde para todo. Su regreso al pueblo sólo tenía como objeto envejecer y esperar en paz el regalo de la vida que le quedara por vivir en esa cueva encalada y decorada con farolillos de colores, y velas, muchas velas, para mayor intimidad en sus encuentros nostálgicos con los que años atrás encontraron el consuelo entre sus brazos, sus senos firmes y el centro de su universo, en donde satisfacer todos los anhelos del amor. Ese era el motivo de su regreso al camino de las cuevas a estas alturas de la vida. Las fantasías del corazón quizá ya estuvieran fuera de lugar, y los recuerdos simplemente formaran parte de un pasado al que no se puede ya volver. Era el momento de empezar una nueva vida en el pueblo.

Después de recuperarse del viaje y hacer una cura de sueño que había durado casi dos días, salió a familiarizarse de nuevo con El Castro y a visitar las tiendas. Por las miradas de la gente con la que se iba cruzando en la calle supo que su llegada al pueblo no había pasado desapercibida, lo cual colmaba su vanidad, ya que, a pesar de su edad, seguía sintiéndose diferente a las mujeres del pueblo que nunca habían pasado al otro lado de las montañas azules y no conocían la ciudad. Sus miradas al cruzarse con la Cíngara eran de un odio mal disimulado, sobre todo las más mayores, que no olvidaron nunca las infidelidades de sus maridos durante sus constantes visitas al antiguo lupanar, cuyo farolillo rojo sobre la puerta suponía una llamada urgente a los hombres con ciertas carencias afectivas por parte de sus mujeres.

Los hombres la miraban al pasar de forma diferente, aunque no siempre eran respetuosos con ella en el saludo, dado lo rudo del comportamiento de algunos de ellos, que con su mirada de un deseo ya marchito, y sin hablar, le hacían recordar las veces que habían yacido en su cama. Ella siempre sonreía, lo había aprendido de su trabajo de artista, aunque a veces esa mirada, o ese comentario a sus espaldas, le rompiera el alma. Pero por encima de todo, ella, haciendo honor a su pasado, seguía preciándose de ser la Cíngara. Y para refrescar su antigua imagen a los que, aun habiéndola conocido entonces, la hubieran olvidado, a veces salía a la calle vestida con sus antiguos vestidos de madame, con sus colores desvaídos, sus manos llenas de anillos de bisutería y sus enormes pendientes de aro, que al quedarle largos, dada su edad y la incipiente curvatura de su espalda, descansaban levemente sobre sus hombros arqueados. Maquillada y peinada como si fuera a salir a escena, la Cíngara visitó la panadería, las tiendas y el estanco. Pasó por la plaza y miró de reojo aquella casa donde, a su llegada al pueblo, había cruzado su mirada con la del anticuario. Pero él no estaba allí, o eso creyó ella sin saber que, tal vez, Rufo la seguía con la vista desde una de las ventanas de su casa mientras ella cruzaba la plaza cargada con sus compras. ¿O no era ella? En ese momento, y vestida con esa ropa, no conseguía reconocerla. Cuando él, desterrado por los gitanos del camino de las cuevas, se marchó del pueblo, muchos años atrás, ella era casi una niña y nunca más la había visto, aunque nunca la había olvidado. Tampoco supo de su oficio de madame en un lupanar del pueblo, ni de su trabajo como bailarina en un cabaret de la ciudad. Sólo sabía cómo era su mirada. Esa mirada oscura y misteriosa que guardaba en el alma, y que ni el tiempo ni nadie consiguió borrarle. Mientras la observaba cruzar la plaza frente a su casa, sintió deseos de llamarla y salir a su encuentro, pero no recordaba su nombre. Nadie supo nunca de otro nombre que no fuera la Cíngara.

38

Esa tarde, el paseo que Rufo Condotti solía hacer a diario por el camino de Vallehondo, lo haría hoy por un paisaje diferente al acostumbrado, de ese modo evitaría el encuentro con Lucía Aranda Fonseca, por la que ya no sentía nada, y propiciaría su encuentro más deseado tomando el viejo camino de las cuevas.

Se miró en el espejo antes de salir. Lucía un pantalón negro y una camisa blanca con las mangas remangadas y el cuello ligeramente abierto por el segundo botón. Unas botas negras impecablemente lustradas y un cinturón con la hebilla de plata. En uno de sus dedos, un anillo de oro antiguo con sus iniciales R. C. grabadas en un sello. Omitió intencionadamente ponerse el chaleco de brocado y el sombrero de hongo. El pelo negro y engominado caía en pequeños rizos sobre su frente dándole el aspecto de gitano sencillo, alejado de la imagen de triunfador utilizada para conquistar a Lucía Aranda Fonseca.

Salió de su casa y cruzó la plaza sin encontrarse con

nadie. Pasó frente al hostal y tomó el camino que le conduciría a las cuevas. Aún no estaba seguro de quién iba a encontrar al llegar a la cueva donde vivía la Cíngara, o si sería ella quien le recibiera en la puerta. Y cómo lo haría en el caso de reconocerle, después de tantos años de no haber tenido noticias suyas.

Mientras bajaba lentamente la cuesta, pensaba cuál sería su reacción al verla, más de cuarenta años después de aquella noche que fotográficamente volvió a recordar a medida que se iba acercando a su cueva. Pasó junto al molino de Claudio Pedraza, cuyo estado de conservación dejaba mucho que desear. En la parcela de tierra que rodeaba la construcción, unos ciruelos claudios ofrecían a los caminantes sus frutos maduros de cuya recolección, en otro tiempo, se ocupaban los gitanos, entonces vecinos del molino, cuyas cuevas, hoy vacías, dejaban constancia de su abandono.

El camino de las cuevas, horadado en la ladera del cerro, cuya tierra roja en otro tiempo era extraída por los ceramistas para la fabricación de tejas, continuaba bordeando la ladera ofreciendo un balcón natural sobre los huertos. Rufo iba sintiendo acelerados los latidos del corazón mientras dejaba atrás la sucesión de cuevas y tomaba la curva del camino, tras la cual, y a escasos metros de distancia, se encontraba la cueva de la Cíngara.

El silencio era casi total. Desde el pueblo, encaramado en el cerro, llegaba el rumor lejano de unos niños que jugaban a la pelota en el patio de las escuelas, y el sonido

sordo de la azada rozando las piedrecillas de la tierra producido por algún labrador que cavaba su huerto en la pequeña vega situada a sus pies. El cielo estaba gris como
siempre en el principio del otoño, y mientras caminaba
percibió en el aire un olor a leña quemada mientras se ele-
vaba hasta el cielo una fumata de humo blanco. La Cíngara
se encontraba en su cueva.

Antes de llegar, Rufo se detuvo unos segundos mientras
sus pensamientos, volando en el tiempo, regresaban y so-
brevolaban los olmos de la vega, los aleros del molino de
Claudio Pedraza y se colaban por las puertas caídas y abier-
tas de las cuevas, susurrándole al oído que un día ese fue
para él el lugar más hermoso de la Tierra, donde vino al
mundo, corrió desnudo por aquel camino, persiguió a los
gorriones y comió las ciruelas de esos dos ciruelos que todavía permanecían en pie. Que sintió la angustia de dejar
la infancia y de incorporarse al mundo de los adultos. Que
experimentó el beso del amor por primera vez y que fue
ella, la Cíngara, la que le dio cobijo entre sus brazos sin
saber que para los gitanos aquello estaba prohibido. Unos
pasos más y se encontró frente a la cueva mientras la Cíngara, a través de un ventanuco de su dormitorio, con el
corazón encogido, y tras la cortina de cretona estampada
de flores, lo vio llegar esperando la llamada a su puerta.
Una llamada con la que había soñado desde el día de su
regreso, en el que, al cruzar la plaza camino del hostal,
supieron por sus miradas que se conocían desde toda la

eternidad, aunque el tiempo los había hecho casi irreconocibles. Frente al espejo, la Cíngara se arregló atropelladamente el pelo y se puso carmín en los labios. Se puso un vestido negro y adornó su pecho con una flor silvestre de las que recogía por la orilla del camino y que lucía junto a otras en el jarrón de la mesa junto a la ventana. Sonaron en la puerta los primeros golpes en aquel llamador de hierro de los que solía comprar Rufo Condotti a la gente de la aldea, una mano de bronce portando una bola, llamador a todas luces innecesario, dadas las pequeñas dimensiones de aquella cueva.

Poco a poco se abrió la puerta y se encontraron frente a frente. No se reconocieron ni en sus manos, ya curtidas de arrugas, ni en sus cuerpos sin formas, ni en sus caras cruzadas por caminos que había surcado el tiempo caprichosamente y que no desembocaban en ningún destino. Ni en sus hombros, caídos de cansancio de tanto caminar llevando a sus espaldas el peso de los años. Mientras se observaban, guardaban silencio sin atreverse a decir una sola palabra. Sólo se miraban sin saber cómo romper el hielo. Una corriente de aire cerró la puerta todavía entreabierta. En el centro de la cueva, la leña ardía en la estufa de hierro, y el ambiente era cálido. Fuera empezó a caer lentamente la tarde y a la luz de las llamas se miraron, y poco a poco se reconocieron. En aquella mirada, aun sin palabras, en unos segundos se lo contaron todo. Todo había cambiado con el tiempo. El tono de sus voces, el color de su pelo, y aunque tenían la misma edad, él aparentaba ser más joven que ella, y ella más coqueta que él, «cosas del oficio». Y sin decir palabra, se abrazaron en un silencio infinito y doloroso, sólo roto por el crepitar de la leña en el fuego de la estufa, y lloraron juntos con un llanto de años, sin palabras y a solas. Como si de una gran celebración se tratara, la Cíngara ofició la ceremonia de encender, una tras otra, todas las velas de la cueva, mientras él permanecía quieto esperando escuchar una palabra, que por fin llegó.

—Ven, Rufo. Siéntate aquí, a mi lado, al calor de la estufa, junto a la mesa, y cuéntame de tu vida.

Él se sentó a su lado. Tomándole las manos y mirándola a los ojos, él empezó a recordar lo que ella jamás había olvidado: su infancia de gitano nacido en las cuevas al calor de una hoguera y acunado por el cante y el sonido de las guitarras y las palmas. Su adolescencia. En ese momento ella apretó sus manos con fuerza mientras trataba de impedir el nacimiento de una lágrima.

—Pero en fin —dijo Rufo—, el resto de mi vida nos llevaría más tiempo y ya es noche cerrada. El camino de vuelta sigue estando oscuro como entonces, y ya no quedan gitanos encendiendo hogueras para alumbrar la noche, ¿lo recuerdas? Y uno ya no es tan joven para andar el camino a estas horas bajo la luz de esta luna que tampoco alumbra tanto como la de entonces.

—No, Rufo, no te vayas. Cuéntame más cosas de ti. Tenemos todo el tiempo hasta que amanezca. Tengo jamón serrano, y un vino no muy bueno. Una que ha *viajao*, ha *descorchao* botellas de los mejores vinos de lugares lejanos que quitan el sentido y que alegran el alma, pero el pueblo está lejos de casi todo, y hay cosas que no llegan. Pero has llegado tú, y eso hay que celebrarlo.

—No, te equivocas —repuso Rufo—, yo llevo ya unos años viviendo aquí, y tú eres quien ha llegado para que el pueblo vuelva a ser lo que fue. Celebrémoslo.

—Pero el pueblo nunca volverá a ser lo que fue, ahora no hay gitanos en El Castro —contestó la Cíngara.

—Somos dos —dijo Rufo—, todo tiene un principio.

—Nosotros dos más bien vamos hacia el final —contestó la Cíngara con un gesto de derrota.

Mientras ella cortaba jamón en la mesa de la cocina, Rufo, sentado junto a la estufa, mantenía su conversación con la Cíngara en un diálogo que de nuevo empezaban a recuperar, y que fluía después de cuarenta y tantos años como si el tiempo no hubiera pasado. Después de cortar el jamón, la Cíngara, con la habilidad de quien lo ha hecho muchas veces, descorchó una botella de vino de Rioja que guardaba en la alacena tras una cortina de flores. Puso dos copas sobre la mesa y lo sirvió junto a un plato de quesos y el jamón, mientras seguían hablando de cosas comunes a los dos. Poco a poco, la mesa fue tomando el aspecto de un restaurante, y las velas finalmente pusieron la nota romántica a la cena. Durante sus años de ausencia la Cíngara había aprendido muchas cosas que la vida y las diferentes ocasiones le fueron enseñando; entre otras, la forma correcta de servir una mesa, que no tenía nada que envidiar —pensó Rufo— a la mesa a la que se sentó una noche como invitado a una cena en la casa de Lucía Aranda Fonseca.

—¿Recuerdas nuestra vida de niños en el pueblo? —preguntó Rufo mientras los dos brindaban a la luz de las velas, por el nuevo encuentro.

—Claro que la recuerdo —contestó la Cíngara—. Pero de eso hace ya mucho tiempo. Ahora las cosas han cambiado. Tenemos una mesa en la que comer, unas sillas donde sentarnos y una cueva digna donde vivir y donde recibir a los amigos con los que compartir un queso y un buen vino. Y los recuerdos, que son muchos, los que nos quedaron de aquellos años en los que tuvimos que ir descubriendo muchas cosas sin que nadie nos las enseñara.

—Mientras te miro —dijo Rufo—, voy recuperando de una forma cada vez más nítida la imagen que durante muchos años he guardado de ti.

—Ya no soy la que era —contestó con cierto aire de nostalgia la Cíngara—. Al menos físicamente, aunque sí en la forma de ser y de pensar, y de querer.

—¿De querer? —preguntó Rufo, esperando una aclaración más amplia sobre ese concepto del querer al que se refería la gitana.

—Sí, del querer, del amor y de todos esos sentimientos y formas de ser con las que una nace o descubre un día y que quedan grabadas en el corazón para siempre.

—¿Y qué imagen del amor ha quedado en ti y que nunca se ha querido borrar?

—¿Un poco más de vino? —preguntó la Cíngara mientras sentía enrojecer sus mejillas y echaba un tronco de leña a la estufa, evitando responder a la pregunta de Rufo—. Este otoño está siendo más frío que de costumbre —comentó.

A medida que la noche caminaba hacia el amanecer la segunda botella de vino iba descendiendo su nivel. Los ojos de Rufo, como los de la Cíngara, iban adquiriendo un brillo de trasnoche y su conversación desembocaba en un pasado ya demasiado lejano para despertar la nostalgia de aquello que fue para los dos el descubrimiento de un amor adolescente, cuyas consecuencias desembocaron en la maldición y el destierro por parte de la gente de su raza. Aquel momento de amor desenfrenado entre los dos era recordado esa noche con amargura.

—Está empezando a amanecer —dijo la Cíngara arrastrando las palabras, mientras Rufo asentía a punto de derrumbarse por los efectos del alcohol.

—Sí —contestó Rufo—. Tendré que marcharme a mi casa.

—No —replicó la Cíngara con su acento hospitalario de buena samaritana—. Te quedarás aquí hasta que hayas dormido y se te haya ido la borrachera. Sólo tengo una cama, así que tendremos que compartirla. Descansaremos, y mañana será otro día.

Apoyados el uno en el otro y con pasos inseguros, lograron llegar hasta la cama. Sin fuerza para decir más palabras, se dejaron caer el uno junto al otro. Y al calor de la estufa y el sopor del vino, en unos breves segundos, sin darse siquiera los buenos días, se quedaron dormidos.

Eran las tres de la tarde cuando un intenso olor a cocido despertó a Rufo de aquel sueño profundo. La Cíngara no estaba a su lado; andaba por la cocina preparando la comida. Él la llamó. Ella le urgió a que se levantara. En ese momento él comprendió que ya nada podría ser igual, que los sentimientos del uno por el otro habían cambiado y que sólo quedaba un poco de ceniza de lo que en otro tiempo fue un fuego incontrolable de aquel amor adolescente. Ni siquiera durante la noche se rozaron sus cuerpos ni se protegieron del frío en aquel amanecer, con un abrazo que no tenía ya sentido. Sus vidas eran tan distantes como las caricias que no quisieron nacer de nuevo aquella noche. Él la llamó de nuevo, y ella, compadecida de los dos, descorrió la cortina, entró a la habitación y le regaló un beso marchito.

—Vamos, Rufo, es hora de comer. He preparado un puchero para recordar aquellos tiempos.

Él se levantó, lavó su cara y sus manos en la palangana que ella había dejado llena de agua de lluvia, y frente al espejo, Rufo miró su cara de desencanto y entendió que en aquel lugar, y junto a aquella mujer, no tenía nada más que hacer. Todo entre ellos había terminado para siempre.

Comieron en silencio, cada uno en compañía de sus recuerdos. Después se despidieron con un beso frío. Ella apuraría lo que le restaba de vida, tal como había planeado, recibiendo a sus antiguos clientes para charlar sin prisa de cualquier cosa, tomando una copa de aguardiente o simplemente jugando una partida de cartas, y recordando el tiempo en el que fueron jóvenes. Él, Rufo Condotti, se iría del pueblo para nunca más volver.

39

Habían pasado muchos años desde que José Pedraza Salinas, una mañana lluviosa de invierno, tomara aquel autobús camino de la universidad que lo alejaría de su pueblo y de su familia, de Clara Pineda, aquel primer amor del que nunca conseguiría olvidarse, y de su amigo Juan Luna, quien, con algunos dientes de menos y algunas canas de más, seguía cultivando su huerto. De la misma manera que José Pedraza, también habían envejecido sus padres y, por supuesto, el pueblo. A pesar de sus visitas cada Navidad, esa última paseó sin prisa por El Castro acompañando a su padre, Claudio Pedraza, que, afectado por una enfermedad, la vejez, se veía obligado a utilizar una silla de ruedas.

Juntos recorrieron las calles vacías, diferentes a las calles de tierra en donde de niño inventó sus primeros juegos, observando el aspecto fantasmal de las casas deshabitadas y en ruinas que con el tiempo se habían convertido en refugio de gatos que, maullando por las noches, desvelaban a los pocos vecinos que aún quedaban en el pueblo. En el camino de las cuevas, sobre la entrada de una de ellas, las lluvias y los años habían borrado las letras sobre las que, en su tiempo, un farolillo rojo alimentado con aceite iluminó un cartel: LUPANAR DE LA CÍNGARA, a la que en su más tierna infancia José Pedraza Salinas llegó a conocer sin saber de su oficio de samaritana. Y muy cerca de aquella ruina, una nueva construcción ponía una pincelada blanca de cal en aquel paisaje de tierra roja. Era la nueva residencia de la Cíngara, que al parecer había regresado al pueblo con el firme propósito de envejecer hasta morir en aquel lugar en donde había nacido y en donde había sido feliz. Al pasar frente a la cueva, Claudio Pedraza le contaba a hijo que esa mujer fue en su tiempo la gitana más hermosa de aquel camino, donde todas las noches era fiesta a la luz de las hogueras y de una luna velada por el humo.

Esa visita a sus padres fue, después de otras muchas, la que más emociones despertó en el corazón de José Pedraza, dada la edad avanzada de su padre —rozando los noventa años— y su invalidez, así como el andar lento y cansado de su madre, Rebeca Salinas, cinco años menor que Claudio. A los dos los atendía Pilar, la menor de sus hijas, cuyo destino parecía ponerla cerca de sus padres. Ella residía en el pueblo, donde esperaba día tras día la llegada de sus dos hijos y sus cuatro nietos, residentes en la ciudad, para prodigarles todo tipo de caprichos.

A pesar de su edad, el sentido del humor de Claudio Pedraza seguía intacto. Desde su silla de ruedas seguía mirando con picardía a las mujeres que le saludaban y de las que, en otro tiempo, había estado más cerca.

Un día, mientras su hijo, José Pedraza Salinas, lo paseaba por la plaza del pueblo en su silla de ruedas, haciendo carreras con él como si se tratara de un niño, una mujer de una edad parecida a la suya se le acercó a saludarlo, y viendo su estado de invalidez, lo miró con pena. Él también la miró, y recordó su cuerpo cuando era joven y una de las mujeres más hermosas de El Castro. También los años habían dejado una huella profunda en su cara, sus manos, sus ojos —ahora hundidos y apagados— y su pelo blanco como un campo nevado.

Levemente, la mujer le sonrió al acercarse a él con un cierto aire de compasión y él, mirándola, y ante la decrepitud que mostraba por lo avanzado de su edad —similar a la de él—, compadeciéndose de ella le dijo:

—¡Ay, mujer, qué pena me das! ¡Quién te ha visto y quién te ve!

A lo que la mujer, sorprendida, le contestó:

—¡Peor estás tú, *jodío*!

Y sin mediar más palabras, la mujer se fue moviendo la cabeza y pensando: «Genio y figura hasta la sepultura». Aquellos días en compañía de su padre, que ya contaba los últimos días de su vida, fueron los más intensos y gratificantes para José Pedraza Salinas. Hablaron como nunca lo habían hecho, se rieron de las historias que Claudio Pedraza, con un humor envidiable, contaba de las mujeres que habían pasado por su vida, de sus días de caza en la soledad del campo que tanto amaba, o mostrándole a su hijo, al recorrer las calles de El Castro, las casas que él, siendo joven y entonces el mejor albañil del pueblo, había construido, en cuyos aleros, escritas a golpe de palustre, todavía se podían apreciar las fechas en que fueron construidas y el nombre del albañil —el suyo— con un garabato como firma, por supuesto ilegible.

De aquellos días junto a su padre, José Pedraza Salinas guardaría para siempre en su corazón uno de sus más hermosos recuerdos.

Pero la muerte no se hizo esperar. Y postrado en su cama, como un guerrero herido y derrotado, apaciblemente, un día se durmió para no despertar, dejando a sus hijos huérfanos, a Rebeca Salinas viuda y a un manojo de nietos contemplando de cerca cómo era la muerte.

Rebeca Salinas se vistió de luto y afrontó la viudedad con la aceptación de lo inevitable y refugiándose en sus hijos y sus nietos, lo único importante que le quedaba. Después de haber compartido más de setenta años con su marido, murió seis años después que él, y hasta unas semanas antes de irse a buscarlo, su cabeza era lúcida, casi como la de una persona joven, y de una inteligencia sorprendente en alguien que, como ella, sólo había asistido a la escuela siendo niña.

Una mañana fría de invierno, salió a la calle en busca de «su casa», la casa que su imaginación y su senilidad construyeron. Pero su cuerpo frágil no soportó el frío de aquella mañana de enero. Y todavía con ganas de vivir, murió. Su cuerpo fue enterrado en el cementerio del pueblo junto al de su marido, Claudio Pedraza, y, con el dolor a cuestas, José Pedraza, su hijo, se fue a la ciudad.

las telarañas o ...
que veía entrar ...
de las ...

40

Mucho tiempo después, a su regreso al pueblo, camino del
hostal, donde pasaría la noche, cruzó por delante de la casa
de sus padres, cerrada desde hacía mucho tiempo. José Pedraza Salinas siempre buscaba una disculpa para aplazar esa
visita, hasta encontrarse con fuerzas para enfrentarse a los
fantasmas que probablemente habitarían los rincones de la
casa, junto a las telarañas, los murciélagos o las golondrinas
que veía entrar y salir veloces a través de los cristales rotos
de las ventanas y los balcones de lo que un día fue el casino.

Ya en su habitación, puso sobre la cama su equipaje.
Tomó una ducha caliente y salió del hostal dispuesto a
revivir su infancia en cada rincón, en cada calle y en ese
mirador, presidido por el olmo centenario, que, como entonces, seguía asomándose a la comarca de Vallehondo
cuyo límite eran las montañas azules.

Buscó la casa de su amigo Juan Luna. Era una casa de
nueva construcción, asomada a una vega de huertos. Al fondo, perdida entre nogales, higueras y granados, la huerta de

don José María Castañeda, al que José Pedraza volvió a recordar paseando por las calles del pueblo, erguido como un palo y vestido con su capa negra y su sombrero de copa, al que temían los niños como si de un fantasma se tratara. José era uno de aquellos niños que, después de su muerte, descubrió en el desván de su casa el baúl con sus capas negras y su sombrero, del que salió volando un pájaro negro, que los habitantes del pueblo pensaron que se trataba del alma errante de don José María Castañeda.

José Pedraza llamó a la casa de su amigo. Al abrir la puerta, sin decirse nada, se fundieron en un abrazo largo y cálido que lo decía todo. La edad los había hecho sensibles a las emociones fuertes. Sus lágrimas se mezclaron, su infancia regresó atropelladamente y los recuerdos gritaron por salir.

—¡Cuánto tiempo! —dijo Juan Luna, mirándolo desde unos ojos que le preguntaban qué había sido de su vida desde que dejó el pueblo para irse a estudiar tan lejos.

—Es una historia demasiado larga —contestó José Pedraza—. Pero ¿qué ha sido de la tuya? —le preguntó a su amigo.

Juan Luna estaba casado desde hacía mil años con la misma mujer. Padre honesto, con el pelo blanco de sabiduría, y abuelo, como su amigo José, de varios nietos, con un futuro tan incierto como lo fue el de ellos.

Hacía un día radiante de principios de verano. Los dos amigos pasearon bajo el sol de junio perdiéndose por las calles vacías del pueblo, recordando una infancia no siempre feliz. Juan entregó a José las llaves de las propiedades que este acababa de heredar a la muerte de sus padres y cuyo depositario era él. Se trataba de la casa familiar y un antiguo molino, este último, la construcción más querida de su padre, Claudio Pedraza. José Pedraza Salinas sentía la necesidad, y a la vez un cierto temor, a la hora de visitar sus propiedades, pero prefería hacerlo solo. Ahora, junto a su amigo Juan Luna, era el momento de dar un paseo nostálgico por las calles de El Castro.

Pasaron por una calle estrecha cuyas paredes, como tantas en el pueblo, se habían derrumbado dejando al descubierto lo que antes fue una cuadra ocupada por una burra negra.

—¿Te acuerdas? —preguntó Juan.

—¿De qué? —contestó su amigo sin tener la más remota idea de lo que habría acontecido en aquel lugar.

—Mira esa viga de madera que atraviesa el techo de la cuadra, y un gancho de hierro clavado en ella. ¿No te acuerdas?

La memoria de José viajó años atrás.

—Sí, recuerdo esta calle llena de gente gritando, llorando y curioseando la escena que se desarrollaba en esa cuadra. De esa viga, que ni el tiempo ha conseguido derribar todavía, colgaba una mujer con la lengua fuera y los ojos muy abiertos fuera de sus órbitas. Se acababa de ahorcar, y su cuerpo aún estaba caliente cuando unos hombres la descolgaron. Recuerdo que el cura se negó a darle cristiana sepultura y decidió depositarla en una fosa común adosada al cementerio, en donde se amontonaban los restos de los cadáveres muertos en circunstancias similares y que acababan siendo alimento de los cuervos y las lechuzas ya que carecía de techo.

—¡Joder! —dijo Juan Luna—. Para haber pasado tanto tiempo fuera del pueblo, hay que ver con qué lujo de detalles te acuerdas de las cosas.

—Es lo que tiene la infancia —contestó José Pedraza—. Todo lo vivido de niño queda en la memoria impreso como una película, y no se borra fácilmente.

—¿Recuerdas aquel médico que se fue del pueblo, cuyo lugar fue ocupado por don Crisantos Blanco, y que al irse dejó la puerta de la casa abierta expuesta al vandalismo de gente como nosotros, y que un día entramos, subimos al desván donde se amontonaban libros, revistas, periódicos de la República, que hacía años había dejado de serlo, junto a folletos médicos y todo tipo de cachivaches? —preguntó Juan Luna a su amigo.

—Claro que lo recuerdo. Entre aquellos papeles de los que hablas encontré unos poemas que me empeñé en memorizar, y que aún, después de cincuenta años, todavía te podría recitar.

—No jodas —dijo Juan, incrédulo ante tal alarde de memoria—. ¿Seguro que te acuerdas?

—Seguro.

—No me lo creo.

—Escucha —dijo José Pedraza:

>*Junto al agua de una fuente*
>*cristalina y sonriente,*
>*transparente y rumorosa,*
>*crece entre espinas y ramas*
>*para capricho de damas,*
>*una rosa...*

»¿Sigo?

—No me lo puedo creer. ¿Te la sabes entera?

Su amigo continuó con el poema:

>*Es muy bella y muy gentil,*
>*nadie a tocarla se atreve*
>*y cuando el aire la mueve*
>*giran sus pétalos mil.*
>*Altiva, con suave olor...*

—¿Sigo?

Juan Luna, con los ojos muy abiertos, escuchaba los versos que, con la fluidez del que los estuviera recitando todos los días, José declamaba sin la más mínima duda, mientras observaba la cara de incredulidad de su amigo.

—Siempre pensé que eras un poco poeta —le confesó Juan.

La mañana soleada invitaba a los amigos a pasear sin prisa por las calles del pueblo. Pasaron por delante de la iglesia. Presidiendo el centro de la fachada de piedra, la lápida de mármol blanco con la lista de los caídos «por Dios y por España» seguía tal como la dejó antes de irse del pueblo. De nuevo entre los nombres leyó el de su tío, el hermano de su padre Claudio Pedraza, muerto en el frente a muy temprana edad.

Los vencejos surcaban veloces el aire de la plaza entrando y saliendo en las grietas de la pared y en los aleros de la iglesia con su silbido agudo y atronador. Juan Luna levantó la mirada hacia el campanario y en sus labios se dibujó una sonrisa llena de nostalgia.

—¿Recuerdas esa grieta cerca de la campana? —preguntó José Pedraza a su amigo.

—Claro que la recuerdo —contestó Juan—. Aquel día casi te matas.

—Hoy —dijo José—, después de haber dejado tan lejos esa infancia de juegos inventados, de niño solitario, siento aún el dolor por la persecución de los gorriones. Eran una presa demasiado fácil para los niños del pueblo.

«¡Chico! ¡Bájate ahora mismo de ahí o se lo digo a tu madre!» Era la voz en grito de una vecina de Rebeca Salinas, que al mirar la hora en el reloj de la torre descubrió a José agarrado con una mano al badajo de la campana y con la otra tratando de alcanzar un nido de gorriones situado en una grieta de la pared, con el cuerpo colgando al vacío y los pies apoyados en una pequeña cornisa.

—Recuerdo —continuó José Pedraza, mientras su mirada perdida y el alma se le escapaban cincuenta años atrás— que las crías se alteraban al sentir mi mano acercarse en el interior del nido hasta casi tocarlos, que los polluelos confundían con su madre a la que esperaban con una mosca, un grillo o cualquier otro insecto que sirviera de comida a sus polluelos. Y todo por el placer de sentir en mi puño sus pequeños y acelerados latidos, para después ser abandonados a su suerte.

»El grito de aquella mujer me dejó inmovilizado, y sentí mis piernas temblar y el corazón latir a toda prisa. Ese ángel de la guarda que dicen que existe cuidando de cada uno de nosotros, aquel día debió de hacer un esfuerzo sobrehumano (para eso era un ángel) en ayudarme a entrar de nuevo en el campanario. Ese grito, después de tantos años, me sigue helando hoy el alma al recordarlo.

—Aquel día yo no estaba contigo —dijo Juan Luna, impactado una vez más al escuchar la historia de su amigo—. Qué crueles éramos los niños con los gorriones, los grillos, las lagartijas y las cigarras, a las que, una vez capturadas, atravesábamos la tripa con una paja de hierba seca y las echábamos a volar, y planeando, como si fueran aviones, aterrizaban en cualquier sitio de donde nunca más podrían levantar el vuelo.

Durante todo el tiempo que llevaban paseando por las calles de El Castro no se habían cruzado con nadie. Realmente daba la impresión de un pueblo abandonado, que en realidad era el estado en el que había quedado con el tiempo.

Una mujer con chilaba cruzó la plaza como si se tratara del único habitante del pueblo.

—Es la mujer de un inmigrante marroquí que trabaja en el pueblo, en casa de los Castañeda.

—¿Te refieres a la familia del hombre de la capa negra y el sombrero de enterrador? —preguntó José Pedraza.

—Sí —contestó Juan Luna.

Salieron de la plaza de la iglesia y se dirigieron hacia el mirador desde donde contemplar el paisaje de Vallehondo. El sol empezaba a proyectar las sombras alargadas de los árboles que descendían cerro abajo. La conversación entre los dos amigos era tan fluida que olvidaron la hora de almorzar y en el pueblo ya empezaba a oscurecer. Cerca del mirador, a la izquierda, las primeras casas se empezaban a dibujar en un contraluz de silencio y olvido. La primera y más cercana era la casa que en su día fue de Claudio Pedraza y Rebeca Salinas hasta su muerte, y que José Pedraza Salinas, su hijo heredero, se estaba demorando en visitar, a pesar de llevar las llaves en el bolsillo.

—¿No deseas visitar la casa de tus padres? —preguntó Juan.

—Ya se nos hace tarde —contestó José—. Será mejor hacerlo mañana.

—Si quieres puedo acompañarte. Mañana no tengo mucho que hacer —le propuso Juan.

—No, gracias —contestó su amigo—, preferiría hacerlo solo.

La noche empezaba a caer sobre el pueblo. Quedaban muchas cosas por hablar entre los dos amigos. Ahora, cada uno se iría a su residencia: Juan Luna a su casa y José Pedraza al hostal, donde cenaría algo y luego a descansar. Mañana visitaría la casa heredada de sus padres y el molino que su padre se empeñó en que fuera para él.

En el bar del hostal unos hombres fumaban y hablaban en voz alta mientras apuraban sus cervezas. En un rincón, junto a la ventana que miraba a la plaza, iluminada por la luz mortecina de los faroles, José Pedraza Salinas tomó una ensalada, un poco de pescado, un vaso de vino y una infusión de manzanilla antes de irse a dormir. Pidió la llave de su habitación y subió las escaleras. Las voces del bar se fueron apagando a medida que se alejaba por el pasillo de baldosas de barro, limpísimas y enceradas. Antes de acostarse, tomó una ducha de agua caliente, se puso el pijama, se dejó caer sobre la cama y apagó la luz de la lámpara. La noche era cálida, y la luna iluminaba tenuemente los huertos y el monte frente a la vega, adonde se asomaba el balcón de su habitación. Al abrirlo, una brisa perfumada lo invadió todo con el olor del árbol del paraíso que por esa época estaba florecido con sus diminutas flores amarillas.

El silencio en los huertos era casi absoluto. Sólo el soni-

do matemáticamente acompasado —como si de un metró-
nomo se tratara— rompía la quietud del aire. Era el autillo,
que con su canto monótono e incesante consiguió desvelar
a José Pedraza, y escaparse de nuevo a sus recuerdos que tan
grabados habían quedado en su memoria. «No sé por qué
tienen que cantar estos pájaros por la noche para despertar
a la gente de su sueño —pensó—. Y, sobre todo, cuando se
colocan en las ramas de un árbol cercano a la ventana donde, como esta noche, uno intenta dormir.»

41

El sol lo despertó. Y en el aire flotaba el olor de las higueras de los huertos cercanos al hostal. Se levantó y tomó una ducha antes de bajar a desayunar. Lo primero que haría hoy sería visitar la casa de sus padres y el molino. Después se encontraría con su amigo Juan Luna para seguir recorriendo cada rincón de El Castro en esa visita llena de emociones. Bajó al bar. Tomó un café con leche y magdalenas. Comprobó que llevaba en el bolsillo las llaves de sus nuevas propiedades y salió del hostal. Cruzó la plaza para después dirigirse a la casa de sus padres, mientras unos niños entraban a la escuela, que seguía en el mismo lugar. Recordó entonces las cuatro escuelas, dos de niñas y dos de niños, separados unos de los otros en sus juegos, en sus clases y hasta en la iglesia, así como los hombres y las mujeres, sin mezclarse. De eso se encargaba el cura, don Aristeo Arganzúa, del que nunca más se supo.

Siguió recorriendo la calle hasta llegar a la casa donde había nacido. Por un momento recordó cómo era en su infancia. De la fachada de entonces sólo quedaba el ventanuco de la alcoba donde un día Rebeca Salinas lo trajo al mundo. La vieja parra seguía trepando por la pared cuyos desconchones daban a la casa el aspecto de un abandono de siglos. Los niños habían roto los cristales a pedradas, y las golondrinas habían tomado posesión de cada una de las habitaciones, a las que entraban y salían sin tregua a través de los balcones.

José Pedraza Salinas sacó la llave del bolsillo y se dispuso a abrir la puerta.

No fue necesaria la llave. A la mínima presión, la puerta, después de un crujido, se abrió como si alguien la hubiera abierto desde dentro, esperando su visita. Miró hacia el interior antes de poner los pies sobre las baldosas polvorientas del portal. Una nube negra de murciélagos oscureció el aire posándose sobre su cabeza, sus brazos y sus manos, emitiendo unos sonidos agudos que aturdieron sus oídos y le paralizaron el alma. El portal se llenó de polvo mientras los murciélagos escapaban por cualquier hueco; José Pedraza seguía paralizado en el umbral de la puerta hasta que el aire se limpió y pudo penetrar en la casa.

Por la escalera que comunicaba el portal con la planta alta de la casa vio el fantasma de Justiniano Nazario persiguiendo a la Vicenta, escaleras abajo camino de la puerta de la calle y despidiéndola con una patada en el culo, portando una cesta con patatas. Y mientras el corazón le latía con fuerza, sin querer creer lo que acababa de presenciar, José se dirigió a la cocina. Una luz tenue atravesaba las telas de araña e iluminaba el espacio de la chimenea. La imagen de Gabriela Rincón flotaba junto al fuego en una silla de anea preparando la comida para nadie, mientras en voz alta contaba su viaje en tren a la capital, «calle del Rey Don Sancho, número diez, hotel...», y a su hija Rebeca Salinas, que le recriminaba su excesiva generosidad para con la gente.

Luego se encontró en un mundo de muertos que seguían ocupando la casa en la que habían vivido y que se negaban a abandonar. Sólo Claudio Pedraza, su padre, estaba ausente en aquel escenario. Posiblemente descansando en su lecho de tierra, consciente de que ese sería el mejor lugar para un solitario de espíritu libre como el suyo. Tampoco vio por la casa el fantasma de Evaristo Salinas, su abuelo materno.

Lentamente recorrió las diferentes estancias de la casa, sintiendo el crujido de las maderas y el silbido del aire filtrándose por las grietas de las paredes. En el salón de baile sonaba una música del organillo y cientos de parejas bailaban flotando sobre el suelo. La Vicenta no estaba sobre el altillo y el organillo sonaba solo.

Arriba, en el casino, unos hombres a los que José nunca había visto, jugaban al mus. Sus cabezas, cubiertas de excrementos de golondrinas que invadían con sus nidos las bovedillas del techo, lo miraron al entrar, como si se tratara de un intruso.

En la pared del fondo seguía el mirador con vistas a la

comarca de Vallehondo, con sus cristales cubiertos de polvo y telarañas haciendo casi imposible la visión del campo en donde crecía el trigo y la cebada.

Subió al desván, calculando cada paso por la inseguridad que ofrecían las estructuras de madera vieja. Un airecillo fresco entraba por una ventana sin cristales que miraba a los tejados. En un rincón, abandonadas a su triste destino, dormían un sueño de años las muñecas de trapo de sus hermanas, Leonor, Victoria y Pilar, y los libros de la escuela.

En un lugar recóndito del desván, junto a otros objetos irreconocibles, encontró el catalejo que un día usara su abuelo, Evaristo Salinas, para observar el tendido eléctrico, que cubría la distancia entre el pueblo y El Olivo, un pueblo cercano en la comarca de Vallehondo. Y un pequeño martillo de relojero que un día utilizó en sus trabajos de reparación de todos los relojes del pueblo, y que una vez muerto, fue lo único que quedó en su pequeño taller, invadido en tropel por los vecinos en demanda de sus relojes que un día habían dejado para arreglar.

Bajó a las cuadras y allí encontró los aperos de labranza utilizados por Justiniano Nazario, segundo marido de Gabriela Rincón, su abuela, y un gato, que, ajeno al abandono de la casa, seguía cazando ratones y los pájaros que anidaban en los agujeros de las paredes del corral. En ese instante, José Pedraza Salinas recordó uno de los momentos más dolorosos de su infancia.

Frente a las puertas del corral, en una de las grietas de la pared de piedra, un gorrión había construido su nido. A través del ojo de la cerradura, y apuntando con una escopeta de perdigones al nido en el que las pequeñas crías esperaban la llegada de la madre, con sus picos amarillos abiertos de par en par para recibir el cebo, él disparó, y en ese momento las crías quedarían huérfanas. Durante toda su vida, el crimen de aquellos gorriones había pesado sobre la conciencia de José como una losa de la que nunca logró liberarse.

En ese mismo agujero, mientras recordaba aquel pasaje amargo, observó que un nuevo nido de gorriones, igual que entonces, daba cobijo a nuevas crías esperando a la madre, mostrando como aquel día sus picos amarillos abiertos de par en par a la llegada del cebo. Era el momento que le brindaba la vida para saldar su cuenta pendiente con los pájaros, sembrando migas de pan seco —que encontró en una alacena de la cocina— por todo el espacio cercano al nido, y que serviría de alimento a las crías durante un tiempo.

Pasó la mañana deambulando por la casa junto a los fantasmas con los que se empezó a familiarizar. Después decidió volver al hostal y comer algo antes de visitar el molino, ese lugar tan querido por su padre en donde siempre había cuidado los ciruelos, las higueras y el regaliz, que últimamente sustituyó a los cigarrillos de tabaco negro que fumaba desde adolescente, y donde había cultivado un huerto hasta que los años se le echaron encima y lo sentaron en una silla de ruedas hasta el día de su muerte.

Después de comer, José Pedraza Salinas durmió una pequeña siesta esperando que el sol descendiera y el calor fuera menos sofocante.

Al caer la tarde, salió del hostal y tomó el camino de las cuevas que lo llevaría hasta el molino, que ya era suyo. Al llegar, encontró la puerta derrumbada, quedando a la vista el interior, donde, cubiertos de polvo, se mostraban utensilios de todo tipo, que contaban la vida y la actividad de quien fue su propietario. Apilados contra las paredes, tejas, ladrillos de barro cocido, una carretilla con la rueda pinchada, una hormigonera pintada de amarillo con el motor desprendido, tejas de uralita, muebles viejos en cuyos cajones se almacenaban imágenes de vírgenes románicas de escayola, zafras que un día contuvieron el aceite después de ser prensadas las olivas por los molones de piedra, y que todavía descansaban sobre su plataforma circular, maderas y puertas viejas almacenadas para ser usadas algún día en caso de alguna reforma, y en la gatera, amarrado a una cuerda de esparto, yacía el esqueleto de un gato cubierto de polvo.

El techo del molino dejaba ver el cielo a través de mil goteras, y el último sol de la tarde entraba y formaba pequeños círculos de luz en el suelo.

Un aleteo de palomas rompió el silencio y levantó en su huida una nube de polvo, y flotando en el aire, una nevada de plumas grises y blancas.

Y al fondo del molino, arreglando las grietas de una pared quebrada, el fantasma de Claudio Pedraza miró a su hijo José Pedraza Salinas con una sonrisa dulce.

La tarde empezaba a morir. Los pájaros fueron ocupando sus nidos en los aleros del molino. Fuera, el camino de las cuevas, vacío, contrastaba con su pasado lleno de vida, música flamenca y palmas.

José, después de su visita al molino, regresó al pueblo, donde Juan Luna lo esperaba en su casa para tomar unos vasos de vino, reanudar su conversación, interrumpida la noche anterior, y hablar de todo lo que durante tantos años había esperado ser desempolvado en el desván de la memoria. Y allí, en la terraza de su casa, sobre una mesa rústica de madera de roble, esperaban una botella de vino de la tierra y dos vasos dispuestos para brindar por el encuentro y por una amistad que sobrevivió al tiempo y la distancia.

Anocheció. Y en el cielo, la luna, mordida como una raja de sandía, empezó a iluminar tenuemente la vega de los huertos. Hasta la terraza ascendía el aroma de los saúcos, que crecían junto a un pequeño manantial bajo la casa de Juan. La conversación penetró la noche, y el silencio hacía pensar que los vecinos del pueblo dormían con un sueño de siglos. Y una vez más, como cada noche, comenzó a cantar, con su sonido monótono, el autillo.

—¿Por qué tienen siempre que cantar por la noche? —preguntó José.

—Porque en el silencio de la noche se escuchan a sí mismos, y se sienten importantes escuchando su eco en toda la vega —contestó Juan.

—Siempre me han producido un cierto miedo esos pájaros nocturnos —dijo José—; además, con su mirada fija y su aspecto misterioso, me hacen recordar los cementerios.

—¿Por qué los cementerios? —preguntó Juan.

—Porque me traen a la memoria una historia de cuando éramos niños, durante una visita a El Roble, un pueblo, donde fui un día a visitar a un primo mío —contestó José—. Era un día de invierno y la nieve lo cubría todo. La gente, pala en mano, cada mañana abría un desfiladero estrecho que comunicaba las casas, las tiendas, la casa del médico, la escuela y la iglesia.

—Ya no nieva como antes —le interrumpió Juan, dando un respiro a la narración de su amigo, que sin perder el hilo continuó.

—Las chimeneas de las casas emborronaban el aire de humo y el silencio era absoluto en el pueblo. Alguien murió aquel día en El Roble, lo que obligó a los vecinos a excavar en la nieve un nuevo camino hasta el cementerio, última morada de algún anciano que no sobrevivió al invierno, situado a las afueras del pueblo. Al camposanto se llegaba después de recorrer un largo paseo de cipreses que indicaban la dirección al más allá. «De los muertos cuanto más lejos, mejor.»

»El cortejo fúnebre, después de la misa, caminaba despacio cuidándose de no resbalar en el suelo helado. Era como una serpiente negra, vestida de luto riguroso, que contrastaba con las paredes blancas del desfiladero excavado en la nieve helada. Alguien gimoteaba siguiendo de cerca el féretro que abría el cortejo presidido por el cura, don Juan Calero, también párroco de El Roble, que canturreaba un responso al que nadie contestaba ni hacía el menor caso, por no romper el silencio debido al muerto que los familiares más cercanos soportaban sobre sus hombros. ¡Pesadísimo!, como debe ser un muerto que se precie, y supuestamente con el semblante serio.

»Los niños corríamos —continuó sin pausa José Pedraza Salinas— como si de una fiesta se tratara, entre las mujeres vestidas de negro salpicando sus medias, sus vestidos y hasta sus velos negros, que tardarían años en desterrar, como símbolo del dolor por la pérdida de un ser querido.

»El chirriar de una puerta de hierro al ser abierta hizo detenerse el cortejo, mientras de nuevo algunos copos de nieve empezaron a caer mansamente de un cielo blanquecino, aliviando con su moteado blanco el luto de la serpiente negra, que, detenida frente a la puerta del camposanto, se disponía a dar el último adiós al difunto. Ya al borde de la fosa, algunos gemidos se rompieron degenerando en gritos de dolor agudo que eran ahogados en los pañuelos, mientras los niños, tratando de disimular la risa, observábamos las caras tristes y ojerosas de los familiares y los acompañantes del muerto.

»Una vez enterrado…

—Me está dando miedo —interrumpió por un segundo Juan Luna.

—… la serpiente negra —continuó sin pausa José— se fue diluyendo a medida que abandonaban el cementerio, hasta perderse envueltos en una nevada copiosa de regreso al pueblo. Los chicos seguíamos al pie del nicho hasta el último momento, en que los albañiles, una vez tapiado y enlucido de yeso, escribían sobre la superficie húmeda el nombre del muerto y la fecha del óbito.

»El regreso a El Roble —continuó José— era una fiesta, lanzándonos bolas de nieve en una batalla blanca, como sólo los chicos de pueblo sabíamos lanzar, impactando en la cara enrojecida por el frío y provocando las risas en un ataque cada vez más violento y certero que el anterior, mientras la tarde se nos escapaba de las manos vestida con su traje blanco.

»La luz se iba apagando —dramatizó José mientras observaba la atenta mirada de su amigo Juan.

—¿Un poco más de vino? —dijo este.

—No, que pierdo el hilo de la historia —respondió José, continuando el relato que a su amigo Juan le empezaba a parecer un poco largo—. Como te decía —continuó—, la tarde oscureció lentamente y pronto anochecería. La nevada, cada vez más copiosa, caía sobre nuestras cabezas fundiéndose por el calor corporal producido por nuestros juegos. De pronto escuché a mi primo decir algo sobre una lechuza a la vez que señalaba con el dedo un poste de madera de la línea eléctrica cerca del transformador que suministraba la energía eléctrica a El Roble. «¿Cómo sabes que es una lechuza?», le pregunté a mi primo. «Porque la conozco», contestó. «Hace su nido en las grietas de la pared de la iglesia y por la noche hace un sonido muy raro, como un siseo a modo de suspiro, que da miedo.» Contemplé al animal, que sobre el poste permanecía inmóvil mientras la nieve cubría de blanco su plumaje gris. «Vamos a matarla», dijo mi primo. «Vamos», dije yo.

»Nos dirigimos al poste de madera, y pocos metros antes de llegar donde estaba el animal, volvió bruscamente la cabeza como despertando de un sueño, desplegó sus enormes alas pardas y, al levantar el vuelo, mostró el plumaje blanco moteado de gris de su pechuga. Su vuelo rasante era majestuoso y lento. Corrimos tras ella y casi conseguimos tocarla con la punta de nuestros dedos. De pronto, en un giro, cambió la dirección de su vuelo y tomó la del cementerio, obligándonos a desandar el camino tratando de darle alcance. Sin darnos cuenta, la noche cayó sobre nosotros, empeñados en atrapar al animal. Sólo quedábamos mi primo y yo, el resto de los chicos se habían ido al pueblo.

»Sólo ayudados por el reflejo de la nieve, conseguíamos seguir viendo en la noche a la lechuza, cuya envergadura de alas duplicaba la longitud de nuestros brazos extendidos. Corrimos tras ella hasta quedar exhaustos. Al llegar al cementerio, como queriendo dar por terminado el juego proclamándose ganadora, la lechuza alzó su vuelo hasta alcanzar la tapia, y después de mirarnos fijamente como sólo una lechuza sabe mirar, se lanzó en picado hacia el interior del camposanto. La habíamos perdido. Mi primo y yo nos miramos. Hacía frío y era ya noche cerrada. Junto a la tapia sentimos un miedo que los dos disimulamos. Yo mojé mis pantalones, algo bastante frecuente en mí cuando de niño me daba un ataque de risa.

—¿Que te measte en los pantalones? —preguntó, divertido, Juan.

—Creo que sí, y creo que mi primo también. Sólo sé que, presos de pánico, emprendimos los dos el regreso al pueblo.

—Ahora comprendo por qué esos pájaros te producen tanto temor —dijo Juan.

—Sí —convino José—. Prefiero a esos pájaros que cantan en los olmos, y en el campo cuando es primavera. Y a la perdiz, la paloma torcaz y el ruiseñor, que se supera en cada nuevo trino y que también se recrea escuchando su propio eco en los huertos.

La noche ya era madrugada. La luna había trotado por el cielo y había cambiado de posición en el universo sembrado de estrellas que ya empezaba a clarear.

—Es hora de ir a dormir —dijo Juan.

Los dos amigos apuraron sus copas de vino, y José Pedraza Salinas se despidió hasta el día siguiente, en que continuarían —quizá— su último paseo por las calles del pueblo.

—Hasta mañana —se despidió José.

—Hasta mañana —contestó su amigo Juan.

42

Eran las dos de la tarde cuando José Pedraza Salinas despertó en su habitación del hostal. Había olvidado la hora de su cita con Juan Luna. Se levantó, tomó una ducha y salió camino de su casa. Llamó a la puerta, y al ver que no contestaba pensó que, dada la hora a la que se habían ido a dormir la noche anterior, lo más probable era que todavía estuviera durmiendo. Volvió al hostal para desayunar y dar tiempo a su amigo para levantarse, ya que, efectivamente, se había dormido, por lo que acudió con retraso a su cita.

Mientras tomaban un café, Juan preguntó a su amigo por la visita a casa de sus padres y al molino, ya que el día anterior, y durante su conversación en la terraza, ambos habían evitado hablar sobre el tema.

José explicó someramente a su amigo su impresión en la visita a la casa de sus padres, evitando hablar de los fantasmas que habitaban, tanto en la casa como en el molino, y le invitó a seguir recorriendo El Castro.

Bordearon la cuesta que rodeaba el pueblo caminando por una senda casi imposible. Cerca del hostal, excavado en la ladera y cubierto de maleza, algo llamó la atención de José. Era el huerto que durante muchos años había cultivado su madre, Rebeca Salinas, y donde cultivaba hortalizas y pasto para los animales de la casa. Por su proximidad a la escuela, Rebeca un día encargó a su hijo vigilar en las horas de recreo a las gallinas de un vecino que siempre andaban sueltas por aquellas cuestas y se comían las plantas que con tanto esmero cuidaba ella.

—Si alguna vez encuentras alguna gallina merodeando por mi huerto —le dijo su madre—, tírale una piedra, verás qué pronto se va.

Y dicho y hecho. Uno de los días en que José, durante uno de los recreos de la escuela, bajó al huerto a vigilar, encontró un gallo de cresta roja picoteando los tomates que ya empezaban a madurar. Sin dudarlo, y sintiéndose apoyado por su madre, tomó del camino un puñado de piedrecillas y, como si de un juego se tratara, fue una a una lanzándolas esperando hacer diana en la cresta del gallo. Después de varios intentos, una de las piedrecillas impactó en su cabeza y, fulminado, cayó al suelo quedándose inmóvil. Asustado, José salió corriendo para contar a su madre lo que le había hecho.

—Ya que lo has matado —contestó su madre—, podrías habértelo traído para cocinarlo. Así que vuelve al huerto y, sin que nadie te vea, te lo traes a casa.

José salió corriendo esperando encontrar al gallo en el mismo estado y en el mismo sitio donde lo había dejado. Pero el gallo no estaba. Quizá alguien se lo robó, o el gallo se recuperó del shock y se fue a su corral por donde había venido para nunca volver a pisar el huerto de Rebeca Salinas.

—¿Y volviste a ver al gallo algún día? —preguntó Juan Luna, a quien su amigo no dejaba de sorprender con sus historias.

—No, no creo que le quedaran ganas de volver, en caso de que siguiera vivo.

Continuaron bordeando la cuesta, caminando por esa senda estrecha que se asomaba a los huertos recordando las batallas campales que libraban los niños de El Castro contra los chicos del pueblo vecino, cuando osaban robar de los huertos. Las piedras rodaban cuesta abajo, y más de un forastero, intentando robarles sus hortalizas, se fue a su casa descalabrado mientras los de El Castro, desde su atalaya de privilegio, celebraban su victoria.

—¡Cuántos años han pasado! —exclamó Juan Luna.

—Sí —dijo José Pedraza, mientras lanzaba una piedrecilla al aire cuyo destino quedó oculto entre las higueras de un huerto cercano.

—Pero nosotros aún seguimos aquí —añadió Juan—, muchos de nuestra misma edad ya se fueron.

De pronto, una emoción mal disimulada se dibujó en el rostro de José y humedeció sus ojos. Juan pidió disculpas a su amigo por el comentario, que entendió desafortunado dado el momento luctuoso por el que este estaba pasando.

—No tienes por qué pedirme disculpas —dijo José, tratando de superar aquel momento triste que le fue a recordar su amigo—. Mis padres ya eran muy mayores y su marcha era esperada por todos. Sin embargo, como bien has dicho, muchos de nuestra misma edad se fueron dejando algunos sueños por cumplir y mucha vida por vivir.

—¿Y esa expresión la ha provocado ese comentario que he hecho sobre los que se fueron siendo de nuestra misma edad y no por la muerte de tus padres?

Al pasar por la plaza de la iglesia, José Pedraza Salinas invitó a Juan Luna a tomar asiento en uno de los bancos de cemento situado bajo un olmo.

—No me digas que te cansaste ya del paseo —dijo Juan, sabiendo que ese no era el motivo por el que su amigo le invitaba a sentarse.

—No, ese no es el motivo. Quiero contarte algo. Algo que nadie conoce. Ni siquiera mis padres ni mis hermanas. Algo que sólo conoce mi corazón, y que tú involuntariamente me has vuelto a despertar, aunque nunca ese sentimiento se llegó a dormir.

—¿De qué hablas? —dijo Juan—. ¿Qué secreto es ese que ni siquiera tus padres conocían? ¿Por qué me lo vas a contar a mí?

—Porque tú sabes muy bien de quién te voy a hablar —contestó José.

—¿Acaso lo conozco?

—Sí, la conociste.

—¿La conocí? ¿Era una mujer?

—Sí —contestó José—, era una mujer. Desde que éramos niños sentíamos el uno por el otro algo especial. Nuestras miradas se encontraban durante el recreo en la escuela, en los bancos de la iglesia durante la misa de los domingos, en los paseos por la carretera en las tardes cálidas del verano y durante mis sueños (seguro que también en los suyos) de una manera obsesiva; estábamos juntos, reíamos juntos y jugábamos juntos a ser mayores, aun siendo unos niños.

—Bueno, eso nos ha pasado a todos cuando éramos niños —comentó Juan—. Yo también andaba siempre detrás de una chica, pero así, tan enamorado como tú, no estuve, y después de esa chica, que fue la primera, vinieron otras, hasta que ya, de mayor, apareció la que hoy es mi mujer y la madre de mis hijos.

—Has tenido mucha suerte, amigo. Yo habría dado cualquier cosa porque mi historia hubiera terminado siendo como la tuya, pero no fue así. Hasta mi adolescencia mi único amor fue ella. Un amor sin palabras, sólo con las miradas y los sentimientos nos comunicábamos sin que nadie lo advirtiera. Sólo al llegar la adolescencia sentimos el deseo de gritar a los cuatro vientos que nos queríamos.

Cada uno de nosotros se separó de su grupo de amigos y presumimos por primera vez de ser una pareja más de las que paseaban juntos, carretera arriba, carretera abajo, hasta que el anochecer, al encenderse las luces de la calle, la reclamaba en su casa.

—Qué tontería —dijo Juan—, como si algunos no buscáramos la forma de salir de noche con cualquier pretexto y encontrarnos con quien quisiéramos en donde quisiéramos, sin que se enteraran nuestros padres de lo que hacíamos.

—No siempre era así. Algunos padres, sobre todo los padres de las chicas, y más concretamente los padres de ella, eran celosos en exceso de los acompañantes de su hija, y muy selectivos con respecto a la familia a la que pertenecía el supuesto pretendiente, ejerciendo un control exhaustivo y la autoridad para aceptar o no esa relación. Los chicos gozaban de más libertad en ese sentido, y hasta resultaba extraño que un chico, después de cenar, no se diera una vuelta por el pueblo o acudiera a las cuatro esquinas a charlar de cualquier cosa con los amigos, mientras alguna chica, en edad casi siempre casadera, acudía en un continuo ir y venir a la fuente de la plaza con su cántaro a buscar... ¿agua? De hecho, era la forma más habitual, ¿recuerdas?, de fijarse en ellas, y cuando eso sucedía, desligándose del grupo, alguno de los mozos la acompañaba hasta su casa. Así comenzaban muchos de los noviazgos en el pueblo.

—Pero lo vuestro no sucedió así —dijo Juan, curioso

por conocer la historia en la que su amigo José se iba demorando a medida que el sol iba creando sombras alargadas de los olmos sobre el suelo de tierra de la plaza de la iglesia.

—No —contestó José, dispuesto a continuar explicando su historia de amor—. Cuando sus padres observaron la frecuencia con la que nos veíamos, y temiendo que aquella relación de adolescentes corriera el riesgo de desembocar en algo más serio, y sabiendo que el pretendiente de su hija (o sea, yo) no era ese que ellos habían programado para ella, decidieron que aquella relación debía cortarse de raíz sin tener en cuenta los sentimientos de cariño y ternura que nos unían a los dos.

»A partir de aquella decisión, nuestros encuentros se producían de forma furtiva y cada vez más espaciados, y empezábamos a sentir los primeros síntomas de lo que se convertiría en la primera herida del amor, cuyos motivos no llegábamos a comprender.

—Sí —dijo Juan Luna—, pero aún no me has dicho cómo se llamaba ella y a qué familia del pueblo pertenecía.

—Supongo que no será necesario pronunciar su nombre, bastará con decirte que era la chica más hermosa del pueblo.

—Creo saber de quién se trata. Ella fue la que te apartó de tus amigos y del resto del mundo, un mundo que dejó de existir para ti.

—Es cierto —convino José—. Ese estado de felicidad que suponía para nosotros el descubrimiento de algo tan difícil de definir como el amor, nunca más, fuera de ella, lo volví a sentir en mi relación con otras mujeres.

—¿Y sus padres consiguieron romper vuestra relación? —preguntó Juan, ansioso por conocer de una vez el desenlace de aquella historia.

—Aquel sufrimiento al que sometieron a su hija con su oposición a encontrarse conmigo, a hablar conmigo o a dirigirme una mirada, acabaría haciendo mella en su comportamiento. Una noche la esperé soportando la lluvia bajo un olmo cercano a su casa. En nuestro último encuentro a escondidas de cualquier mirada me había prometido salir esa noche con el pretexto de ir al buzón del correo a echar una carta, un motivo ingenuo que no convencería a nadie, y menos a sus padres, considerando que debía salir de su casa a esas horas de la noche.

»De la puerta entreabierta de su casa, un haz de luz procedente de su portal se proyectaba sobre la calle mojada. En cualquier momento podría salir ella. Esperé empapado hasta los huesos durante un tiempo infinito y el rayo de luz seguía quieto marcando una línea recta sobre la calle de tierra. De pronto, la puerta se cerró con un chirrido lastimero que dio paso a un portazo violento, negándonos una vez más la posibilidad de aquel encuentro.

—¿Y ahí terminó vuestra historia? —preguntó Juan Luna.

—No, exactamente —contestó José Pedraza—. Ella acató sin discutir la decisión de sus padres de no volverme a ver, aunque nunca cumplió esas promesas ni entendió eso de la diferencia de clases entre su familia y la mía, en un pueblo en donde la época de los «señoritos», a la que sin duda habían pertenecido sus abuelos, ya había pasado, y era peligroso enfrentarse a la autoridad dictatorial de sus padres, unos padres que con su actitud hacia su hija no debieron conocer el verdadero amor, y en cuya relación posiblemente sí tuvo que ver la igualdad social a la que pertenecían las dos familias. Aun así, a veces encontrábamos la manera de vernos (siempre a escondidas) con el temor a ser descubiertos, lo que hizo que aquella relación fuera cada vez más difícil, en la que sus lágrimas y mi dignidad herida amenazaban con una ruptura que ninguno de nosotros deseaba.

»Durante varios años, en mis vacaciones de verano y Navidad, que pasaba en casa de mis padres, siempre dábamos con la forma de encontrarnos en el pueblo, ignorando cada vez más la opinión de los suyos, que, a la vista de lo que empezaban a considerar inevitable, miraban hacia otro lado esperando (y así se lo hacían notar) que algún día ella se diera cuenta de que yo no era la persona adecuada para formar parte de su familia.

»Uno de los veranos, al llegar al pueblo, esperando encontrarla como ya era habitual, una amiga de ella vino a decirme que Clara no se encontraba en el pueblo.

—¿Clara?

—Sí —contestó José, quien al pronunciar su nombre de nuevo se le escapó un quiebro en la voz.

—Ya comprendo. ¿Y cuál era el motivo de su ausencia? —preguntó con curiosidad Juan, sabiendo cuál sería la respuesta.

—Su amiga me advirtió que no la esperara, que desde hacía unos meses tenía un novio con el que sus padres esperaban y deseaban que se casara un día.

—Y ese novio, ¿pertenecía a esa clase social que tanto preocupaba a sus padres?

—Sólo sé que me partió el corazón y que no quise creerlo, y tratando de recuperarla, busqué la calle de la ciudad donde vivía y volví de nuevo a esperar que en algún momento pasara frente a mí sólo para convencerme de que iba sola, y quizá echándome de menos recordando los momentos de felicidad vividos en el pueblo. Y al igual que aquella noche, durante varios días soporté el frío y la lluvia bajo la marquesina de un bar cercano a su casa, esperando que todo fuera una estrategia de sus padres para que me olvidara, o que ella hubiera sucumbido a sus deseos de apartarla de mí.

—¿Y la viste? —preguntó, inquieto, Juan.

—Una noche, mientras yo apuraba mi segunda cajetilla de cigarrillos en el sitio habitual cercano a su casa, una pareja pasó junto a mí. Ella, al verme, bajó la mirada para impedirme que la reconociera; iba del brazo de un hombre gris, con aire de ejecutivo y con traje y corbata, que al verme observarlos cogidos de la mano, me dedicó una mirada de ganador. Poco después supe que se casaron.

—Y ella, ¿nunca te dio una explicación en alguna de las muchas ocasiones en que os cruzasteis en las calles de El Castro?

—No. Al principio siempre evitamos ese encuentro. Después, en una leve sonrisa al cruzarnos supimos en secreto que aún quedaba algo que nos alteraba los latidos del corazón al vernos. Intuyo que en su matrimonio no fue feliz.

»Pasados unos años, casado y con hijos, regresé a El Castro. La puerta de su casa estaba cerrada, la pared tenía un cierto aspecto de abandono, y en su balcón, unos geranios secos me dijeron que aquella casa estaba abandonada. Pregunté por Clara y alguien me dijo que murió. Era de nuestra edad y, ya ves, también se fue. Nosotros aún estamos aquí.

Las luces de las farolas de la calle se encendieron cuando abandonaron la plaza de la iglesia.

En su paseo cruzaron por delante de la casa de Victorino Cabañas, el que se fue al cielo en cuerpo y alma colgado de un globo. La puerta estaba cerrada y las hierbas trepaban por las paredes hasta lamer los aleros del tejado.

—Hace años que murió —dijo Juan Luna—. La que todavía vive es su mujer, Teresa Requena. Dicen que pasa sus últimos días en una residencia para ancianos en Vallehondo.

Llegaron al mirador. Tomaron asiento en un banco de piedra bajo el olmo centenario que desde el principio del mundo estaba plantado allí.

—Al menos —dijo Juan Luna— eso es lo que los viejos nos contaban a los chicos cuando éramos niños.

—En verdad —contestó José Pedraza—, nunca se entendería el mirador sin este olmo. Testigo de mil historias contadas o vividas bajo su sombra en verano, o como un paraguas protector de la lluvia en los días oscuros y fríos del invierno. Cuántas escenas de amor habrá contemplado. Cuántos besos. Cuántos abrazos de adolescentes antes de que se encendieran las luces de las calles al anochecer, hora de llevar a las chicas a casa.

—Y cuántas despedidas —apostilló Juan Luna—. Aunque el más hermoso del pueblo era el olmo de la plaza. Allí se situaban discretamente las madres, el día de la fiesta, para observar con quién y cómo bailaban sus hijas.

—O el olmo de la plaza de la iglesia —dijo José Pedraza—. Donde, a su sombra, las mujeres tejían la lana, cosían o remendaban los pantalones, y daban la vuelta a los cuellos de las camisas de sus hijos para devolverles el aspecto de nuevas, o hacían encaje de bolillos a tal velocidad que no se les veían las manos, y zurcían sus medias con un huevo de madera, ¿recuerdas?

—Sí, claro que lo recuerdo —respondió Juan—. El escudo del pueblo debería llevar grabado, en lugar de un castillo, un olmo centenario. Lástima de aquella enfermedad que los atacó un día y que acabó con ellos. De todos los que había en el pueblo, sólo quedó este.

En el paisaje de pueblos pardos que a lo lejos se confundían con los colores verdes y marrones de los campos arados, se destacaba algo que llamó poderosamente la atención a José Pedraza Salinas. Como en un espejo de plata que reflejaba las nubes y las montañas azules que en la infancia significaban el fin del mundo, se adivinaba un lago. José preguntó a su amigo qué era aquello.

—Es el lago que se formó hace años al represar el río donde nos íbamos a bañar cuando éramos niños.

Entonces, José recordó el trabajo de su padre en las obras de la presa de una central hidroeléctrica cuando él ni siquiera había nacido, y la historia —mil veces contada por él— de un pavo, al que un día le dio de comer una sopa de escayola, y que alegró la cena de Nochebuena de un año que ya quedaba muy lejos.

De nuevo pasaron frente a la casa de sus padres. La casa donde sesenta y tantos años atrás, él, José Pedraza Salinas, había nacido, mientras la nieve, aquel día, cubría las calles y los tejados del pueblo.

La conversación entre los dos amigos fue dando paso a los silencios. El paseo por El Castro no daba para más y ya lo habían recorrido todo calle por calle hasta el cementerio. Allí descansaban los cuerpos convertidos en polvo de sus padres, sus abuelos y el resto de la familia. La puerta de hierro estaba abierta, pero José no quiso entrar. Allí no quedaba nada de los que tanto había querido. Era ya hora de marcharse, para posiblemente —dijo— no volver.

—¿Para no volver más? —preguntó Juan.

—Es posible —contestó José.

—¿Y tu casa? ¿Y el molino?

—Los fantasmas de los que vivieron entre esas paredes siguen ocupando su espacio.

—¿Los muertos? —preguntó Juan.

—Sí, los muertos —respondió José—. Ellos siguen ocupando su casa y su molino, y no seré yo quien los destierre del lugar que ellos eligieron para quedarse.